사르비아 총서 · 609

토마스 만 단편선

토마스 만/지명렬 옮김

범우사

차 례

▨ 이 책을 읽는 분에게 · *5*

토니오 크뢰거 · *17*

트리스탄 · *119*

마리오와 마술사 · *191*

□ 연 보 · *275*

▨ 이 책을 읽는 분에게

　토마스 만은 1875년 6월 6일 자유시 뤼벡(Lübeck)의 유복한 상가의 차남으로 출생하였으며 소설가 하인리히 만의 동생이기도 하다. 조부는 네덜란드 영사(領事), 아버지는 시(市) 참사회원이며 부시장이었다. 어머니는 남미(南美)에서 농장을 경영하던 독일인과 포르투갈 계 브라질 부인과의 사이에서 태어나 라틴 민족적 기질이어서 음악에 재능이 있었다.
　아버지에게서 견실한 시민성을, 어머니에게서 예술성을 이어받은 토마스 만은 선천적으로 시민성과 예술가 기질, 생(生, 自然)과 정신의 대립을 자기 자신에게서 절실히 느끼게 되고, 그것을 당면한 자기의 문학적 과제로 삼게 된 것이다.
　토마스 만의 어린 시절은 고생을 모르는 행복한 것이었고, 특히 여름 방학에 발트 해 연안 해변에서 지내는 습관은 몽상적인 소년의 마음에 태만의 희열과 자연 속으로 자기 자신을 융합시키는 감미한 도취를 맛보게 하여 후에 쇼펜하우어의 사상에 친근하게 될 소지(素地)를 마련했다. 학교의 규율은 이러한 소년에게는 견딜 수 없는 것이어서 그는 학과를 게을리하고 문학 서적을 탐독하는 일이 많았으며 성격에 맞지 않는 실업고등학교를 중퇴했다. 1890년에 부친이 사망하여 상회(商會)는 해산되고, 가족은 뮌헨으로 이사하여 토마스 만도 그곳으로 가서 일년 가량 보험회사 견습사원으로 근무했다. 이 시절에 처녀작《전락(Gefallen)》을 자연주의 기관지《사회》에 발표하여 청년층의 호평을 받았을 뿐 아니라, 시인 데멜과 친하게 되었다. 이 작품은 자연주의적인 것이라고 하나 토마스 만 자신이 전집에 수록하지 않았다. 회사를 사직하고 저널리스트가 되려고 뮌헨 대학의 청강생이 되었다. 그 후 로마에 체류 중이던 형 하인리히의 유인(誘引)으로 이탈리아에 가서 부친의 유산으로 형은 회화 공부를 하고, 동생은 북유럽 문학, 러시아 문학을 탐독하며 소설의 시작(試作)을 시작했다. 이러한 배경과 과정을 거쳐 토마스 만은 작가로 데뷔한 이래 수많은 작품을 썼고, 1929년에 노벨문학상을 받았다. 나치스 집권으로 1935년에는 또다시 도미하여 정주(定住)하게 되었고, 1936년 독일 시민권과 본 대학 명예 박사 학위의 칭호를 박탈당했다. 종전(終戰) 후, 1952년 스위스로 돌아와 취리히 호반에서 살다가 1955년 8월 12일 자택에서 사망했다. 향년 80세였다. 취리히 근교 키르히베르크 묘지에 안장(安葬)됐다.

하버드 대학이 토마스 만에게 명예 철학 박사 학위을 수여했을 때 그 이유서에는 '작가 토마스 만이 우리 시민 동포를 위해서 인생의 의미를 해명해 주었다'고 씌어 있었다. 1929년 노벨 문학상이 그에게 수여된 것도 실로 그의 인생 행적이 세상에 희열(喜悅)과 위안을 나누어 주고 인생을 유지하는 동시에 발전시키는 데 필요한 새로운 견해와 감정을 초래

한 데 기인한다고 본다. 토마스 만은 독일 문화의 품 안에서 호흡하고 성장한 가장 독일적인 작가이며, 자연주의가 독일 문단의 주류를 형성하는 한편 신낭만주의를 표방하여 반자연주의적 경향이 진출하기 시작한 19세기 말에 창작 활동을 개시하여 독일 낭만주의의 극복과 괴테로 대표되는 독일 휴머니즘의 부활을 지향하여 20세기 독일 문학의 최고봉을 이룩한 것이다. 그의 창작 활동은 질과 양에 있어서 근대 작가 중에서도 탁월한 역량을 발휘했고, 특히 무궁무진한 언어의 구사(驅使)는 실로 언어의 거장(巨匠)이라는 찬사가 타당하리라고 본다. 토마스 만 자신도 언어에 대한 국민적 책임을 절감하고 단어 하나 문장 하나하나에 지대한 관심과 주의를 기울여 조금도 소홀히 하지 않았으며, 이 점이 바로 독일 문학도가 그로 인해서 겪어야만 할 노고의 하나이기도 하다고 고충을 털어놓지 않을 수 없었다. 그만큼 그의 문장이 고차원적 중량을 느끼게 하고 어휘는 정신되어 있음을 절감하는 것은 새로운 그의 작품을 대할 때마다 새로워지는 감이 든다. 61세에 독일 시민권을 박탈당했을 때 그는 언어에 대해서 다음과 같이 말했다.

"언어의 신비는 위대하다. 언어와 그 순수 정확성에 대한 책임은 상징적인 정신적 성질의 것이며, 결코 예술적인 의미만을 가지고 있는 것이 아니오, 큰 도덕적 의미를 가지고 있다. 언어에 대한 책임은 책임 그 자체, 인간적인 책임 그 자체이며 자국민(自國民)을 위해서 책임을 담당하는 것, 인류 앞에서 자국민의 형자(形姿)를 순수하게 보전하는 것이다. 언어에 대해서 책임감을 가지고 인간적인 것의 통일성이 체험되고 인간 문제의 전체성을 체험하게 되는 것이나, 이 전체성은 오늘날 특히 정신적, 예술적, 사회적인 것과 정치적인 것을 분리하여 후자와 결연하고, 고귀한 '문학적인 것' 속에 고립하는 것을 누구에게도 허용하지 않는다. 이 참된 전체성이야말로 휴머니티 그 자체이며, 인간적인 것의 부분적인 영역에 불과한 정치라든지 국가라든지 하는 것을 전체화하려고 기도하는 것은 이 참된 전체성에 위배되는 죄를 범하게 되는 것이다."

시대가 바뀌고 따라서 문체도 평이주의로 변했지만 고전적 시대 작가로서 토마스 만의 작품, 특히 그 언어와 표현의 정교함은 영원히 보존될 불후의 세계 문학적 업적이라 하겠다.

여기서 토마스 만의 문학적 발전을 개관(概觀)하면 19세 때(1894년)에 처녀작 단편 소설 《전락》을 발표하였다. 30세(1905년)까지 《부덴브로크 가의 사람들》을 중심으로 하는 초기 작품에서는 다음과 같은 시각이 나타나 있다. 바로 인간이 정신적으로 세련되면 반면에 육체가 허약해지고 명랑한 삶의 환희가 사라지며 그 대신에 죽음에 대한 암담한 동경이 생긴다. 그러나 육체적으로 왕성한 생활력이란 정신적 영점을 의미하는 것이며 생명력의 상실, 생으로부터의 탈락 과정이 바로 인간의 정신적 과정과 병행하게 된다는 생(生)과 정신, 일반 시민과 예술가를 대립 관계에 두는 인생관이 표현된 것이다. 정신과 미의 관계도 대립면에서 관찰되고 정신 세계에서 사는 사람은 대개가 못생기고 꾀죄죄한 외모를 하는 경우가 대부분이고, 평범하고 별로 정신적 구애가 없는 생활을 하는 사람들은 활발하고 아름다운 외모를 가지고 있다는 것이다. 이런 점은 작품《토니오 크뢰거(1903년)》의 주인공 토니오의 구겨진 스타일과, 금발머리에 파란 눈의 한스 한센의 건강한 자태에서 대조적으로 표현되고 있다. 이런 것은 삶보다는 오히려 죽음에 공감하는 낭만주의 생활 감정의 영향이며 시민 사회에 있어서 예술과 예술가의 고립적인 존재에서 생기는 양심의 반영이다.

결혼 생활의 수확이라고도 볼 수 있는 작품《대공전하(大公殿下)》에서 제1차 대전을 겪고 쓴《마의 산》의 완성까지를 중기로 볼 수 있다. 중기에서는 초기의 대립적 인생관의 극복이 시도되고 성취하기에 이르렀다. 건강하고 무난하며 행복하고 명랑한 시민생활 세계에 대립하여 정신과 인식의 세계에 산다고 생각했으며 "예술가는 인간이 되어서 느끼기 시작하면 파멸이다", "문학은 천직이 아니라 저주이다(《토니오 크뢰거》에서)"라고 말했던 고독한 예술가 토마스 만은《대공전하》에서 사랑과 결혼에 의해서 고립, 고독의 탈을 벗어나 자타(自他)를 결합하고 삶의 세계와 타협하고자 힘쓰게 된다.《마의 산》에서는 이러한 대립적 인생관이 더욱 극복되었고 대립을 지배하고 전진하는 것이 인간의 이상적인 삶의 태도라는 사상이 발전되었다.

이것은 토마스 만의 사상이 일대 전환기에 처한 것을 의미한다. 즉 독일 낭만주의의 보수주의(保守主義)에서 이탈한 것을 뜻한다. 죽음에 대한 공감을 민주주의적인 생에 대한 호의로 변화시키는 정신의 변형(變形)을 완성한 것이다. 이 작품은 삶에 대한 봉사를 임무로 하고 있다. 생과 정신, 문명과 문화 등 대립하는 수많은 것의 중간, 조화된 중도(中道)에서 비로소 참된 인간성을 발견한 것이다.

이리하여 토마스 만은 유럽 시민 문화의 전통에서 매몰되어 가고 있던 인간성의 이념을 구출하고, 이것을 정화(淨化)하여 전 세계에 다시 제시한 것이며, 삶에 대한 결의를 정신적 지주(支柱)로 삼고 발전하는 중도로서의 인간성에 토마스 만 문학의 핵심 휴머니즘이 확립된 것이다. 독일 소설 문학을 세계적 수준에 높이는 임무를 다하고 고귀한 인간관을 수립하는 데 노력한 공으로 1929년 노벨상이 수여되었다.

50세를 전기(轉期)로 하여 토마스 만의 후기가 시작된다. 초기의 낭만주의적 페시미즘은 이제 완전히 억압되고 중기를 거쳐 성숙한 휴머니즘이 전개된다. 여기서 토마스 만은 생과 정신, 다시 말하면 자연과 영혼의 조화를 이룩한 사람을 찾아서 인생의 모든 대립을 실지로 극복하고 지배하며 살아온 사람을 축복하며 묘사한다. 《요셉 형제》, 《선택된 인간》, 《바이마르의 로테》 등 주요 작품의 각 주인공 요셉은 정치가로서, 그레고리우스는 종교가로서, 괴테는 예술가로서 각기 자기 인생에 대립되는 여러 문제를 융합하고 극복해 나간다.

그들은 자연과 정신, 본능과 지성, 현실과 인식을 대립 항쟁(對立抗爭)시키거나 일방(一方)을 부정하고 타방(他方)만을 긍정하는 것이 아니라 대립하는 힘을 조화 협조시켜서 인간성 전체를 옹호하면서 전진하는 인간, 실로 인간다운 인간인 것이다. 인간이 사는 데 필요한 것은 각기 개인적 자아, 즉 주관성과 사회적 자아, 즉 객관성이 조화하는 것이다. 주관과 객관이 대립하거나 일방이 타방을 억압하는 한 인간성의 전면적 해방은 있을 수 없는 것이다. 즉 개인은 사회적 자각을 높이면서 개체와 집단과의 대립을 지양해야 한다. 이러한 인간적 발전이 이상적으로 실현된 경우를 토마스 만은 상기한 후기 대표작에서 묘사한 것이다.

인간 사회 문제에 책임을 느끼는 이상 정치적 태도도 결정해야 한다고 생각한 이후, 토마스 만이 히틀러의 전체주의 발전을 위한 독재 정치에 반기를 든 것도 당연한 일이다.

토마스 만은 인간성의 존엄을 인식하는 것이 민주주의의 근본 정신이라는 점을 간파(看破)하고 민주주의는 휴머니즘의 별명에 불과하다고 보았기에 일반적 존재 의식과 가치만을 부여하는 히틀러 나치즘에 굴복하는 것은 불가능한 것이었다.

이러한 정치 고찰에서 작품 《파우스트 박사》는 인간성의 민주적 발전에 절망적 반동이었던 나치즘이라는 악마적 비합리주의가 독일에 발생한 원인과 과정을 추구하고 있는 것이다.

독일 정신과 문화 속에서 발전한 가장 독일적인 작가였던 토마스 만이 미국으로 망명을 하고 미국 시민으로서, 유럽의 중립국에서, 전쟁의 폐허 속에서 육성하는 신생 독일 공화국을 주시하며 생애를 마친 것은 소극적이라기보다는 가장 활동적이며, 인내라기보다는 영웅적 권위라고 말할 수 있는 것이다.

국내 편협한 대중(大衆)이 그를 도피적이라고 빈축하고 있으나 실은 토마스 만이야말로 독일적 작품을 씀으로써 독일의 민주화에 적극 참여했던 것이며, 세계를 정복하여 독일화하려던 히틀러의 무모한 정책에 반해서 휴머니즘 옹호의 전사로서 영웅적인 투쟁을 전개했고 독일이 국제 사회 일원으로서 대립자, 파괴자가 아니라 동조자, 공헌자로서 인류의 자유와 번영에 기여할 길을 제시한 것이다.

여기 소개한 《토니오 크뢰거》와 《트리스탄》은 대표적인 초기 작품으로 특히 《토니오 크뢰거》는 토마스 만의 전 작품을 세계 독자와 역사라는 여과기에 걸친다면 마지막까지 남을 작품이 될 것이라는 견해가 일반적일 만큼 유명하다. 그러나 여기서 문제가 되고 있는 예술성과 시민성의 대립은 결코 토마스 만의 전 작품을 통해서 일관된 테마는 아니다. 이것은 다만 초기 작품—《트리스탄》에서도 마찬가지이지만—에서만 볼 수 있을 뿐이다. 그러나 작가 자신도 가장 애착심이 가는 작품이라고 했듯이 독자 여러분도, 특히 문학을 전공하겠다고 나선 젊은 학도는 자기를 '한스 한센' 또는 그 반대로 '토니오' 중 어느 타이프의 성격 소유자인가를 내심으로 비교하면서 문학에 대한 적성 여부를 다시 한 번 검토하고 마음의 준비를 갖추어 출발하는 거울로 삼아 본다면 작품의 가치나 흥미의 도가 한층 높아지리라고 본다.

《트리스탄》에서는 더욱 양극의 대립 대조가 뚜렷하여 흥미가 있으나 바그너의 《트리스탄과 이졸데(Tristan und Isolde)》를 미리 읽어 두기 바란다. 예비 지식 없이는 문맥을 이해할 수 없으리라는 노파심에서 특히 바그너 작의 2막을 정독해 두기 바란다. 여러 구절이 그대로 인용되고 있는 까닭에서이다.

《마리오와 마술사》는 작품 발표 직후, 당시 이탈리아의 무솔리니에 의해서 판매 금지가 되었을 만큼 파시즘을 폭로한 것이다. 토마스 만 자신이 후에 이 작품을 '파시즘의 심리학'이라고 말했다. 그런 시점에서 본다면 작품도 이해가 되고 심리 묘사가 끝까지 독자의 긴장감을 이끌어감을 새삼 느낄 수 있을 것이다.

옮긴이

토마스 만 단편선

토니오 크뢰거
Tonio Kröger

1

  겨울의 태양은 크림색으로 흐려져서 두터운 구름에 싸인 채 좁다란 시가지에 겨우 희미한 빛을 던지고 있었다. 전면(前面)이 합각(合閣)머리로 된 집들이 늘어서 있는 골목길은 질퍽질퍽하고 모진 바람이 불며, 때때로 얼음인지 눈인지 분간하기 힘드는 싸라기 같은 것이 쏟아지고 있었다.

  학교가 끝났다. 돌로 포장된 안마당으로부터 해방된 학생들이 철장 대문을 향해서 쏟아져 나오더니 제각기 좌우로 흩어져서 급히 서둘러 갔다. 나이 먹은 학생들은 점잔을 빼며 책가방을 왼쪽 어깨에 높이 추켜올려 메고 마주 불어오는 바람을 오른손으로 헤치면서 점심 식사를 하려고 걸어갔다. 어린 학생들은 살얼음이 언 진흙에 물장난을 치며 물개〔海狗〕 가죽 가방 속에 학용품을 덜거덕거리면서 시시덕거리며 잔걸음으로 뛰어갔다. 그러나 때때로 주피터 신과 같은 수염을 기르고 보탄 모자(바람 신이 쓰는 모자)를 쓴 채 똑바른 걸음으로 걸어오는 상급반 선생님 앞에서는 공손한 눈으로 모두가 다 얼른 모자를 벗는 것이었다.

"한스야, 이제서야 오니?" 차도에서 오랫동안 기다렸던 토니오 크뢰거는 이렇게 말하면서 얼굴에 미소를 띠우고 동무 옆으로 다가갔다. 그는 다른 학우들과 같이 이야기하면서 교문을 나와 그들과 같이 가려고 했다.

"뭐라구?" 이렇게 물으면서 동무는 토니오를 쳐다보았다. "아, 참 그렇군. 자 이제부터 좀 같이 걷자."

토니오는 입을 다물었고 두 눈은 흐려졌다. 오늘 점심때에 둘이서 산보를 좀 하기로 한 약속을 한스는 잊어버렸는가, 이제서야 겨우 생각이 났을까? 그런데도 토니오는 약속한 이래로 거의 끊임없이 그것을 즐겁게 여겨 왔던 것이다.

"자 잘들 가라!" 한스 한센은 동무들에게 말했다. "나는 이제 크뢰거와 산보를 좀 할 테니까." 그러고 나서 두 사람은 왼쪽으로 향해 걸어갔다. 한편 다른 아이들은 오른쪽으로 건들건들 걸어갔다.

한스와 토니오는 방과 후에 산보할 시간이 있었다. 그것은 둘이 다 네 시에야 비로소 점심 식사를 하는 집의 아이들이었기 때문이다. 그 아이들의 부친은 호상(豪商)이며 여러 개의 공직(公職)도 가지고 있어서 시내에서는 유력했다. 한센의 집은 벌써 여러 대(代) 전부터 아래쪽 강가에 재목 저축장을 소유하고 있었다. 그곳에서는 큰 기계톱이 빽빽 씩씩 소리를 내면서 통나무를 잘라 내고 있었다. 그리고 토니오는 바로 토니오 영사(領事)의 아들이었다. 그 집을 굵고 검은 상사인(商社印)이 찍힌 곡물 부대가 시가를 지나 운반되어 가는 것이 날마다 눈에 띄었다.

또한 토니오의 선조들이 살던 크고 오래된 집은 전 시내에서도 가장 당당한 저택이었다. 아는 사람이 많아서 이 두 아이들은 끊임없이 모자를 벗어야 했을 뿐만 아니라 14세밖에 안 되었는데도 불구하고 여러 사람들로부터 먼저 인사를 받았다.

두 아이는 책가방을 어깨에 걸치고 있었으며, 따뜻하고 좋은 옷차림이었다. 한스는 짧은 해군 반코트를 입고 있었으며 그 어깨와 등 너머로 폭이 넓고 파란 해군복 칼라가 늘어져 있었다. 그리고 토니오는 허리띠를 맨 회색 싱글 외투를 입고 있었다. 한스는 검은 리본이 달린 덴마크 식 선원 모자를 쓰고 밝은 금발의 앞머리가 모자 아래로 곱슬곱슬 비어져 나와 있었다. 그 아이는 특별히 뛰어나게 귀엽고 잘생긴 모습이었다. 어깨는 벌어졌고 허리는 날씬하며 양미간(兩眉間)이 널찍하고 눈은 날카롭게 쏘아보는 강철색 푸른 눈이었다. 그러나 토니오는 둥근 털모자 아래에서 남국(南國)적인 윤곽이 날카로운 갈색빛 나는 얼굴에 너무 무거워 보이는 눈꺼풀과 검은 눈동자의 연하게 그늘진 눈이 꿈꾸는 듯이, 또한 다소 소심하게 보였다. 입과 턱은 유난히 부드러운 생김새였다. 토니오는 아무렇게나 불규칙하게 걸어갔으나 한스는 검은 양말을 신은 날씬한 다리로 경쾌하고 정확한 큰 걸음으로 걸었다.

토니오는 말이 없었다. 그는 고통을 느꼈다. 다소 비스듬히 자라난 눈썹을 당겨 모으고 휘파람을 부는 듯이 입을 둥글게 한 채 고개를 옆으로 기울이고 먼 곳을 쳐다보고 있었다.

갑자기 한스는 자기 팔을 토니오의 팔에 끼면서 옆에서 토니오를 쳐다보았다. 그는 무엇이 문제되고 있는가를 너무나도 잘 이해하고 있었기 때문이었다. 그리고 나서도 토니오는 여전히 말없이 몇 걸음 걸었으나 갑자기 기분이 누그러졌다.

"물론 잊어버린 것은 아니야, 토니오." 한스는 이렇게 말하더니 눈을 내리뜨고 발밑의 보도를 보았다. "다만 나는 오늘 날씨가 몹시 습기차고 바람이 부니까 산보를 해도 소용이 없으리라고 생각했을 뿐이야. 그러나 날씨 같은 건 아무래도 상관없어. 그럼에도 불구하고 네가 나를 기다려 준 것은 썩 잘한 일이라고 생각한다. 너는 벌써 집으로 가버렸을 것이라고 생각하고서 화가 나던 참인데······."

이런 말을 듣고 토니오는 기뻐서 날뛰며 환호성을 올리고 싶은 흥분 상태에 빠졌다.

"그래, 그러면 이제부터 둑을 걷자." 토니오는 감동해서 떨리는 목소리로 말했다. "뮤렌 둑과 홀스텐 둑을 지나서 말이다. 그리고서 너의 집까지 데려다 주마, 한스. 집으로 돌아갈 때는 나 혼자 가지만 조금도 상관없다. 요다음 번에는 네가 나를 데려다 다오."

사실상 토니오는 한스가 말한 것을 별로 믿지 않았다. 한스가 둘이서 산보하는 것을 고작해야 자기가 생각하는 절반 정도나 중요시하고 있다는 것을 토니오는 분명히 알고 있다. 그러나 한스가 자기의 건망증을 후회하고 자신을 달래려고 애쓰고 있다는 것도 알고 있었다. 토니오는 화해를 거절할 의향 같은 것은 더군다나 없었다.

사실은 이러했다. 토니오는 한스 한센을 사랑했고, 그로 인해서 벌써 여러 가지 고통을 겪어 왔었다. 가장 많이 사랑하는 자는 패자(敗者)이며 고민해야 한다—이러한 단순하면서도 가혹한 교훈을 14살 된 토니오의 영혼은 이미 인생으로부터 받아들이고 있었다. 그리고 그와 같은 경험을 잘 유의해서, 말하자면 마음속에 적어 두었다가 어느 정도 그런 것을 즐거워하기는 하나, 자기 개인으로서는 그런 경험에 순응하거나 그런 것으로부터 실제적인 이득을 이끌어 내는 일도 없는 것이 토니오의 성품이었다. 그는 또한 학교에서 강요하는 지식보다도 그러한 교훈이 한층더 중요하며 흥미가 있다고 생각하고 있었다. 그뿐만 아니라 고딕식 둥근 천장의 교실에서의 수업 중에도 대개는 이러한 통찰(洞察)을 근본까지 규명해 느껴 보고, 또 완전히 남김없이 고찰하는 데 몰두하는 상태였다. 이러한 일은 그에게 만족감을 주었으며 그것은 그가 바이올린을 손에 들고(토니오는 바이올린을 켰기 때문에) 방 안에서 왔다갔다하면서 자기가 낼 수 있는 한 부드러운 소리를 아래쪽 정원의 늙은 호두나무 가지 밑에서 춤을 추며 솟아오르고 있는 분수 물줄기의 찰찰거리는 소리 속으로 울려 들어가게 할 때 느끼는 만족감과 아주 똑같은 것이었다.

 그 분수, 늙은 호도나무, 그의 바이올린, 그리고 먼 바다, 방학에는 여름철의 여러 가지 꿈에 기를 기울일 수 있었던 동해(발트 해), 이런 것들이 그가 사랑하던 것이었다. 말하자면 그는 이런 것들에 둘러싸여 있었고, 그런 것들 사이에서 그의 내면 생활이 진행되어 갔다. 그런 것들의 이름은 시를 쓸 때 사용해서 좋은 효과를 얻을 수 있었고, 실제로 토니오 크뢰거가 때때로 쓴 시에서는 언제나 되풀이해서 울려 나오는 것이었다.
 그가 자작시를 적어 둔 수첩을 한 권 가지고 있다는 이 사실이 그 자신의 과실로 일반에 알려지게 되어 동급생이나 선생들 사이에서 대단히 그를 중상(中傷)했다. 크뢰거 영사의 영식(令息)은, 이런 일에 대해서 분격하는 것은 한편에서는 어리석고 야비하다고 생각했다. 그 대신 그는 동급생이나 선생을 멸시했다. 그렇지 않아도 그는 그들의 버릇없는 예의범절을 용납할 수가 없었고, 그들 개개인의 약점을 이상할 정도로 철저하게 꿰뚫어 보고 있었다. 그러나 또 한편에서는 시를 쓴다는 것이 방자하고 원래 적당치 못한 것같이 그 자신도 느꼈고, 이런 짓을 불쾌한 일이라고 생각하는 사람들 모두를 어느 정도 시인하지 않을 수 없었다. 그러나 그렇다고 해서 그가 시를 쓰는 것을 중지시키지는 못했다.
 토니오는 집에 있을 때면 시간을 낭비했고, 수업 중에는 태만하고 정신이 산만했으며, 또한 선생님 사이에서는 평판이 좋지 못했기 때문에 항상 가련하기 짝이 없는 성적표를 집으로 가지고 왔다. 이런 것에 대해서 그의 부친은 대단히 화가 나서 근심스런 기색을 보였다. 그는 명상적인 파란 눈의 소유자이며 키가 크고 세심한 옷차림을 한 신사였고, 언제나 들꽃을 단추 구멍에 꽂고 다녔다. 그러나 토니오의 어머니, 아름답고 검은 머리의 그의 어머니에게는 원래 성적표 같은 것은 아무래도 좋았다. 그 여자는 '곤수에로'라는 이름이었고, 옛날에 부친이 지도상으로 볼 때 아주 남쪽에서 데리고 왔기 때문에 시내의 부인들과는 아주 상이했다.
 토니오는 피아노와 만돌린을 훌륭하게 연주하는 검은 머

리의 격정적(激情的)인 어머니를 사랑했다. 그 어머니가 아들의 신통치 못한 세평(世評)에 대해서 한탄도 하지 않는 것을 그는 좋아했다. 그러나 또 한편으로는 부친의 분노가 훨씬 더 위엄 있고 존경할 만한 것으로 느껴졌다. 또한 설사 야단을 맞더라도 마음속으로는 부친과 아주 똑같은 기분이었으며, 오히려 어미니의 명랑한 무관심을 다소 칠칠하지 못하다고 생각했다. 토니오는 자주 이렇게 어렴풋이 생각하는 것이었다. 즉 —— '나는 현재의 이 상태로 있고 나를 변경하려고도 하지 않으며 변경할 수도 없다. 되는대로 살아 나가고 외고집이며 보통 아무도 생각하지 않는 일에 열중하고 있지만 그것도 지금 이 정도가 꼭 알맞다. 어른들은 이런 것에 대해서 진심으로 나를 책망하고 벌하며 키스나 음악 같은 것으로 소홀히 넘겨 버리려고 하지 않는 것이 당연한 일이겠다. 우리들은 뭐니뭐니 해도 초록색 마차에 탄 집시가 아니다. 예의 범절이 단정한 사람이다. 크뢰거 영사의 가족이며 코뢰거 씨 가문의 사람이다……'

그는 또한 이렇게 생각하는 것도 드물지 않았다. 즉 ——
'나는 도대체 왜 이렇게 유별나게 생겨서 만사에 충돌하고 선생들과 사이가 나쁘며 다른 아이들과 어울리지 못하고 서먹서먹할까? 저 선량한 학생들과 착실하고 평범한 학생들을 보라. 그들은 선생을 우스꽝스럽게 생각지도 않고, 시(詩)도 쓰지 않고, 누구나 바로 그렇게 생각하고, 누구나 큰소리로 말할 수 있는 것만을 생각한다. 그들은 자기들이 단정하고 모든 세상일과 사람들과 화합(和合)하고 있다고 생각할 것임에 틀림없는 것이다. 필경 기분 좋을 것이다……. 그런데

나는 어떻게 된 셈이냐? 그리고 또 장차 만사가 어떻게 되어 갈 것인가?'

이렇게 자기 자신과 인생에 대한 자기의 관계를 관찰하는 버릇이 한스 한센에 대한 토니오의 우정에 있어서 중요한 역할을 했다. 그가 한스 한센을 사랑한 것은 우선 한스가 귀여운 까닭이었다. 그러나 그 다음에는 한스가 모든 점에 있어서 자기 자신과 반대의, 정반대의 인물로 여겨졌기 때문이었다. 한스 한센은 우등생이었고, 그뿐 아니라 씩씩한 소년이었다. 마치 영웅과도 같이 승마를 하고 체조를 하고 수영도 하며, 누구에게나 인기가 좋은 것을 기뻐하고 있었다. 선생들은 거의 애무(愛撫)할 정도로 그 아이를 귀여워했고, 이름도 호명(呼名:세례명)을 불렀다. 어떻게 해서든지 이끌어 주려고 했다. 학우들도 그 아이의 환심(歡心)을 사려고 열심이었다. 노상(路上)에서는 신사 숙녀들이 그 아이를 붙잡고서 덴마크식 선원 모자 아래로 곱슬곱슬 비어져 나온 밝은 금발의 앞머리를 움켜쥐고 이렇게 말하는 것이었다. "한스 한센군, 안녕한가? 참 머리털도 곱구나! 아직도 반에서 일등이지? 아빠 엄마께 인사 말씀 전해라. 참 훌륭한 아이야……."

이런 것이 한스 한센이었다. 토니오 크뢰거는 그 아이를 알게 된 이래로 그 아이만 보면 시기하는 동경심이 가슴속에 뭉쳐 불타 오르는 것을 느꼈다. '너와 같이 눈동자가 파랗고, 또 너와 같이 똑바르게 누구하고나 잘 어울려서 살 수 있었으면 좋겠다. 너는 항상 예의 범절도 단정하고 모든 사람의 존경을 받도록 일하고 있다. 숙제가 끝나면 승마 수업을 하거나 실톱을 가지고 수공(手工)을 하고, 방학 때까지도 해변에서 보트를 저으며 범주(帆走)하거나 수영하기에 열중해서 바쁘다. 그런데 나는 아무것도 하는 일 없이 빈둥거리며 멍청하게 모래 위에 누워서 해면을 재빨리 스쳐가며 영묘(靈妙)하게 교체하는 무언극을 주시하고 있다. 그렇지만 그러하니까 너의 눈은 그렇게도 맑은 것이다. 나도 너와 같이 그랬으면 얼마나 좋을까……'.

그는 한스 한센과 같이 되어 보려고 힘써 보지는 않았다. 그리고 아마 결코 진심으로 그런 것을 소원하지도 않았다. 그러나 현재의 자기를 그대로 한스가 사랑해 줄 것을 간절하게 열망했다. 그래서 그는 자기대로 느끼면서도 절실히 헌신적으로 고민하면서 우울하게 한스의 애정을 구하고 있었다. 그러나 이 구애(求愛)에는 그의 이채로운 외모에서 기대할 수 있는 모든 급격한 격정보다도 한층더 심각하고 애태우는 우수가 깃들어 있는 것이었다.

그러나 그의 구애는 아주 헛된 것은 아니었다. 그것은 한스가 여하튼 간에 토니오의 어느 우월한 점을, 즉 어려운 일을 말할 수 있는 능숙한 구변(口辯)을 인정한 것, 토니오의 자기에 대한 비상하게 강하고 섬세한 감정이 약동하고 있다는 것을 충분히 이해한 것, 그래서 사의(謝意)를 표명하고 호의를 표시해서 토니오에게 여러 가지 행복을 마련해 준 것 때문이다 —— 그러나 그 반면에 또한 여러 가지 고통 즉 질투, 환멸, 정신적인 결합을 이룩해 보자고 하는 헛된 수고 등에서 오는 고통을 주기도 했다. 토니오가 한스 한센을 질투한 것은 그의 생활 방식에 기인했던 것인데, 한스를 자기의 생활 방식으로 이끌어 보려고 항상 노력했다는 것은 실로 기묘한 일이었다. 그런 것은 고작해야 순간적으로, 그것도 다만 표면상으로만 성공할 수 있었다…….

"나는 요즘 놀랄 만한 것을 읽었다. 굉장한 것이야……"라고 토니오는 말했다. 두 아이는 뮤렌 가(街)의 이베루센 잡화상에서 10페니히(미화 1센트, 독일 마르크화 4페니히)를 주고 산 한 봉지의 과일 드롭스를 걸어 가면서 같이 먹었다. "너도 꼭 읽어 봐라. 한스야. 그것은 실러의《돈 카를로스》란 말야. 생각 있으면 빌려 줄 테니……"

"아, 괜찮아." 한스 한센이 대답했다. "그대로 두어라, 토니오. 그런 것은 나에게는 맞지 않아. 난 말〔馬〕에 대한 책을 읽겠어, 알겠니? 멋진 사진이 들어 있어. 정말이야, 우리 집에 언제 한번 오려무나 보여줄 테니. 그것은 고속도 사진야. 그래서 말의 속보(速步), 갤럽, 도약(跳躍) 등 여러 가지 자세를 볼 수 있는데 이런 것은 실제로는 너무 빨리 움직이니까 전혀 볼 수가 없는 것이거든……"

"모든 자세를?" 하고 토니오는 점잖게 물었다. "그것 참 대단하군. 그러나《돈 카를로스》에 관해서 말한다면 그것은 도저히 미처 생각도 할 수 없는 거야. 그 속에는 말이다. 정말이야, 참으로 아름다운 자연이 있어서 마치 꽝 하고 터질 것 같은 충격을 독자에게 준단 말야……"

"꽝 하고 터져?" 한스 한센은 되물었다. "어째서?"

"그것은 예를 들자면 왕이 우는 장면 말이야. 왕은 후작(侯爵)에게 속아서 우는 것이지. 그러나 후작도 다만 왕자를 위해서 왕을 속이는 것이야, 알겠니? 후작은 왕자의 희생이란 말야. 그러나 옥좌(玉座)로부터 별실로 왕이 울었다는 소식이 전해 온다. '울었다', '왕이 울었어?' 궁정의 신하들이 모두 깜짝 놀라 자빠지고, 듣는 사람이 골수에 사무쳤다. 그 이유는 왕이 지독하게 완고하고 엄격한 사람이니까. 그러나 왕이 왜 울었는가는 잘 이해할 수 있지. 그러니까 나는 원래 왕자와 후작을 합친 것보다도 왕을 더 불쌍하게 여기는 거야. 왕은 항상 홀로 있었고 아무에게서도 사랑을 받지 못하고 이제야 한 사람을 발견했다고 생각하자, 그 사람이 또 왕을 배반하니 말이야……."

한스 한센은 옆에서 토니오의 얼굴을 보았다. 그 얼굴 속의 무엇인가가 한스로 하여금 이 화제에 마음을 이끌리게 했음에 틀림없었다. 왜냐하면 갑자기 한스는 또다시 팔을 토니오의 팔에 끼고 이렇게 물었다.

"어떻게 그는 왕을 배반하니, 응, 토니오?" 토니오는 가슴이 두근거렸다.

"응, 그것은 이렇지" 하고 그는 시작했다.

"브라반트나 후란데른으로 가는 편지가 전부……."

"저기 에르빈 짐메타알이 온다" 하고 한스가 말했다.

토니오는 입을 다물었다. '저놈의 저 에르빈 짐메타알 자식이 빨리 없어졌으면 좋겠는데! 왜 하필이면 저놈이 와서 우리를 방해한단 말인가! 저놈이 우리와 같이 가면서 끝끝내 승마 연습에 관해서 이야기하는 일은 제발 없었으면 좋겠지만…….' 에르빈 짐메타알도 역시 승마 연습을 하고 있었기 때문이다. 그 아이는 은행장의 아들이며 성문 밖 교외(郊外)에 살고 있었다. 벌써 책가방도 없이 그의 구부러진 다리와 째진 눈을 하고 가로수 사이로 그들을 향해 걸어오고 있었다.

"짐메타알, 잘 있었니?" 하고 한스가 말했다. "나는 크뢰거하고 좀 걷고 있는 중이야."

"나는 시내로 가야 돼." 짐메타알이 말했다. "그리고 좀 볼일이 있어. 그러나 너희들과 같이 좀 걸어가지. 드롭스냐? 너희들이 가지고 있는 것이? 한두어 개 다오. 아, 고맙다. 내일은 또 연습이 있지, 한스." ―― 그 연습이라는 것은 승마 연습을 말하는 것이었다.

"신난다!"라고 한스가 말했다. "요전번 연습 때에 일등을 해서 이번에는 가죽 각반을 받게 된단 말야. 이거 봐……."

"크뢰거, 너는 아마 승마 연습을 하지 않지"라고 짐메타알이 물었다. 그의 눈은 다만 두 줄기 반짝이는 찢어진 틈에 불과했다.

"아니." 토니오는 대단히 애매한 악센트로 대답했다.

"크뢰거야, 너도 부친께 부탁하려무나, 연습 다닐 수 있도록." 한스 한센이 기다렸다는 듯이 자기 의견을 말했다.

"그래……." 토니오는 성급하면서도 무관심하게 아무렇게나 말했다. 잠시 동안 목을 졸라매는 듯한 기분이었다. 그것은 한스가 이름 아닌 성(姓)을 불렀기 때문이다. 그런데 한스도 이런 것을 눈치챈 듯이 변명을 하면서 말하는 것이었다.

"내가 너를 크뢰거라고 부른 것은 너의 이름이 기묘하니까 그런 거야. 미안해. 그러나 너의 이름은 도무지 마땅치 않아. 토니오라는 것은…… 그것은 도대체 이름이 아냐. 그렇다고 해도 물론 그것이 네 탓은 아니지만!"

"아니야. 너의 이름이 그러한 것은 대체로 그 이름이 이국적으로 들리고 좀 유별나니까 그렇겠지……." 짐메타알이 마치 타이르려는 듯이 말했다.

토니오의 입은 실룩거렸다. 그는 정신을 바짝 차리고 말했다. "그래, 바보 같은 이름이지. 나는 확실히 하인리히라든지 빌헬름이라고 불리는 것이 오히려 좋아. 이것은 정말이야. 그러나 우리 어머님의 동생으로 안토니오라는 분이 있는데 그의 이름을 따라 내가 영세를 받아서 이렇게 된 거야. 우리 어머님은 저 먼 아메리카에서 오셨으니까……."

그리고 나서 그는 입을 다물고 두 아이가 말이나 가죽 제품에 관한 이야기를 하게 내버려 두었다.

한스는 짐메타알과 팔짱을 끼고 내용을 잘 아니까 흥미를 가지고 지껄였다. 《돈 카를로스》에 대해서는 결코 한 번도 이러한 흥미를 그의 마음속에 불러일으킨 적이 없었다. …… 때때로 토니오는 울고 싶은 충동이 치솟아 콧속이 찌릿함을 느꼈다. 그는 또한 끊임없이 떨리는 턱을 손으로 꽉 쥐고 참으려고 애를 썼다…….

한스는 자기의 이름을 싫어한다. 그렇다고 어떻게 하면 될 것인가? 그 아이는 한스라 하고 짐메타알은 에르빈이라는 이름이다. 그야 그렇지, 그런 것은 일반적으로 알려진 이름이고 아무도 이상하게 여기지 않는다. 그러나 '토니오'는 어딘가 이국적이고 유별난 이름이다. 사실 자기는 모든 점에 있어서 어차피 유별난 점이 있고 고독하며, 정상적이고 평범한 사람들로부터 소외당하고 있다. 그렇지만 자기는 결코 초록색 마차를 탄 집시 같은 것은 아니며 크뢰거 영사의 아들, 크뢰거 가문 출신이다……. 우리들이 둘만 있을 때는 토니오라고 불러 주는 한스가 제3자가 오면 어째서 수치스럽게 여기기 시작할까? 때로는 한스가 자기에게 가까이 와서 자기의 것이 되어 주기도 했다. 그것은 사실이다. 도대체 그 사람은 어떻게 해서 왕을 배반했지, 토니오? 한스는 이렇게 물으며 자기의 팔을 끼지 않았던가. 그러나 짐메타알이 왔을 때에는 안도의 한숨을 쉬며 자기를 저버리고 까닭없이 자신의 듣기 드문 이름을 비난하는 것이었다. 이러한 모든 사실을 간파(看破)해야만 한다는 것은 얼마나 가슴 아픈 일인가……. 한스 한센은 단둘이만 있을 때면 실제로는 자기를 좀 좋아한다. 그것은 잘 안다. 그렇지만 제3자가 오면 그것을 수치스럽게 여기고 자기를 희생시키려 한다. 그러면 토니오는 또다시 홀로 남는다. 토니오는 필립 왕의 신세를 생각해 보았다. 왕이 울었다…….

"아, 큰일났다!" 에르빈 짐메타알이 말했다.

"이제는 정말로 시내로 가야지. 잘 가거라. 드롭스 잘 먹었다!" 이렇게 말하고 나서 그는 길가에 있는 벤치 위로 뛰어오르더니 구부러진 다리로 그 위를 달려가 버렸다.

"짐메타알이 나는 좋아!" 한스는 힘을 주어 말했다. 그 아이는 버릇없이 구는, 자부하는 기질이 있어서 자기의 호불호(好不好)를 남에게 분명히 말하고, 말하자면 선심을 써서 이것을 분배해 주는 것이었다……. 그리고 나서는 일단 이야기가 진행 중이었으니까 승마 연습에 관해서 계속 말했다. 그러자 한센 가의 저택도 이제는 그리 멀지 않았다. 둑 너머로 가는 길은 별로 시간이 걸리지 않았다. 두 아이는 모자를 손에 단단히 움켜 쥐고 잎이 진 나뭇가지를 삐걱삐걱 우르릉

소리내며 불어오는 습기찬 강풍(强風)을 향해서 머리를 숙이고 걸어갔다. 한스 한센은 지껄여 댔고, 그러는 동안에 토니오는 때때로 거짓으로 "아아, 그렇지"하고 덧붙여 대꾸할 뿐이었다. 한스가 이야기에 열중해서 또다시 팔짱을 낀 것도 별로 기쁘게 생각하지 않았다. 그런 것은 다만 겉으로만 접근하는 것에 불과하며 무의미한 것이었다.

그리고 나서 두 아이는 정거장이 가까운 곳에서 제방의 녹음지(綠陰地)를 벗어나 기차가 급하게 연기를 내뿜으며 덜커덩덜커덩 지나가는 것을 바라보고 심심풀이로 차량을 세어보며 맨 끝 차간의 꼭대기에, 모피에 몸을 두르고 앉아 있는 사나이에게 손짓을 했다. 린덴 광장 옆 호상 한센 가의 별저(別邸) 앞에서 두 아이는 걸음을 멈췄다. 한스는 정원 문짝에 올라가 매달려서 삑삑 소리가 나도록 이리저리 흔들면 얼마나 재미있는지 자세히 설명해 주었다. 그 말이 끝나자 한스는 작별했다.

"자 이제는 들어가야겠다. 잘 가, 토니오! 요다음에는 내가 너를 틀림없이 데려다 줄께"라고 한스가 말했다.

"잘 있어, 한스야, 산보 잘했다." 토니오가 대답했다.

마주 쥔 두 아이들의 손은 땀에 젖어서 정원 문의 녹이 묻어 있었다. 그러나 한스가 토니오의 눈을 들여다보았을 때 그의 귀여운 얼굴에는 무엇인가 후회하는 듯 골똘히 생각하는 기색을 띠고 있었다.

"하여튼 나도 다음에는 《돈 카를로스》를 읽어 보겠어." 한스는 빠르게 말했다. "옥좌에 왕이 앉은 자연은 필경 훌륭하겠지." 이렇게 말하고 나서 그는 가방을 옆구리에 끼고 앞마

당을 지나 뛰어갔다. 집안으로 사라지기 전에 뒤를 돌아보고 다시 한 번 고개를 끄덕였다.

　또한 토니오도 마음이 상쾌해서 가벼운 걸음으로 떠나갔다. 바람이 토니오의 등뒤에서 불어왔지만 그가 이렇게 경쾌하게 그곳으로부터 걸어간 것은 결코 바람 탓만은 아니었다.

　'한스는 《돈 카를로스》를 읽을 것이다. 그렇게 되면 나는 한스만이 알고 있는 것을 소유하게 된다. 짐메타알이든 누구든 여기에 말참견을 할 수는 없다. 알 수는 없는 일이지만 혹시 한스도 시를 쓰기에 이르도록 할 수 있을는지 모른다……. 아니 그래서는 안 된다! 한스는 나같이 되어서는 안 된다. 한스는 지금 상태로 있는 것이 좋다. 모두가 사랑하는, 누구보다도 내가 사랑하는 바와 같이 명랑하고 씩씩한 사람이어야 한다. 그렇지만 《돈 카를로스》를 읽는다고 해서 해로울 것은 없을 것이다…….' 토니오는 이렇게 생각하며 낮고 단단한 옛 성문을 지나 항구를 따라 걸어가다가 경사가 급한, 모진 바람이 불고 습기차고 합각머리 집들이 늘어서 있는 소로를 올라가 양친의 집으로 갔다. 그때 그의 심장은 활기에 넘쳐 있었다. 동경(憧憬)과 우울한 선망(羨望), 그리고 사소한 경멸감(輕蔑感)과 순결하기 짝이 없는 행복감이 내재하고 있었다.

2

　금발의 잉게, 잉게부르크 호름 ── 높고 뾰족하며 다양(多

樣)한 고딕식 분수가 있는 시청 앞 광장 근처에 사는 호름박사의 딸을 16살 된 토니오 크뢰거는 사랑했다.

어떠한 계기로 그렇게 되었는가? 그는 수없이 처녀를 보아 왔다. 그런데 어느 날 저녁 그는 어느 등불 밑에서 그녀를 보았던 것이다. 어느 여자 동무와 이야기하면서, 그녀는 몹시 쾌활하게 웃으면서 고개를 옆으로 기울이고 있었다. 그녀가 별로 날씬하지도 않고 특별히 아름답지도 않은 어린 처녀의 손을 잡아 뒷머리에 갖다 대니까 흰 망사(網紗) 소매가 팔꿈치에서 미끄러져 떨어지는 것을 보았다. 그는 또 그녀가 무슨 말을, 아무렇지도 않은 말을 그녀 특유의 악센트로 말할 때, 그 목소리에서 따뜻한 울림을 들었다. 이런 모든 것은 그의 마음을 황홀감에 사로잡히게 했다. 그것은 이전에 한스 한센을 쳐다볼 때 종종 느끼던 감동, 그가 아직 어리고 어리석은 어린애였던 그 당시에 느끼던 감동보다 한층 더 강렬한 것이었다.

그날 저녁 토니오는 그녀의 모습을 가슴에 품고 집으로 갔다. 땋아 내린 풍성한 금발, 미소를 머금은 길쭉한 푸른 눈, 콧등에 연하게 어슴푸레 주근깨가 난 콧마루, 그녀의 목소리에 담긴 울림이 들려 와서 밤새 잠을 이루지 못했다. 그녀가 아무렇지도 않은 예사말을 했을 때의 악센트를 살며시 흉내내 보려고도 했다. 그리고는 몸을 부르르 떨었다. 이런 경험은 이것이 바로 사랑이라는 것을 가르쳐 주었다. 사랑은 많은 고통과 불행과 굴욕을 가져올 뿐 아니라, 평화를 깨뜨리고, 마음의 선율(旋律)로 가득 채워서, 한 가지 일을 온전하게 형성해서 태연하게 무엇인가 완전한 것을 꾸밀 수 있는 마음의 침착을 얻을 수 없다는 것을 잘 알고 있었다. 그래도 역시 그는 기꺼이 사랑을 받아들이고 사랑에 전심전력해 정서(情緖)의 힘을 다해서 이것을 육성했다. 사랑이 인간의 마음을 풍족하고 생기 있게 한다는 것을 잘 알고 있었기 때문이었다. 그리하여 그는 태연하게 무엇인가 완전한 것을 꾸미는 대신에 풍족하고 생기에 가득 차기를 절실히 갈망했다.

토니오 크뢰거가 활발한 잉게 호름 양에게 온통 정신을 빼앗기게 된 것은 후스테데 영사 부인의 널찍한 살롱에서 일어나고 말았다. 그날 저녁 후스테데 부인은 댄스 연습 시간을 마련해 줄 차례였다. 이것은 개인 수업이어서 시내 일류 가장의 자녀만이 참가해, 차례로 양친의 집에 모여서 댄스와 예의법을 교수받게 되었었다. 그러나 이것을 위해서 함부르크에서 매주 무도 교사 크나아크 씨가 출장을 나왔다.

그의 이름은 프랑소와 크나아크였는데, 무슨 사람이 이런 자가 있었을까! "여러분과 친근(親近)하게 된 것을 영광으로 생각합니다(J' ai I' honneur de me vous représenter). 나의 이름은 크나아크입니다(Mon nom est Knaak). ······ 그런데 이런 말은 허리를 굽히면서 말하는 것이 아닙니다. 다시 자세를 바로했을 때 말하는 것입니다 —— 즉 낮은 소리로 분명히. 물론 우리들은 매일 프랑스 말로 자기 소개를 해야 할 형편에 놓여 있지는 않으나, 이 나라 말로 정확히 흠잡을 데가 없을 만큼 인사를 할 수 있게 되면 독일어로는 더욱더 잘할 것입니다"라고 그는 말했다. 견사로 만든 검은 프록코트, 어쩌면 그렇게 멋지게 그의 풍만한 허리에 꼭 맞을까! 바지는 주름살도 보드랍게 에나멜을 칠한 구두 위로 늘어지고 그 구두는 폭넓은 공단 리본으로 장식되어 있었다. 갈색 눈은 그 자신의 아름다움에 지친 듯한 행복감을 띠고 사방을 돌아다보고 있었다.

그의 지나치게 자신 있고 예의 바른 태도에 누구나 숨막힐 지경이었다. 그는 그 집 주인 옆으로 걸어갔다 —— 아무도 그와 같이 경쾌하게 성큼성큼 유연하게 왕자와 같이 걸을 수는 없었다 —— 절을 하고 손을 내밀기를 기다렸다. 내민 손을 잡고 낮은 소리로 곧 답례를 하고 사뿐사뿐 물러나더니, 왼쪽 발을 기축(機軸)으로 돌아서서 발끝을 내려 디딘 오른쪽 발을 마룻바닥에서 옆으로 걸어차고 허리를 건들거리며 걸어갔다.

사교적 회합장에서 나갈 때는 뒷걸음으로 몇 번이고 허리를 굽히면서 문 쪽으로 물러간다. 의자의 한쪽 다리를 잡거나 마룻바닥 위로 질질 끌면서 의자를 끌어오는 것이 아니라 등받이를 가볍게 잡고 가져와서 소리없이 내려놓는다. 두 손을 배 위에 겹쳐 놓거나 혀를 입가에 내밀고 서 있지 않는다. 어쩌다 그렇게 하면 크나아크 선생은 그와 똑같이 흉내내는 방식이 있어서 이 광경을 본 사람은 일생 동안 그러한 태도를 싫어하게 되는 것이었다.

이런 것이 예의 범절인 것이었다. 댄스에 관해서 말한다면 크나아크 선생이 자유 자재로 댄스를 하는 솜씨는 실로 고도에 달했다고 할 만했다. 널찍하게 치워 놓은 살롱에는 샹들리에의 가스등이 불타고 벽난로 위에는 촛불이 켜져 있었다. 마룻바닥에는 털크〔滑石〕 가루가 뿌려져 있었고, 제자들은 반원형으로 말없이 서 있었다. 그러나 커튼 저편 옆방에는 어머님, 아주머님들이 빌로도 의자에 앉아서 손잡이 안경으로 크나아크 선생을 살펴보고 있었다. 그는 허리를 굽힌 자세로 예복의 옷깃을 각각 두 손가락으로 잡고 가뿐한 다리로 마주르카의 개별적인 부분을 시범(示範)해 보였다. 그러나 그가 관객을 완전히 아연케 하려고 생각하면 갑자기 특별한 이유도 없이 마루에서 사뿐히 뛰어올라 공중에서 두 다리를 현기증이 날 정도로 빨리 소용돌이치듯 번갈아 돌렸다. 말하자면 두 다리로 트레몰로(한 음, 두 음 또는 몇 개의 음을 될 수 있는 대로 빨리 반복하는 주법, 진음)를 울리게 하고서는 둔하기는 하나 모든 것을 근본부터 진동시킬 듯한 꽝 하는 소리를 내면서 지상으로 돌아오는 것이었다…….

'저게 무슨 기괴망측한 원숭이 같은 놈일까?' 하고 토니오 크뢰거는 마음속으로 생각했다. 그러나 토니오는 잉게 호름, 그 활달한 잉게가 때때로 무아의 경지에서 크나아크 씨의 동작을 지켜보고 있는 것을 잘 알고 있었다. 그런데 토니오가 크나아크 씨의 신기하게 자유자재로 몸을 놀리는 이러한 모든 것을 보고 무엇인가 감탄에 가까운 것을 느꼈음은 비단 잉게의 태도 때문에 그런 것은 아니었다. 크나아크 씨의 눈은 얼마나 침착하고 동요하는 기색도 없이 쳐다보는 것일까! 그 눈은 사물(事物)의 내면을 보려고 하지 않는다. 사물이 복잡하고 슬퍼지는 정도까지 보려고 하지 않는다. 그 눈은 자신의 색깔이 갈색이고 아름답다는 것 이외에는 아무 것도 모른다. 그러나 그런 까닭에 그의 태도는 그렇게도 자랑스러운 것이다. 사실 그와 같이 걸을 수 있기 위해서는 바보가 되지 않고서는 불가능한 일이다. 그러면 사람들로부터 인기가 좋아진다. 즉 애교가 있으니까 그런 것이다. 토니오는 잉게가, 금발의 귀여운 잉게가, 그렇게 크나아크 씨를 쳐다보는 이유를 너무나도 잘 알고 있었다. 그렇다고 해서 토니오 자신을 그렇게 쳐다봐 주는 처녀가 하나도 없었단 말인가?

아니, 그러한 처녀가 있었다. 변호사 훼르메렌의 딸 막다레나 훼르메렌, 상냥한 입과 큼직하고 검게 빛나는 눈에 성실하고 몽상(夢想)적인 기색이 넘치는 처녀가 있었다. 댄스 할 때에 빈번히 넘어지기는 하나 여자 측에서 파트너를 청하게 되면 토니오에게로 왔고, 토니오가 시를 쓴다는 것을 알고서 보여 달라고 두 번이나 간청을 했다. 그리고 멀리서 얼굴을 숙인 채 토니오를 지그시 쳐다보는 일도 자주 있었다. 그러나 토니오에게 그러한 일이 무슨 상관이 있겠는가? 결국 토니오는 잉게 호름을 사랑하고 있었다. 금발의 쾌활한 잉게를. 필경 그 여자는 토니오가 시 따위를 쓴다고 해서 그를 멸시하고 있을 것이지만…… 토니오는 그 여자를 쳐다보았다. 행복과 조소에 가득 찬 그녀의 실눈으로 짜개진 파란 눈동자를 보았다. 그럴 때면 질투가 섞인 동경심이, 그 여자와 함께 어울리지 못하고 영원히 타인이어야 한다는 씁쓸하고 가슴을 압박하는 듯한 고통이 가슴 한복판에 도사리고 있어서 속을 태우는 것이었다……

"제1조, 앞으로!" 크나아크 씨가 말했다. 이 사나이가 얼마나 멋있게 비음(鼻音)을 발성하는지 형용할 말이 없을 지경이었다. 커드릴(여덟 명 내지 열두 명의 남녀 4개 조가 추는 4조 무도의 이름)을 연습했다. 토니오 크뢰거가 마음속으로 몹시 놀란 것은 자기가 잉게 호름과 한 카레(네 명으로 구성되는 방진)에 있었다는 것이다. 그는 될 수 있는 한 잉게를 피했으나 그런데도 항상 잉게 옆에 가 있었다. 자기의 눈이 그녀의 근처를 보지 않도록 막았으나 항상 그의 시선은 잉게에게로 쏠리는 것이었다……. 드디어 그녀가 빨간 머리의 페르디난트 마티이센의 손에 이끌려 미끄러지듯 달음질치면서 접근해 왔다. 리본을 맨 머리를 뒤로 젖히고 안도의 한숨을 쉬면서 토니오와 마주 섰다. 피아니스트 하이쎄만은 뼈대가 굵은 손으로 건반을 두드렸으며 크나아크 씨의 명령 하에 커드릴이 시작됐다.

그녀는 토니오 앞에서 좌우전후로 거닐기도 하고 빙글빙글 돌기도 하면서 움직였다. 그럴 때마다 그녀의 머리카락에서 또는 의복의 보드랍고 흰 천에서 향기가 풍겨 나와 자주 그의 마음을 초조하게 했다. 마침내에는 토니오의 눈동자가 차츰 흐려져 가는 것이었다. '나는 네가 마음에 들어, 너를 사랑해, 귀여운 잉게' 하고 그는 마음속으로 말하면서 그 여자가 아주 열심히 쾌활하게 춤을 추며 자기의 존재를 조금도 유의하지 않는 데 대한 모든 고통을 이 말에 의탁하고 말았다. 기이(奇異)하게도 아름다운 쉬토롬(토마스 만과 같은 주인 쉬레뷔히 홀시타인 주의 후슴 출신의 시인이며 유명한 가정 소설가 《임멘 호》의 작가)의 시 한 구절이 떠올랐다. '잠이 와도 춤은 추어야지.' 이 구절이 내포하고 있는 비굴한 모순, 사랑하는 동안은 춤을 추어야 한다는 모순이 그를 가슴 아프게 한다…….

"제1조, 앞으로!" 크나아크 씨가 말했다. 새로운 선회(旋

回)가 시작됐다. "경례! 숙녀는 선무를! 손을 돌려!(Com-plimet! Moulinet des dames! Tour de main!)"

그런데 그자가 얼마나 우아하게 de의 무성음 e를 삼켜 버리는가를 아무도 묘사할 수가 없다.

"제2조, 앞으로!" 토니오 크뢰거와 그 파트너 차례였다. "경례!" 그래서 토니오 크뢰거는 고개를 숙였다. "숙녀는 선무를!" 그런데 토니오 크뢰거가 머리를 숙인 채 눈썹을 침울하게 찌푸리고서 자기의 손을 숙녀 네 사람이 손 위에, 잉게 흐름의 손 위에 놓고 선무를 추어 버렸다.

사면에서 낄낄거리며 웃어대는 소리가 났다. 크나아크 씨는 격식화한 놀라움을 표시하는 발레의 포즈를 취했다. "아아, 큰일났군!"하고 그는 소리쳤다. "멈추어 서! 크뢰거 군은 숙녀가 되어 버렸나! 뒤로 가, 크뢰거 양 뒤로. 저게 뭐야! 다른 사람은 모두 아는데 도련님만은 못 하시는군, 빨리! 썩 물러서!" 이렇게 말하면서 그는 노란색 비단 손수건을 꺼내어 그것을 흔들며 토니오 크뢰거를 먼저 위치로 쫓아 버렸다.

모든 사람들이 웃어댔다. 소년들도, 소녀들도, 그리고 문간의 커튼 저편에 있던 부인들도. 크나아크 씨가 이 돌발 사건을 어딘지 우스꽝스럽기 짝이 없게 만들어버렸기 때문이었다. 사람들은 극장에서와 같이 흥겨워했다. 다만 피아니스트 하이쩨만 한 사람만이 무미한 사무적인 표정으로 계속 연주하라는 신호를 기다리고 있었다. 그는 크나아크 씨의 이러한 수작에 대해서는 무감각해져 버렸기 때문이다.

그러고 나서 다시 커드릴이 계속되었다. 그 다음이 휴식 시간이었다. 하녀들이 포도 젤리를 담뿍 담은 유리잔을 쟁반에 가득 들고 달가닥 소리를 내며 문간으로 운반해 왔다. 그러자 푸람 케이크를 든 하녀들이 뒤따라왔다. 그러나 토니오 크뢰거는 살짝 빠져 나와 남몰래 낭하로 나가서 손을 뒷짐지고 목제(木製) 두루마리 덧문이 내려진 창문 앞으로 가 섰다. 덧문이 내려져 있으니 아무것도 보이지 않았다. 그럼에도 불구하고 그는 밖을 내다보는 척하고 창문 앞에 서 있는 것이 우스꽝스런 행동이란 것을 미처 생각지 못하고 있었던 것이다.

그러나 그는 마음속을 들여다보고 있었다. 마음은 분통과 동경에 차 있었다. '왜 무엇 때문에 나는 이런 곳에 와 있을까? 어째서 자기 방 창문가에 앉아 쉬토름의 《호반》(《임멘호》쉬토름 작품 중에서 가장 널리 애독되고 있는 작품)을 읽으면서 때때로 눈을 들어 해묵은 호도나무가 침울한 소리를 내며 가지를 삐걱거리는 저녁놀의 정원을 바라다보지 않았는가? 그곳이야말로 내가 있을 곳이 아니었던가. 다른 사람들이야 춤을 추며 생기 있고 재치 있게 열중하는 것이 좋겠지……. 아니다, 역시 내가 있을 곳은 여기다. 설사 홀로 쓸쓸하게 잉게로부터 멀리 떨어져서 저쪽 홀 안의 웅성거리며 딸가닥거리는 소리, 신음 소리 중에서 따뜻하게 생명이 약동하는 그녀의 목소리를 식별하려고 애쓰면서도 나는 내 자신이 잉게 가까이에 있다고 의식하는 것이었다. 너의 길쭉하면서도 웃는 파란 눈동자, 금발의 잉게야! 너같이 아름답고 명랑할 수 있는 길은 다만 《호반》을 읽지 않고, 또한 나도 그와 같은 것을 써 보려고 하지 않는 것뿐이다. 그것은 슬픈 일이

니까 말이다…….'

 그녀가 자기가 서 있는 곳으로 와 봐야 할 것이다! 자기가 나가 버린 것을 알아채고 자기의 심정을 살펴, 설사 동정심에서라도 남몰래 뒤를 따라와서 자기의 어깨 위에 손을 놓고 '우리들 있는 곳으로 가세요, 네. 기분을 내세요. 나는 당신이 좋아요' 라는 말해 주어야 마땅할 것이다. 그래서 그는 등 뒤로 인기척을 엿들으면서 터무니없이 긴장해서 혹시 잉게가 오지나 않을까 하고 기다렸다. 그러나 그 여자가 올 리는 없었다. 그러한 일은 이 세상에서는 일어나는 법이 없는 것이다.

 '그녀도 다른 사람들과 마찬가지로 나를 비웃었을까? 이것은 나를 위해서나 그녀를 위해서도 부정하고 싶었지만, 사실 그녀는 웃었던 것이다. 그런데 나는 다만 그녀의 옆에 있었기 때문에 정신이 팔려서 부지중에 여자가 추는 춤을 같이 추어 버렸을 뿐이다. 그것이 어쨌단 말인가? 아마 그 사람들도 언젠가는 웃는 것을 중지하겠지! 요전만 해도 어느 잡지가 내 시 한 편을 채택해 주지 않았던가. 그 잡지는 시를 출간하기도 전에 폐간이 되어 버리기는 했지만 내가 유명해져서 나 자신이 쓰는 것은 모두 인쇄되는 날이 온다. 그렇게 되는 날에는 잉게 호름이 감명을 받지 않을는지 두고 보아야 할 일이 아니겠는가……. 아니, 그녀는 아무런 감명도 받지 않을 것이다. 사실 그렇다. 그러나 항상 넘어지는 막다레나 훼르메렌이라면, 그녀라면 틀림없이 감명을 받을 것이다. 그러나 잉게 호름, 저 파란 눈의 쾌활한 잉게에게 감명을 주는 일은 결코 없을 것이다. 그렇게 된다면 유명해지는 것도 소

용없는 일이 아니겠는가……'
　이렇게 생각하자 토니오 크뢰거의 심장은 고통스럽게 오그라드는 것이었다. 신기하고 경묘(輕妙)하면서도 우울한 힘이 내부에서 움직이는 것을 느끼면서, 한편 자기가 갈구하는 사람들이 쾌적한 별천지에 동떨어져서 이러한 내적 힘에 대립하고 있음을 알게 됨은 실로 고통스러운 일이었다. 그러나 설사 그가 고독하고 제외되어서 희망도 없이 덧문 앞에 서서 상심한 나머지 밖을 내다보는 척하고 있었다 해도 그는 역시 행복했다. 왜냐하면 그 당시 그의 심장은 살아 있었기 때문이다. 따뜻하면서 슬프게 자신의 심장은 그녀를 위해 잉게부르크 호름 그녀를 위해서 고통치고 있었다. 그리고 자기의 혼을 그녀의 금발의 밝은 그리고 마냥 활달하며 평범하고 조그만 인격을 황홀히 자신도 망각한 채 부둥켜 안고 있는 것이다.
　상기된 얼굴로 음악과 꽃향기, 유리잔이 달가닥거리는 소리 등이 다만 그윽하게 스며드는 고적한 장소에 서 있었던 일도 한두 번이 아니었다. 그리고 멀리 연회의 소음 속에서 그녀의 초롱초롱한 음성을 식별하려고 애쓰며, 그녀 때문에 고통 속에서 있었던 것이나 그래도 역시 그는 행복했었다. 항상 잘 넘어지는 막다레나 훼르메렌과 이야기를 할 수가 있었다. 그녀는 자기를 이해해 주었고 같이 웃기도 하며 진지한 태도를 보이기도 했으나, 한편 금발의 잉게는 그의 옆에 앉아 있어도 그의 말이 그녀에게 통할 리가 없었으니까, 그와는 항상 거리가 멀고 낯이 설며 괴상하게 보였다. 그러한 것이 그의 마음을 상하게 하는 일도 한두 번이 아니었다. 그러나 역시 그는 행복했다. 왜냐하면 '행복이란 사랑을 받는 것이 아니다'라고 그는 자신에게 늘 말했다. 사랑을 받는 것은 혐오감을 아울러 허영심의 만족에 불과하다. 행복이란 사랑하는 것이며, 또한 사랑의 대상으로 조금이라도 기만적이나마 접근할 기회를 포착하는 것이라 하겠다. 그래서 그는 이 생각을 마음속에 새겨 두고 철저하게 심사숙고하며 철두철미하게 통감했다.

'성실' 하고 토니오 크뢰거는 생각했다. '나는 성실하겠다. 그리고 생명이 있는 한 너를, 잉게부르크야, 너를 사랑하려고 한다.' 그는 그렇게도 순진했다. 그런가 하면 또 그의 마음속에서는 '너는 한스 한센을 매일 만나면서도 그를 전혀 잊어버린 게 아니냐'고, 무섭고도 슬픈 소리가 나지막하게 속삭이는 것이었다. 이 그윽하면서도 심술궂은 소리가 올바른 것이었다. 세월이 지나 토니오 크뢰거도 자기대로 이 세상에서 주목할 만한 많은 일을 성취하고자 하는 의욕과 힘을 자기 내부에서 느꼈기 때문에 이제는 옛날과 같이 무조건 그 희희낙락한 잉게를 위해서 죽어도 좋다고 생각하지는 않게 되었다. 이것이야말로 추잡하고 가련한 일이었다.

그래서 그는 자기의 순수하고 정결한 사랑의 불꽃이 타오르는 희생의 제단 주변을 조심스럽게 배회하다가 그 앞에 무릎을 꿇고, 성실하고자 생각했기 때문에 온갖 짓을 다해서 사랑의 불꽃을 돋우고 일으켜 크게 했다. 그런데 잠시 후에는 불꽃이 아무도 모르는 사이에 소리 소문도 없이 꺼져 버린 것이다.

그러나 토니오 크뢰거는 한참 동안 싸늘해진 제단 앞에 서서 성실이란 이 지상에서는 불가능하다는 것을 알고 경악과 실망으로 가득 차 있더니 마침내 어깨를 으쓱하고 나서 자기의 갈 길을 걸어 나갔다.

3

그는 자기가 갈 길을 걸어갔다. 다소 태만하게 맞지 않는 보조로 무심코 휘파람을 불며 고개를 옆으로 기울이고 먼 산을 바라보면서 걸어갔다. 그가 길을 잘못 갔다면 그것은 어떤 사람에게는 도대체 정도(正道)가 없기 때문에 생긴 일인 것이다. '도대체 무엇이 되려고 생각하는가'라고 물으면 그는 그때마다 다른 답변을 하는 것이었다. '나는 온갖 생존 형식(生存形式)에 대한 가능성을 내포하고 있지만 한편, 그런 것은 근본적으로는 오로지 불가능성에 불과하다는 것을 남몰래 의식한다'고 항상 말했으니까 말이다. (그리고 이 사실도 이미 기록했던 것이다.)

그가 자기의 협소한 고향 도시를 떠나기 전에 그 뒤를 고향에 잡아매 두고 있었던 집게나 실끈은 이미 소리도 없이 풀려져 있었다. 유서 깊은 크뢰거 가문은 점차 몰락 와해될 상태에 있었고, 세상 사람들은 토니오 크뢰거와 같은 사람이 생겨난 것을 역시 그러한 상태의 한 징조라고 간주하고 있었으나 그것도 일리 있는 말이었다. 가문의 연장자인 부계(父系) 조모가 사망한 후 얼마 안 가서 그의 부친이 그 뒤를 따랐다. 그의 부친은 키가 크며 세심하게 옷차림을 하고 명상적이어서 항상 단추 구멍에 들꽃을 꽂고 있었다. 크뢰거 씨 대저택은 그 존경할 만한 역사와 더불어 팔리게 되었고 상회는 해산하고 말았다. 그러나 토니오의 어머니, 피아노와 만돌린을 썩 잘 연주하는 아름답고 열정적인 어머니에게는 그러한 일은 모두 전혀 아무래도 상관이 없었으며, 일년 후에 재혼해 버렸다. 그것도 상대자가 어느 음악가, 이탈리아 이름을 가진 명인(名人)이었다. 그녀는 그 사나이를 따라 저 멀리 푸른 하늘의 남쪽 나라로 가버리고 말았다. 토니오 크뢰거는 이런 것을 좀 주책이 없다고 생각했다. 그러나 여자가 그렇게 하는 것을 막을 자격이 토니오에게 있었을까? 시를 쓸 뿐 아니라 도대체 무엇이 되겠느냐고 물어도 대답은 하나 신통하게 못하는 그가 아니었던가······.

  이렇게 해서 그는 합각머리 지붕에 습기찬 바람이 소리치는 꼬불꼬불한 고향 도시를 떠났다. 정원의 분수와 여러 해 묵은 호도나무를, 소년 시절의 친구를 저버렸다. 또 그렇게도 사랑하던 바다와도 작별했다. 그러면서도 그는 조금도 고통을 느끼지 않았다. 왜냐하면 그는 커서 현명해졌고 자기의 사정이 어떠한가를 이해했으며, 또 지금까지 오랫동안 자기가 꼭 붙잡혀 매여 있던 저속하고 열등한 생활에 대한 조소의 마음이 충만 되어 있었기 때문이었다.

  그는 이 지상에서 가장 숭고하게 여겨지는 힘, 그것에 봉사하는 것이 자기의 천직이라고 느낀 힘, 그에게 고귀함과 영예를 약속한 힘, 즉 무의식적이며 말없는 인생 위에 미소 지으며 군림하는 정신과 언어의 힘에 전념했다. 그의 젊은 정열을 그 힘에 기울였다. 그 힘은 증여(贈與)할 수 있는 모든 것을 주어 그에게 보답했으나, 또한 언제나 그 대가로서 빼앗아 가는 것을 가차없이 탈취했다.

이 힘은 그의 시선을 날카롭게 했고 인간의 가슴을 부풀게 하는 굉장한 언어의 정체를 간파하게 했으며, 인간의 영혼, 그 자신의 영혼을 해명하게 했다. 뿐만 아니라 투시력(透視力)을 부여해서 세계의 내면과 또 언어와 행위의 배후에 있는 일체의 궁극적인 것을 가르쳐 주었다. 그런데 그가 본 것은 골계(滑稽)와 비참 —— 그는 골계와 비참을 본 것이다.

그러자 인식이 고뇌와 오만과 더불어 고독이 찾아왔다. 왜냐하면 그는 악의 없고 쾌활하며 우매한 사람들과 동료가 될 수도 없고, 또한 그의 이마의 낙인이 그러한 사람들을 당황케 하기 때문인 것이다. 그러나 언어와 형식에 대한 즐거움도 점차로 감미로운 맛을 더해 갔다. 왜냐하면 그는 항상 다음과 같이 말했던 것이다. '이 사실도 이미 기록한 것이다.' 즉 표현이 주는 여러 가지 쾌락이 우리들을 항상 생기 발랄하게 해주지 못한다면 영혼의 인식만으로는 틀림없이 우리들을 우울하게 할 것이라고…….

그는 여러 대도시와 남국에서 살았다. 자기 예술의 한층 풍성한 성숙을 남국의 태양에 기대하고 있었으며, 또한 모친의 혈통이 그를 남국으로 유인했는지도 모를 일이다.

그러나 그의 심장은 죽어서 애정도 없었기 때문에 그는 육욕(肉慾)의 모험에 빠져 쾌락과 지옥고(地獄苦)를 면치 못할 뜨거운 죄악의 심원으로 타락해서 말할 수 없는 고초를 겪었다.

남국에서 그다지도 그를 괴롭게 한 것은 그의 부친의, 키가 크고 세심하게 몸을 단장한 명상적인, 들꽃을 단추 구멍에 끼고 있었던 그 부친의 유전적 소질이었는지도 모른다. 그리고 한때는 그 자신의 것이었으며, 지금은 어떠한 쾌락에서도 다시 찾아볼 수 없는 영혼의 즐거움에 대한 미약하나마 그리운 추억을 때로는 그의 마음속에 자주 소생시킨 것도 바로 부친의 혈통이었는지도 모른다.

관능에 대한 혐오감과 증오감, 그리고 순결과 범절 있는 평화에 대한 갈망에 그는 사로잡혔다. 그러나 또 한편 그는 예술에 대한 공기를, 훈훈하면서도 감미로운 향기를 담뿍 담은 상춘(常春)의 공기를 호흡하고 있었다. 그곳에서는 남이 모를 창조의 환희 속에 모든 것이 태동하고 우러나오며 싹트고 있었다. 결과적으로 그는 정처 없이 심한 극단에서 극단으로 냉엄한 지성과 심신을 소모하게 하는 관능의 열정 사이를 방황하면서 수많은 양심의 가책 하에 소멸적인 생활을, 전형적으로 방종하고 비정상적인 생활을 지속해 나갔다. 토니오 크뢰거는 그러한 생활을 마음 속으로는 싫어하고 있었다. '이게 무슨 방황인가!' 하고 그는 때때로 생각했다. '어찌하여 내가 이렇게 기괴한 모험에 빠졌단 말인가? 나는 원래가 초록색 마차에 탄 집시 따위가 아니다……'

그러나 건강이 약해지는 것에 반비례해서 그의 예술 정신은 날카로워져 갔다. 까다롭고 정선(精選)되고 귀중하고, 섬세하고, 저속한 것에 대해서 신경질적이고, 예절과 취미의 문제에 관해서는 극도로 민감해졌다. 그가 처음으로 등장했을 때 관계자들 사이에서는 많은 박수 갈채와 환호성이 높았었다. 그것은 그가 제시한 것이 유머와 고민의 지식에 넘쳐 있었고, 귀중하게 만든 것이기 때문이었다. 그러니까 그의 이름은 급속히 —— 옛날에는 학교 선생들이 책망하면서 불렀던 바로 그 이름이, 호도나무와 분수와 바다를 제목으로 한 처녀작 위에 서명한 그 이름이, 남극과 북극이 합친 억양, 이국적인 색채를 띤 시민의 이름이 이제는 탁월한 것을 의미하는 관용어가 되어 버렸다.

왜냐하면 그가 맛본 여러 가지 경험의 쓰라린 철저성에는 보기 드문 끈기 있고 지구(持久)적이며 야심만만한 근면이 가미되어 있었으며 이 근면성은 그의 취미의 까다로운 신경질과 싸우면서 격심한 고통 하에 비범한 작품들을 성립시켰던 것이다.

그는 살기 위해서 일하는 사람같이 일하지 않았다. 왜냐하면 그는 생활인으로서는 전혀 존중되지 않고 오로지 창작인으로서만 고려되기를 원하며 다른 점에 있어서는 생기도 없이 별로 눈에 띄지도 않게 돌아다녔다. 그것은 마치 연출할 것이 없게 되자 전혀 무가치한 존재가 되는 가면을 벗긴 배우같이 살았기 때문이다. 그는 말없이 틀어박혀서 나타나지 않고 일했다. 그리고 재능을 사교상의 장식물로 생각하며 빈부(貧富)간에 난잡하게 활보하거나 유별난 넥타이로 사치를 일삼고, 무엇보다 행복하고 상냥하며 예술적으로 살려고 생각하고 있으면서, 좋은 작품은 다만 어려운 생활의 압박 하에서 생긴다는 것, 산 사람은 창작을 하지 못하며, 창작하는 사람이 되기 위해서는 죽어 있어야 한다는 것 등을 모르는 소인(小人) 족속을 전적으로 멸시했다.

4

"방해되겠지요?"

토니오 크뢰거는 아틀리에의 문턱에 서서 물었다. 모자를 손에 들고 조금 허리를 굽히기까지 했다. 물론 리자베타 이바노브나는 조금도 사양할 필요가 없는 여자 친구이기는 했다.

"시시한 소리 그만두세요, 토니오 크뢰거씨. 격식을 차릴 것 없이 들어와요!" 통통 뛰는 듯한 억양으로 그녀는 대꾸했다. "당신이 좋은 가정에서 태어났고 처신이 예의 바르다는 것은 알고 있어요." 이렇게 말하면서 그녀는 팔레트를 든 왼쪽 손에 화필(畵筆)을 끼우고 오른쪽 손을 내밀더니 깔깔거리며 웃었다. 동시에 머리를 흔들며 똑바로 그의 얼굴을 쳐다보았다.

"그야 그렇지만 일하는 중인 듯한데"라고 그는 말했다.

"어디 좀 보여주시죠……. 오오, 많이 진전했군요." 그리고 나서 그는 화가(畵架) 양쪽 의자 위에 기대어져 놓여 있는 채색한 스케치와 전면에 방안선(方眼線)이 그어진 큼직한 캔버스를 번갈아 관찰했다. 혼란하게 그림자같이 그려진 목탄 데생이 최초의 색이 군데군데 칠해져 모습을 드러내기 시작하고 있었다.

그곳은 뮌헨 시 셸링 가(街) 후면 건물의 몇 층계를 올라간 방이다. 폭 넓은 북향 창문 밖에는 푸른 하늘과 참새들의 지저귀는 소리, 일광(日光)이 한창이었다. 열려진 들창을 통해서 봄의 싱싱하고 감미로운 호흡이 넓은 작업실 안에 가득 차 있는 정착액(定着液)과 유채료(油彩料)의 냄새와 혼합되어 있었다. 쾌청한 오후의 황금색 빛이 아무런 방해도 받지 않고 널찍한 아틀리에의 텅 빈 속에 아무런 장애물도 없이 가득히 괴어 있어서, 다소 상한 마룻바닥과 병이나 튜브나 화필 등으로 뒤덮인 창문 아래의 거칠게 만들어진 탁자를 비추고, 또 도배도 하지 않은 벽에 액자에도 끼우지 않고 걸려 있는 습작품을 거침없이 비추고 있었다. 그리고 찢어져 금이 간 비단 병풍을 비추었다——그것은 문간 가까이에 서 있어서 거실 겸 휴게실로 사용하는 아치(雅致)있게 가구를 비치한 조그마한 구석을 막고 있었다.

그녀는 그와 거의 동년배, 즉 30을 갓 넘어 보였다. 짙은 감색의 얼룩진 앞치마를 걸치고 낮은 걸상에 앉아서 한 손으로 턱을 괴고 있었다. 말쑥하게 손질한 갈색 머리는 양쪽이 벌써 회색으로 변해 있었다. 가르마를 탄 머리가 슬며시 파장형을 이루며 좌우 관자놀이를 덮어 흑갈색의 슬라브인 모습을 한, 무척 호감이 가는 얼굴의 윤곽을 이루고 있었다. 주먹코에 광대뼈가 튀어나왔고 눈은 조그마했으나 검고 반짝였다. 그녀는 긴장해서 의심스럽고도 화가 난 것같이 눈을 가늘게 찌푸리고 자기가 한 일을 곁눈으로 음미하고 있었다.

그는 여자 옆에 서서 오른손을 허리에 짚고 왼손으로 분주하게 갈색 코밑 수염을 비비 꼬고 있었다. 비스듬한 눈썹은 음산하게 긴장해서 움직이고 있으며, 평소의 버릇으로 무심코 휘파람을 불고 있었다. 그는 유달리 공들인 견실한 옷차림을 하고 있으며, 점잖은 회색 복지에 소박한 재단의 의복이었다. 그러나 지극히 단순하고 똑바르게 가르마를 탄 검은 머리 아래 만고풍상을 다 겪은 이마에는 신경질적인 경련이 있었고 남방적으로 생긴 얼굴은 이미 날카롭고, 마치 단단한 끌로 본을 떠서 뚜렷하게 파놓은 것 같았다. 한편 그의 입은 대단히 온순한 윤곽을 보여주고 있었으며, 턱은 아주 두루뭉실했다……. 잠시 후 그는 한 손으로 눈과 이마를 쓰다듬고 서 돌아섰다.

"차라리 오지 말 것을 그랬죠."

"왜요, 토니오 크뢰거 씨?"

"지금 막 일에서 손을 떼고 나왔습니다, 리자베타. 그러니까 머리 속이 마치 이 캔버스와 꼭 같아요. 뼈대뿐이고 색이 연한, 수정을 해서 더러워진 윤곽, 몇 군데 칠한 자국도 있고, 이런 상태인데 이곳에 왔더니 똑같은 것을 보게 되는군요. 여기서도 나는 갈등과 모순을 또다시 목격하는 셈이오." 그는 코를 내두르며 냄새를 맡아보았다. "집에서 나를 괴롭히던 것과 똑같은 것이야. 이상한 일이지, 무슨 생각에 사로 잡혀 있으면 어디를 가나 그것이 표출(表出)되어 있는 것을 발견하게 되거든. 바람 속에서조차 냄새를 맡아 내거든. 정착액(定着液)과 봄의 향기를. 안 그래요? 예술과 그리고 —— 또 무엇이더라? '자연'이라고는 말하지 말아요, 라자베타. '자연'은 충분치 못해. 아아, 차라리 산보나 하는 편이 더 좋았을 것을. 하기야 그것이 더 기분이 좋았을는지 의문이기는 하지만, 바로 5분 전에 요 근처에서 동료인 단편 소설가 아달베르트를 만났습니다. '신이여 봄을 저주하소서! 봄은 가장 추악한 계절이고 변함이 없다! 자네는 올바른 생각을 할 수 있겠는가. 아주 사소하나마 요점이나 효과를 태연히 고안해 낼 수 있겠는가 말야. 만약에 점잖지 못하게 피가 근질근질하고 당치도 않은 선정(煽情)이 솟구쳐 올라 불안정한 경우에 말일세. 잘 살펴보면 철두철미 진부하고 전혀 소용이 없는 것이라는 정체가 드러나거든. 나에 관해서 말하면, 이제부터 커피 집에 가네. 그곳은 중립 지대이고 계절의 교체에 저촉되지 않으니까. 여보게, 그곳은 문학적인 것의, 말하자면 초월적(超越的)인 숭고한 영역을 제시해 준단 말야. 그곳에 있으면 보통 이상의 고상한 착상만이 떠오른단 말야······.' 그래서 그자는 커피 집에 가버렸는데, 나도 같이 갔었더라면 좋았을 것을 그랬어."

리자베타는 좋아라 했다.

"참 재미있군요. 토니오 크뢰거 씨. 그 '점잖지 못하게 근질근질하다'는 이야기는 재미있군요. 사실 그분의 말도 어느 정도 일리가 있어요. 정말로 봄은 일하기에 별로 좋지 못하거든요. 그러니까 조심하세요. 그러함에도 불구하고 나는 여기 간단한 일을 좀더 하겠습니다. 아달베르트 씨가 말하는 사소한 요점의 효과들, 그리고 나서 살롱에 가서 차를 마십시다. 그러면 마음대로 이야기하세요. 하고 싶은 말이 가득 쌓인 것같이 보이니까. 그때까지는 아무 데나 끼여 계시지요, 저 상자 위에라도 그 귀족적인 의복이 염려되지 않으시면······."

"아아, 의복은 상관 마십시오, 리자베타 이바노브나. 다 떨어진 우단 윗옷에 빨간 비단 조끼나 입고 빙빙 돌아다녔으면 좋겠습니까? 도대체 예술가란 내심으로는 항상 상당한 사기꾼입니다. 하는 수 없으니 겉으로나마 옷을 잘 입고 점잖은 사람같이 행동해야 합니다……. 아니, 뭐 내가 화가 잔뜩 나있다는 것은 아닙니다." 그는 이렇게 말하고서 팔레트 위에 유채(油彩)를 혼합하고 있는 그녀의 모습을 바라보았다. "지금 들으신 바와 같이 내 마음에 못 박혀 일을 방해하고 있는 것은, 즉 어느 문제와 대립일 뿐이죠……. 저, 무슨 이야기를 했던가? 그렇지, 소설가 아달베르트. 확실히 그는 자부심 있고 확고부동한 사나이야. '봄은 추악한 계절이다'라고 말하고 커피 집으로 가버렸어. 사람이 원하는 것은 알아야 하니까. 아시겠지요, 봄은 또한 마찬가지로 신경 과민에 빠지게 합니다. 봄이 환기하는 추억과 감정의 상냥한 평범성은 나를 혼란에 빠뜨립니다. 그렇다고 해서 나는 봄을 비난하거나 멸시할 용기는 없습니다. 즉 나는 봄에 대해서 부끄럽게 여기고, 봄의 순진한 자연성, 봄의 압도적인 젊음에 대해서 수치감을 느끼고 있는 실정입니다. 아달베르트는 이 점에 관해서는 전혀 무지하니까, 내가 그를 부러워해야 할지, 또는 멸시해야 할지는 알 수 없군요…….

봄에는 일하기 어렵습니다. 이것은 확실하죠. 왜 그럴까요? 인간이 느끼기 때문입니다. 창조하는 사람은 느껴도 좋다고 생각하는 자는 풋내기입니다. 순수하고 정직한 예술가라면 누구나 이러한 풋내기들의 어리석은 순박함을 보고 미소짓게 됩니다 —— 아마 우울하기는 하겠지만 그래도 미소 지을 것입니다. 그것은 사람들이 말하는 것은 절대로 가장 중요한 요점이 아니라 오히려 그것 자체만으로는 아무렇지도 않은 것들뿐이니까요. 그러한 것은 미적 형상이 유희적(遊戱的)이며 태연한 우월성에서 구성되어지기 위한 재료에 불과한 것입니다. 당신이 말하고자 하는 것에 너무 지나치게 개의하거나 그것 때문에 심장을 너무 두근거리게 한다면 완전한 실패는 틀림없다고 할 수 있습니다. 당신의 심정은 비창(悲愴)하고 감상적으로 될 것이며, 결과적으로는 어쩐지 답답한 것, 서투르고 꼼꼼한 것, 철저하게 다루지 못한 것, 풍자적이 아닌 것, 양념 맛이 없는 것, 지루하고 평범한 것이 당신 수중에 생길 따름입니다. 그리하여 결국에는 세상 사람들이 냉담하게 당신의 작품을 맞이할 것이며, 당신 자신은 실망과 고통 이외에 얻는 바가 없을 것입니다——사실이 바로 그러한 것입니다, 리자베타. 감정이란 따뜻하고 정의(情意)가 있는 감정이란 것은 언제나 평범하고 소용이 없는 것이고, 예술적인 것은 다만 우리들 예술가 기질의 파멸한 신경 조직의 초조감, 냉철한 망아(忘我)뿐입니다. 인간적인 것을 연출하고 그런 것을 다루고 효과적으로 취미를 풍부하게 표현할 수 있거나 또는 조금이라도 표현하고 싶은 생각이 나게 되려면 우리들 자신이 무엇인가 초인간적인, 비인간적인 것으로 되거나 또 되어야 하며, 인간적인 것에 대해서 기묘하게 생소하고 초당파적 관계에 있어야 하는 것입니다. 양식(樣式)이나 형식, 또는 표현의 재능이라는 것이 이미 인간적인 것에 대한 이러한 냉담하고 까다로운 관계를, 실로 인간적인 빈곤과 황폐를 전제(前提)로 하고 있습니다. 좌우간에 건전하고 강한 감정은 무취미한 것이니까요. 예술가는 인간이 되어서 느끼기 시작하면 볼장 다 본 것입니다. 아달베르트는 이 사실을 알고 있었기에 커피 집으로, '초월적 영역'으로 가버린 것이죠. 물론입니다!"

"그렇다면 그런 사람은 내버려두세요." 이렇게 말하면서 리자베타는 대야에다 손을 씻었다. "당신이 그분의 뒤를 따를 필요는 없어요."

"그렇지요, 리자베타. 나는 따라가지는 않겠으나 다만 내가 때때로 나의 예술가로서의 직분을 봄에 대해서 다소 부끄럽게 여길 수 있기 때문입니다. 보십시오, 가끔 나는 알지 못하는 사람들로부터 편지를 받습니다.. 독자의 찬미나 감사의 편지, 감동한 사람들의 경탄해 마지않는 편지들입니다. 그러한 편지를 읽으면 나의 예술이 그렇게도 따뜻하고 둔하게 인간적인 감정을 환기시켰음을 눈앞에 보고 안타까운 생각이 마음속으로 스며드는 것입니다. 이러한 편지의 행간(行間)에 넘치는 감동한 소박성(素朴性)에 직면할 때 일종의 동정감에 사로잡히기도 합니다. 그러나 만약에 언제인가 이 고지식한 인간이 이면을 들여다본다면 그 얼마나 흥이 깨질까, 성실하고 건강하며 얌전한 인간은 결코 글을 쓰거나 연출하거나 작곡 같은 것을 하는 게 아니라는 것을 이렇게 순진한 사람들이 만일 알게 되면 얼마나 놀랄 것인가 하고 생각하면 얼굴이 빨개집니다……. 그렇다고는 하지만 나 자신을 높이고 자극하기 위해서 나의 재능에 바치는 이러한 찬사를 이용도 하고, 그러한 찬사를 터무니없이 진지한 태도로 받아들여 대가 행세를 하는 원숭이 같은 얼굴도 꾸며 보지만, 상관이야 없는 일이죠……. 아, 내 말을 가로막지 말아요, 리자베타. 실은 나도 인간적인 것에 참여하는 바 없이 인간적인 것을 표현하는 일에 죽도록 피로해지는 수가 자주 있는 것입니다……. 도대체 예술가란 남자일까요? 이런 것은 '여자'에게 묻는 법이지! 내 생각에는 아무래도 우리들 예술가란 저 법왕청의 연습을 많이 한 가수들과 다소 운명을 같이하고 있는 것처럼 여겨집니다……. 우리들은 아주 감동적으로 아름답게 노래하지요. 그렇지만——"

"좀 부끄럽게 생각하세요, 토니오 크뢰거 씨. 자, 이제 차를 들기로 합시다. 곧 물이 끓을 것입니다. 그리고 담배는 여기 있어요. 소프라노 이야기를 하다가 중단했지요. 어서 말씀을 계속하시죠. 그러나 좀 부끄럽게 생각도 하세요. 당신이 얼마나 자랑스러운 정열로 자기의 천직에 열중하고 있는가를 내가 혹시 알지 못하고 있다면 그런 말을 할 수도 있을지 모르지만……."

"제발 '천직'이라고는 말하지 마십시오, 라자베타 이바노브나. 이 문학이라는 것은 천직이 아나라 저주(詛呪)입니다——내 말을 좀 들어 보십시오. 언제부터 이 저주가 느껴지기 시작했느냐고요? 일찍이, 아주 놀라울 만큼 오래 전부터이죠. 인간이 아직 신과 세상과 화목하게 살아야 마땅했던 그 시대부터입니다. 당신은 자기에게 각인(刻印)이 찍혀져 있어서 다른 사람들, 평범하고 정상적인 사람들과 불가사의한 대립 관계에 놓여 있음을 느끼기 시작합니다. 풍자와 불신, 반항과 인식, 감정의 심원이 당신을 다른 사람들로부터 분리(分離)하고 점차로 심원의 입은 크게 벌어져 가는 것입니다. 당신은 고독하고 일단 그렇게 되면 장차 의사 소통의 길은 없지요. 이게 무슨 운명일까요! 만약에 심장이 그 운명을 무서운 것으로 느낄 만한 생기와 또 그만한 애정을 간직하고 있다면…… 아무리 많은 사람들 사이에 있어도 당신은 자기의 이마에 찍힌 표지를 감지하고 누구의 눈도 피할 수 없다고 느끼는 까닭에 당신의 자의식은 불타오르게 마련입니다. 이전에 천재적인 배우를 한 사람 알고 있었는데, 그는 인간으로서는 병적인 소심증과 의지 박약 때문에 몹시 고민했습니다. 그것은 자기 의식이 극도로 예민한 데다가 좋은 배역은 차례가 오지 않아서 그렇게 되어 버린 것입니다. 예술가로서는 완벽했지만 인간으로서는 가련한 처지였지요 ……. 진실한 예술가, 예술을 생활인의 직업으로 삼고 있지 않은 예술가, 숙명적인 저주받은 예술가를 대중 속에서 식별하기에는 별로 예리한 안목이 없어도 가능한 일입니다. 대중에서 분리되어 그들과는 어울리지 않는다는 느낌, 모든 사람에게 알려져 있고 그들의 관찰 대상이 되어 있다는 느낌, 그와 동시에 어딘지 왕자와 같으면서 당황하는 빛이 얼굴에 있는 법이죠. 평복을 입고 서민들 사이를 걸어 다니는 국왕의 얼굴에서 그러한 것을 엿볼 수 있지 않을까요. 그러나 평복도 소용이 없습니다. 리자베타! 변장을 하든, 가장을 하든, 또는 휴가 중의 대사관 무관(大使館武官)이나 친위사단(親衛師團)의 소위 같은 몸차림을 한다 해도 당신이 눈을 뜨기가 무섭게 말도 한 마디 할까말까 하는 사이에 누구나가 다 당신이 무엇인가 색다른, 수상하고 기묘한 인간이라는 것을 알게 됩니다…….

그러나 예술가란 무엇일까요? 원래 인류는 안이성을 추구하며 인식을 태만히 하지마는 이 문제에 대해서보다 더 끈덕지게 외면해 온 적도 없을 것입니다. '그러한 것은 재능의 문제다'라고 어느 예술가의 감화를 받고 있는 정직한 사람들은 겸손하게 말합니다. 그리고 그러한 사람들의 선의에 넘치는 의견에 의하면, 명랑하고 숭고한 결과에는 또한 절대적으로 명랑하고 숭고한 원인이 있어야 한다는 것이니까 그 '재능'이라는 것이 극도로 복잡하고 극도로 의심스러운 것일지도 모른다고는 아무도 생각지 않습니다……. 예술인이란 실로 까다롭다는 것은 주지의 사실입니다 ── 그런데 똑바른 양심과 기초가 건실한 자기 감정을 가진 사람들에게는 이러한 것(까다로운 성격)은 해당되는 수가 없다는 것도 잘 알려진 사실입니다……. 그래서 말입니다, 리자베타. 나는 마음속으로 ── 정신적인 의미에서이지만 예술가 타이프의 사람에 대해서는 전적으로 의심에 찬 생각을 품고 있습니다. 저 북쪽의 협소한 도시에 있었던 나의 훌륭한 선조들은 누구나 자기 집으로 오는 요술사나 기괴(奇怪)한 예능인 같은 것을 신용하지는 않았겠는데, 그것과 똑같은 것이죠. 다음과 같은 이야기를 들어 보시오. 나는 어느 은행가를 알고 있습니다. 그는 다년간 근무한 실무자인데 소설을 쓰는 재능이 있습니다. 그는 여가에 이 재능을 발휘해서 가끔 훌륭한 작품을 쓰는 수가 있었습니다. 이 숭고한 '재능'에도 불구하고 ── 그러함에도 불구하고 말입니다. 이 사나이는 탓할 수 없이 완전하다고는 할 수 없습니다. 그와는 반대로 그는 이미 중한 금고형을 복역한 일이 있습니다. 그것도 뚜렷한 이유가 있어서입니다. 즉 이 사나이가 자기의 재능을 비로소 자각한 것은 바로 감옥에서 일어난 일입니다. 따라서 죄수로서의 자기 경험이 그의 작품 전부의 근본 주제가 되어 있는 것입니다. 따라서 대담하게 말한다면 시인이 되기 위해서는 무엇인가 감옥 같은 것에 정통(精通)할 필요가 있다고 추론(推論)할 수 있지 않을까요? 그러나 의심이 생기는 것은 이 사나이의 옥중 체험과 이 사나이를 그러한 곳으로 몰아넣은 일과 어느 쪽이 이 사나이의 작가 정신의 근저(根底)와 근원에 밀접한 관계가 있는가 하는 점입니다 —— 소설을 쓰는 은행가, 그것은 진기한 일이죠. 안 그렇습니까? 그러나 형법을 범하지 않은, 비난할 여지도 없고 착실한 은행가로서 소설을 쓰는 사나이 —— 이러한 인간은 절대로 없습니다…….

과연 당신은 웃으시지만 나는 그래도 농담 반 진담 반입니다. 예술가 생활과 그 인간적 작용의 문제보다 더 골치 아픈 문제는 이 세상에 없습니다. 저 가장 전형적이며 가장 힘찬 예술가의 작품으로서 가장 신기한 것, 즉 《트리스탄과 이졸데》같이 극히 병적이며 애매한 작품 말입니다. 그러한 작품이 젊고 건강하며, 건전하고 정상적인 감각을 가진 사람들에게 끼치는 영향을 생각해 보십시오. 기분은 앙양되고 힘차게 되어, 따뜻하고 성실함 감격이 일어날 것이고 자칫하면 자신도 '예술 작가' 활동을 해보고 싶은 감흥이 생기기도 할 법합니다……. 선량한 딜레탕트이지요! 그러나 예술 애호가들이 '따뜻한 마음'과 '정직한 감격'에서 꿈꾸는 것과 우리들 예술가의 양상은 전혀 근본적으로 다른 것입니다. 예술가가 부녀자나 어린아이들에게 둘러싸여 환호성을 받고 있는 것을 보는데, 나는 그러한 예술가의 심정을 잘 안답니다……. 예술가 생활의 유래, 이에 수반하는 현상, 조건 등에 관해서 항상 되풀이해서 기묘한 경험을 하는 것입니다……."

"그것은 다른 사람의 경우이겠지요. 토니오 크뢰거 씨

──실례지만──또는 그러하다고만 할 수 없나요?"

그는 대답하지 않았다. 그는 비스듬한 눈썹을 찌푸리고 무심코 휘파람을 불었다.

"자, 어서 차를 드세요, 토니오 씨. 진하지 않아요. 그리고 담배를 새로 한 대 피우세요. 그런데 당신이 생각하듯이 꼭 그렇게만 생각할 필요는 없다는 것을 당신 자신이 잘 알고 계시죠?"

"호레이쇼(셰익스피어 작 《햄릿》에 나오는 주인공 햄릿의 친구)의 대답은요, 리자베타. '사물을 그렇게 관찰함은 지나치게 세밀한 관찰인가 하나이다' 이었죠?"

"내가 말하고자 하는 것은 다른 각도에서도 그와 똑같이 관찰할 수가 있지 않은가 하는 것입니다. 토니오 크뢰거 씨. 나는 다만 어리석은 그림 그리는 여자에 불과하니까. 대체로 내가 지금 당신이 말한 것에 대해서 대답할 수 있다고 해도 그러니까, 내가 당신의 직업을 다소나마 당신의 견해와는 달리 변호해 줄 수 있다면 내가 말하는 것은 당신 자신이 너무나도 잘 알고 있는 것에 대해서 좀 경고를 해주는 정도 이외에 아무것도 새로운 것은 없습니다……. 예를 들어서 문학이 정화(淨化)하고, 신성화하는 작용이라든지 인식과 언어로써 정열을 분쇄하는 것, 이해나 관용, 또는 애정으로 통하는 방도로서의 문학, 언어의 구제력(救濟力), 인간 정신의 가장 고귀한 현상으로서의 문학 정신, 완벽한 인간으로서의, 성자로서의 문학자 같은 것이죠──사물을 그렇게 관찰함은 충분히 세밀한 관찰이 아닐까요?"

"당신은 그렇게 말해도 좋지요, 리자베타 이바노브나. 그것도 당신 나라의 시인들의 작품, 그야말로 진정 신성한 문학의 대표적인 저 존경할 만한 러시아 문학에 관해서는 말씀하신 대로입니다. 그러나 내가 당신의 이의(異議)를 고려하지 않은 것도 아닙니다. 그러한 이의도 지금 내가 생각하고 있는 것의 일부분입니다……. 나를 좀 보십시오. 내가 원기왕성하게 보이지는 않지요, 네? 좀 늙었으며 선이 날카롭고 피곤해 보이죠. 그렇지 않습니까? 자, 또다시 인식의 문제로 돌아가면 이러한 인간이 생각됩니다. 즉 천성이 악의가 없고 유순하며 호의적인데, 또다시 감상적이기도 하며 심리적인 투시력 때문에 완전히 심신이 소모해서 파멸에 이르게 되는 인간 말입니다. 이 세상에의 비애에 압도(壓倒)되지 않고, 아무리 고통스러운 일도 관찰하고 깨닫고 그것에 자기를 적합하게 하고, 그뿐 아니라 생존이 견딜 수 없이 싫은 것임을 발견하고서도 이에 대해서 완전한 윤리적 우월감을 지각하고 기분 좋아하는 것입니다 —— 물론 그렇지요! 그러나 모든 표현의 쾌락에도 불구하고 때로는 다소 다루기 힘든 일도 있지요. 모든 것을 이해한다는 것은 모든 것을 용서한다는 것일까요? 도무지 알 수가 없군요. 인식의 구토(嘔吐)라고나 할까요? 그런 것이 있습니다. 리자베타. 어떤 일을 통찰하는 것만으로도 이미 죽도록 싫어지는(그러면서도 도저히 그것을 용서할 기분이 나지 않는) 그러한 상태가 있습니다 ——《햄릿》의 경우이죠. 덴마크의 왕자, 전형적인 문학가의 경우가 그렇습니다. 알기 위해서 탄생한 것이 아닌데, 아는 것을 천직으로 삼게 되었다는 것이 무엇인가를 햄릿은 알고 있었습니다. 눈물에 젖은 감정의 베일을 통해서조차 분명히 보고 인식하고, 깨닫고, 관찰하는 것입니다. 그리하여 손과 손이 서로 얼싸안고, 입술과 입술을 마주 대고, 인간의 눈이 감동한 나머지 어두워져서 보이지 않게 되는 순간에도 관찰한 것을 미소지으면서 옆에 챙겨 두어야 하는 것입니다 —— 이것은 혐오스런 일입니다, 리자베타. 야비한 짓이고 화가 치밀어 오르는 일이 아닙니까?…… 그러나 분격한다고 무슨 소용이 있겠습니까?

그리고 문제의 또 다른, 역시 마찬가지로 탐탁하지 못한 면은 무엇인가 하면, 말할 것도 없이 모든 진리에 대한 둔감(鈍感), 무관심, 아이러니컬한 권태입니다. 사실이 그렇지 않습니까? 만고풍상을 겪은 재사들과 같이 있는 것보다 더 말이 없고 무미한 일은 이 세상에서 또 없습니다. 어떠한 인식도 진부하죠. 만일 당신이 어떠한 진리를 말하게 되면 당신은 그 진리를 획득하고 소유하고 있다는 점에 일종의 젊은이다운 환희를 느끼겠지만, 세상 사람들은 당신의 통상적인 지식에 대해서 간단히 코방귀로 대답할 뿐일 것입니다……. 아, 정말로 문학은 사람을 피곤하게 만듭니다, 리자베타. 인간 사회에 있어서는 확실히 너무 회의적이고 의견을 말하기를 사양하면 보다 취급을 받게 됩니다. 사실은 거만하고 용기가 없어서 그런 것인데……. '인식'에 관해서는 이만 그칩니다.

다음에는 '말'에 관한 것인데, 이것은 감정의 해방이라기보다는 오히려 감정의 생각이나 감정을 얼음 위에 올려놓는 역할을 하는 것이 아닐까요? 정직하게 말해서 문학적 언어는 신속하게 피상적으로 감정을 처리하지만 어딘지 냉혹하고 분격할 만큼 불손한 사정이 있습니다. 당신의 심장이 벅차고 무엇인가 감미로운, 또는 숭고한 체험으로 인해서 지나치게 감동에 넘칠 때에는 문제는 간단합니다! 문인(文人)을 찾아가십시오. 그러면 만사가 지극히 짧은 시간에 정돈될 것입니다. 문인은 당시의 용건을 분석하고 형식화해서 이름을 붙여주고, 입으로 말하고 사건 자체에 말을 시키고 그 결과로 문제 전체가 영원히 처리되어 아무래도 상관이 없게 만들어 주고서 이에 대한 사례(謝禮)는 받지 않습니다. 그래서 당신은 마음이 가벼워지고 열도 식고 머리가 명석해져서 집으로 돌아가며, 도대체 지금까지 무엇 때문에 그따위 일에 그렇게도 골몰했을까 하고 이상하게 여기게 되는 것입니다. 그런데 당신은 이렇게 냉혹하고 허영심이 강한 사기꾼을 진심으로 옹호할 생각이십니까? 문인의 신앙 고백은 이렇습니다. 한번 입 밖으로 말해 버린 것은 처리되었다는 것입니다. 전 세계가 말해지면 전 세계가 그것으로 처리되고 구제되고 완결되어 버리는 것입니다……. 대단히 좋은 일입니다! 그렇지만 나는 허무주의자는 아닙니다……."

"물론 그러시죠 ──" 리자베타는 말했다……. 때마침 차를 뜬 스푼을 입 가까이에 가지고 가서 그 자세로 꼼짝도 하지 않고 굳어졌다.

"좀 참으시오……. 아직 멀었습니다. 글쎄요, 글쎄 말입니다……. 정신 차리라구요. 당신에게 말해 두지만 리자베타! 나는 생생한 감정에 관해서는 허무주의자가 아닙니다. 아시겠어요? 생명이라는 것은 말해지고 '처리되었다' 해도 삶을 계속할 것이며, 사는 것을 수치스럽게 여기지도 않을 것입니다. 문인은 근본적으로는 그러한 사실을 알지 못하고 있습니다. 그러나 문제는 아무리 생명을 해방하고 구제한다 해도 그러한 것과는 아무런 상관없이 생명은 여전히 죄를 범하는 것입니다. 즉 정신의 눈으로 볼 때에는 모든 행동은 죄악이니까요…….

이제는 결론에 도달했습니다. 리자베타. 잘 들어 보십시오. 나는 이 인생을 사랑합니다──이것은 하나의 고백입니다. 이 고백을 받아들여서 잘 간직해 두십시오──아직 아무에게도 하지 않은 고백입니다. 세상 사람들은 내가 인생을 증오한다, 무서워한다, 경멸한다, 기피한다고들 말하기도 하고 또는 글까지 써서 인쇄를 했습니다. 기꺼이 그러한 비평을 들어 왔습니다. 그것은 그따위 비평이 나에게 아첨하는 것이기 때문입니다. 그렇지만 그러한 말은 역시 그릇된 것임에는 틀림없습니다. 나는 인생을 사랑합니다……. 당신은 웃고 있는데, 리자베타, 무엇을 웃는지 나도 잘 알고 있습니다. 그러나 맹세합니다마는 내가 여기서 말한 것을 문학이라고 생각하지는 마십시오. 세사레 보르지아(이탈리아의 전형적인 광포한 정치가, 그의 부친은 방종하기로 유명한 교황 알렉산더 6세의 동료)라든지, 또는 이 사나이를 추앙하는 여하한 주정뱅이 철학도 생각하지 마십시오! 그따위 인간은 나의 안중에도 없습니다. 나는 세사례 보르지아 같은 사람은 전혀 존경하고 있지 않습니다. 그리고 세상 사람들이 어째서 비상한 것이나, 마력적인 것을 이상(理想)이라고 숭배하려 드는지 나는 도저히 이해할 수가 없습니다. 아니, 정신과 예술의 영원한 대립물(對立物)로서 존립(存立)하고 있는 '인생'은

피비린내 나는 굉장한 것이나, 야생적인 미의 환상으로서, 또는 이상한 것으로 우리 비범한 사람들의 눈에 보이지 않습니다. 그와는 반대로 정상적인 것, 예의 바른 것, 사랑스러운 것들이야말로 우리들의 동경의 나라이며, 유혹적인 평범성 속에 있는 인생인 것입니다! 보십시오, 세련된 것, 궤도를 벗어난 것, 악마적인 것들에 가장 깊이 열중하는 사람은 예술가가 아닙니다. 악의가 없고 소박하며 생생한 것, 다소나마 우정, 헌신, 친밀감, 인간적인 행복 등에 대한 동경을 모르는 사람은 예술가와는 인연이 먼 사람입니다 —— 즉 리자베타, 평범한 것이 주는 수많은 쾌락에 대한 남몰래 애태우는 동경이죠!……

인간적인 친구! 이 세상에서 단 한 사람이라도 친구가 있다면 그것으로써 나는 자랑스럽고 행복할 수 있으리라고 하면 그 말을 믿어 주시겠습니까? 그런데 나는 지금까지 친구라고는 악마나 요정(妖精)이나, 지하의 요마나, 인식에 의해서 벙어리가 되어 버린 망령(亡靈)들, 즉 문인들뿐입니다. 때때로 나는 어느 강당 연단에서, 또는 홀에서 나의 이야기를 들으러 온 사람들과 마주 서는 수가 있습니다. 그러면 나는 청중들을 살펴보는 자기의 모습을 의식하는 수가 있습니다. '오늘 나의 이야기를 들으러 온 사람들은 누구일까, 나는 어떠한 사람들의 박수 갈채와 감사를 받을 것인가, 지금 여기서 어떠한 인간과 나의 예술이 이상적으로 융합하게 될 것인가.' 이러한 의문을 품고 남몰래 청중석을 둘러보는 나 자신을 언뜻 발견합니다……. 내가 찾는 것은 보이지 않습니다, 리자베타. 나의 이야기를 들어 보려고 하는 것은 내가 잘 알고 있는 대중과 교구민들, 말하자면 초기 그리스도 교도의 모임 같은 것이죠. 그러니까 서투른 신체와 섬세한 영혼의 소유자들, 말하자면 잘 넘어지는 사람들이죠. 아시겠습니까? 문학을 인생에 대한 온순한 복수라고 생각하는 사람들입니다 —— 언제나 다만 고민과 동경을 가진 사람들, 가난한 사람들뿐이죠. 그런가 하면 정신 같은 것은 필요하지 않은 파란 눈동자의 소유자들은 와 본 적이 없습니다. 리자베타……

만약에 그렇지 않다고 합시다. 그러나 그렇지 않음을 좋다고 한다는 것은 가련한 몰이론(沒理論) —— 이론의 일관성의 부족 —— 이라 하겠지요. 이 점이 특히 중요합니다. 인생을 사랑하면서 한편 인생을 자기의 편, 즉 섬세(纖細)니, 우울이니, 문학의 병적인 완전한 고귀성이니 하는 것들의 편으로 이끌어 당기려고 분발한다는 것은 불합리한 일입니다. 이 지상에서는 예술의 나라는 확대해 가지만, 건강과 순진성의 나라는 좁아져 갑니다. 따라서 그 중 아직 남아 있는 것을 극히 소중히 보존해야 합니다. 그러니까 고속도 사진이 들어 있는 마술(馬術) 책 읽기를 더 좋아하는 사람들을 문학으로 유혹하려고 해서는 안 됩니다.

왜냐하면 결국 —— 예술에 관계하는 인생보다 더 한심스러운 광경은 없으니까요. 우리들 예술가는 때때로 주제넘게 예술가도 될 수 있다고 생각하는 딜레탕트나, 생기에 넘치는 자들을 무엇보다도 더 철저하게 멸시합니다. 정말입니다. 이것은 나의 실제 체험에서 나온 것입니다. 어느 좋은 가문에 회합이 있어서 참석한 적이 있습니다. 먹고 마시고 담소하며 만사가 지극히 순조롭게 진행되었으며, 나도 잠시 순박하고 정규적인 사람들 사이에 그들과 동류(同類)의 한 사람으로서 감쪽같이 정체를 감추고 있게 되어 기분이 좋았고, 또한 그런 것을 감사하게 여겼던 것입니다. 그런데 갑자기 재변(災變)이라고나 할까, 한 장교가 일어났습니다. 호남자로 건강하게 생긴 소위였으며, 그 사람이 설마 그의 예복에 어울리지 않는 행동을 하리라고는 예측하지 않았습니다. 그런데 분명한 말투로 자작한 시를 낭독하겠으니 관대한 용서를 바란다고 말했습니다. 사람들은 어안이 벙벙해져서 웃으며 그에게 관용을 베푼 것입니다. 그러니까 소위는 그때까지 상의 옷자락 속에 감추어 두었던 종이 조각을 꺼내 낭독을 다 해버렸습니다. 무엇인가 음악과 사랑에 대한 것인데 한 마디로 말해서 실감은 깊다 하겠으나 진부한 것이었지요. 누구를 막론하고 부탁하고자 합니다마는, 그는 소위가 아니겠어요. 속세(俗世)의 신사입니다. 그러니 그러한 짓을 할 필요가 없지 않겠습니까!…… 결과는 뻔한 노릇이죠. 모두 멍청한 얼굴로 입을 다물고 있었고, 꾸민 박수가 몇 번인가 나더니, 몹시 흥겹지 못한 분위기가 감돌았습니다. 내가 최초로 지각한 일은 이 생각도 없는 젊은 사나이가 여러 사람들에게 폐를 끼친 데 대해서는 나 자신에게도 죄가 있다는 심적 사실이었습니다. 그리고 의심할 여지도 없었습니다. 즉 이 사나이는 나의 영업에 참견해서 실수를 했기 때문에 조소하는 듯, 경원(敬遠)하는 듯한 시선이 나에게 집중되었던 것입니다. 그러나 두 번째 사실은 무엇인가 하면, 내가 지금까지만 해도 가장 떳떳하게 경의를 표시했던 그의 전 존재가 갑자기 나의 눈에 조그맣게, 자꾸만 작게 되어 버린 것입니다……. 나는 동정적인 선심에 사로잡혀서 몇몇 용감하고 호의적인 신사들과 같이 그의 옆으로 가서 격려해 주었습니다. 나는 이렇게 말했지요. '축하합니다, 소위님! 훌륭한 재주군요! 아니, 참으로 훌륭합니다!' 나는 그의 어깨마저 두드려 주려고 하였습니다. 그러나 호의란 소위 같은 사람에게 보여줄 감정일까요?…… 그 사람의 죄입니다! 그 소위는 거기 서서 몹시 낭패한 모양으로 자기가 범한 과오의 보상을 하고 있었습니다. 자기 생명을 대가로 지불하는 바 없이 예술의 월계수 잎을 단 한 잎이라도 꺾을 수 있다고 잘못 생각한 것이지요. 그렇지요, 나는 역시 나의 동업자, 전과자인 그 은행가를 편듭니다——그런데 내가 오늘은 햄릿과 같이 잘 지껄인다고 생각지 않습니까, 리자베타?"

"이제 다 끝나셨나요? 토니오 크뢰거 씨."

"끝은 아니지만 더 말하지 않겠습니다."

"그리고 그만하면 충분하다고 봅니다——답변을 기다리시나요?"

"대답하실 것이 있습니까?"

"그렇게 생각이 되는데요——말씀은 잘 경청했습니다. 토니오 씨. 처음부터 끝까지. 그래서 당신이 오늘 오후에 이야기한 것 전부에 해당하는 답변을 해드리려고 생각합니다. 그 답변이야말로 당신의 마음을 그렇게도 불안하게 하는 문제의 해결이기도 합니다. 자, 그러면 해결이란, 당신은, 거기 앉아 있는 당신이란 사람은 일개 세속인(世俗人)에 불과합니다."

"내가요?"라고 물어 보며 그는 다소 깜짝 놀란 듯이 움찔했다.
"안 그래요, 따끔하게 들어맞았지요. 또 그래야 합니다. 그러니까 약간 감형(減刑)해 드리지요, 그만한 여유가 있으니까. 당신은 길을 잘못 든 속인(俗人)입니다 —— 길 잃은 속인이죠."
아무 말이 없었다. 그리고 나서 그는 결심한 듯 일어서서 모자와 단장을 손에 들었다.
"고맙습니다, 리자베타 이바노브나. 이제는 안심하고 집으로 갈 수 있습니다. 나는 '처리되어' 버렸습니다."

5

초가을 경에 토니오 크뢰거는 리자베타 이바노브나에게 말했다.
"실은 리자베타, 나는 이제 여행 갑니다. 바깥 공기를 좀 쐬야겠습니다. 도망가는 것이죠. 멀리 가보고자 합니다."
"아니, 웬일이세요. 또 이탈리아로 가실 의향이시나이까?"
"천만에, 이탈리아는 송두리째 가져가시오, 리자베타. 이탈리아 같은 것은 멸시하고 싶을 정도로 무관심입니다! 나는 이탈리아에 적합하다고 어리석게 생각한 것은 벌써 오래 전입니다. 예술, 안 그래요? 우단같이 파란 하늘, 따끈한 술, 달콤한 관능(官能)…… 요컨대 그따위는 싫습니다. 나는 단념합니다. 그러한 미(美)는 나를 초조하게 만듭니다. 그리고 또 그곳에 시커먼 동물 같은 눈의, 지독하게 원기 왕성한 인간들도 견딜 수가 없습니다. 이 라틴족의 눈에는 양심이 없어요……. 아닙니다. 나는 잠깐 덴마크로 갑니다."

"덴마크?"

"그렇습니다. 그리고 필경 좋은 수확이 있으리라고 봅니다. 우연히도 나는 아직 한 번도 그쪽에 가보지 못했습니다. 어려서는 항상 국경 바로 근처에 있었지만. 가보지는 못했어도 덴마크는 전부터 잘 알고 있으며 마음에 드는 나라입니다. 이렇게 북국(北國)을 좋아하는 것은 아마 부친에게서 유래하는가 봅니다. 어머니는 말하자면 만사 아무래도 상관이 없었지만 그나마 마음에 드는 것이 있었다면 원래 '미'겠지요. 그렇지만 저 북쪽에서 씌어지는 책들, 그 심각하고 순박하며 유머에 넘치는 책들을 생각해 보십시오, 리자베타 —— 나에게는 더없는 것들입니다. 나는 그러한 책을 사랑합니다. 그리고 저 스칸디나비아의 식사, 다시없는 식사를 생각해 보십시오. 강한 바다 바람 속에서가 아니고는 먹을 수 없는(지금도 내가 먹을 수 있을지는 알 수 없지만) 그러한 식사는 나도 어려서부터 알고 있습니다. 우리 고향에서도 그것과 다름없는 식사를 하니까요. 그리고 그 사람들의 이름은 어떻습니까? 저 북쪽 사람들에게 붙여진 이름말입니다. 우리 고향에도 똑같은 것이 많이 있습니다. 예컨대 '잉게부르크' 같은 음향은 조금도 흠잡을 길 없는 시(詩)가 하프에 맞추어 울려 나오는 듯한 음향이지요. 그리고 저 바다 —— 저 북쪽의 발트 해…… 요컨대 나는 떠나갑니다, 리자베타. 나는 다시 한 번 발트 해를 보고자 합니다. 그리고 그러한 책들을 그것이 씌어진 현장에서 읽고 다시 한 번 그 이름을 들어 보는 것입니다. 그리고 '망령'이 햄릿 앞에 나타나서 이 불쌍하고 고귀한 젊은 사람에게 곤궁한 죽음을 초래한 저 크롱보르크(덴마크의 헬싱게르 시 부근의 성, 햄릿이 부친의 유령을 보았다는 곳)의 고지 위에도 서 보고 싶습니다……."

"어떻게 가시죠, 토니오. 무방하시다면 가르쳐 주세요? 어떤 루트를 취하시나요?"

"보통 코스입니다." 어깨를 으쓱하며 말한 그는 분명히 얼굴이 붉어졌다. "실은 나의 출발점을 지나갑니다, 리자베타. 13년이나 지났으니까 좀 기분이 기묘해질 것 같습니다."

그녀는 빙그레 웃었다.

"바로 그 점입니다. 들어보고 싶었던 것은, 토니오 크뢰거 씨. 자, 그러면 편안히 가십시오. 안부 전하는 것을 잊지 마세요. 알아들었어요? 덴마크로 가신다고 하셨지요……. 여러 가지 여행담을 담뿍 실은 편지를 학수고대합니다……."

6

그리하여 그는 북쪽을 향해서 떠났다. 쾌적한 여행이었다. (보통사람들보다는 내면적으로 훨씬 더 곤란한 생활을 하는 사람은 다소 외면적으로 안락하게 살아도 무방하다는 것이 그의 지론(持論)이었기 때문이다.) 그래서 오래 전에 그가 떠나간 협소한 도시의 탑이 회색 하늘에 솟아 있는 것이 보일 때까지 별로 쉬지 않고 여행했다. 그곳에서 그는 짧은 시일을 기묘하게 체류했던 것이다…….

　흐린 날씨의 오후도 이미 황혼으로 저물어 갈 시각에 그를 태운 열차는 좁고 그을린, 신기할이만큼 친밀하게 느껴지는 정거장 구내로 들어갔다. 연기 그을음이 때묻은 유리 지붕 아래에서 뭉클뭉클 덩어리지어졌다가 길게 갈래갈래 끊어져서 이리저리 흐트러져 가는 광경은 그 옛날 토니오 크뢰거가 가슴에 오로지 조소만을 품고 떠나갔던 때와 변함없었다 ── 수하물을 챙겨서 호텔로 보내도록 지시한 다음 그는 정거장을 떠났다.

　역전에는 높이나 넓이가 터무니없이 큰 검은 색깔의 시내 쌍두 마차가 여전히 늘어서 있었다. 그는 그 중에서 어느 것도 고용하지 않고 다만 눈여겨 보기만 했다. 그리고 또 폭이 좁은 합각머리 집들, 우리집 지붕 너머로 인사를 보내는 뾰족탑, 자기 주변의 느리면서도 빠른 말씨의 칠칠하고 거친 금발머리 사람들, 이런 것들을 그는 눈여겨 보았다. 그러자 신경질적인 홍소(哄笑)가 치밀어 올라왔다. 그 웃음은 어딘지 흐느껴 우는 것과 흡사했다 ── 그는 끊임없이 불어오는 습기찬 바람의 압박을 안면에 받으면서 도보로 천천히 난간에 신화의 초상들이 서 있는 다리를 넘어서 항구를 따라 한참 동안 거리를 걸어갔다.

　이럴 수가 있나, 어쩌면 모든 것이 이렇게도 빈약하고 구석질까! 지난 13년간 이 합각머리 집들의 골목길은 이렇게 기묘하게 비탈져서 시내로 뻗어 올라가고 있었던가? 탁한 강물 위에는 배의 연통과 마스트가 바람에 불려 살며시 황혼 속에 흔들리고 있었다. '차라리 이대로 저 거리를, 내가 지목하는 집이 있는 그 거리를 올라가 버릴까? 아니, 그것은 내일로 미루자. 지금은 몹시 졸립다.' 여고(旅苦)로 그의 머리는 무거웠고, 서서히 안개 같은 상념(想念)이 마음속을 오고 갔다.

 지난 13년간 위(胃)가 좋지 않을 때면 때때로 이런 꿈을 꾸었다. 즉 그는 또다시 경사진 골목길 옆에 발자국 소리가 메아리치는 고풍한 양친의 집에 있고 부친도 역시 거기에 있어서 그의 타락한 생활 태도를 엄중히 책망한다. 그럴 때마다 그는 부친의 책망이 지당하다고 생각했던 것이다. 그런데 지금의 상태도 떼어 버릴 수 없는, 마음을 미혹시키는 그러한 꿈이 번갈아 나타나는 한 토막과 조금도 다를 바가 없었다.

 이런 꿈속에서 사람들은 이게 꿈이냐 현실이냐고 자문한다. 그리고는 불가피하게 이것은 현실이라고 단정하지만, 역시 나중에는 깨서 꿈이었음을 알게 된다……. 별로 붐비지도 않고 바람이 휘몰아치는 가로를 그는 바람에 대항하며 머리를 숙인 채 호텔이 있는 방향으로 몽유병자와 같이 걸어갔다. 오늘 밤에 숙박할 그 호텔은 이 시내에서 최고급이었다. 다리가 구부러진 사나이가 끝에 조그마한 불꽃이 타고 있는 장대를 손에 대고 허우적거리는 마도로스 걸음걸이로 그의 앞을 지나가서 가스등에 불을 붙이고 있었다.

 그의 심정을 어떻다고 말할까? 피로한 마음의 잿더미 속에서 밝은 불꽃으로 타오르지 않고 어둠침침하고 비통하게 빛나고 있는 것은 무엇일까? 가만히 있는 것이 좋다. 말해서는 안 된다. 한 마디도! 그는 기꺼이 오랫동안 그렇게 바람

속에서 꿈속같이 정다운 황혼에 잠긴 골목길을 거닐고 싶었다. 그러나 시내는 좁고 모두가 바로 인접해 있어서 곧 얼마 안 가서 목적한 장소에 도달하고 말았다.

시내의 높은 지대에는 활 모양의 가로등이 있어서 때마침 불이 붙고 있었다. 호텔은 그곳에 있었고, 현관 앞에는 검은 사자가 두 마리 있었다. 그는 어렸을 적에는 이 사자를 무서워했었다. 그 사자들은 여전히 마치 재채기를 할 듯한 표정으로 서로 마주 노려보고 있었다. 그러나 그 당시에 비하면 무척 작아진 것같이 보였다 —— 토니오 크뢰거는 그들 사이를 지나서 호텔 안으로 들어갔다.

도보로 걸어왔기 때문에 영접은 별로 예식을 갖춘 것은 아니었다. 문지기와 검은 옷을 입은 멋진 사나이가 있었으며, 그 사나이는 경례를 하고서 끊임없이 커프스를 소매 속으로 밀어 넣고 있었다. 그들은 그의 머리 꼭대기부터 발끝까지 음미하고 측정하며 살펴보더니 분명히 다소나마 그의 사회적 지위를 감안해서 계급에 알맞게 또는 일반 시민적으로 그를 숙박시키고 정도에 맞는 경의를 표시하려고 애썼으나 만족할 만한 결론에 도달하지 못해서 중간 정도로 정중히 대접하려고 결정한 눈치였다. 급사인 블론드색 구레나룻을 기른 온순한 사나이가 빤질빤질한 낡은 연미복을 입고 장미꽃 장식이 달린 소리도 안 나는 신을 신고서 그를 3층의 깨끗하고도 고풍스럽게 꾸며진 방으로 안내했다. 그 방의 창문 후면에는 안마당, 합각머리 지붕, 호텔 근처에 있는 교회당 건물의 진기한 모양 등 그림 같은 중세기 풍의 전망이 석양에 전개되고 있었다. 토니오 크뢰거는 한참 동안 창문 앞에 서 있더니 팔짱을 끼고서 널찍한 소파에 앉아 양미간을 찌푸리고 는 무심코 휘파람을 불었다.

불이 켜지고 수하물도 도착했다. 그와 동시에 그 온순한 급사가 숙박계를 탁자 위에 갖다 놓았다. 토니오 크뢰거는 머리를 옆으로 기울인 채 성명, 신문, 현주소 같은 것을 그림 그리듯 적어 넣었다. 그리고 나서 그는 간단한 저녁 식사를 주문하고 소파 한구석에 앉아서 계속 허공을 바라보고 있었다. 식사가 운반되고 나서도 한참 동안 손을 대지 않더니 드디어 한두 번 집어먹고서 근 한 시간을 방 안에서 왔다갔다 하며 때때로 멈추어 서서 눈을 지그시 감았다. 그러고 나서 그는 천천히 옷을 벗고 침대에 누웠다. 그는 긴 잠을 잤다. 혼돈한, 그 묘하게 그리운 꿈속에서 —— 잠에서 깨어 보니 방 안에는 밝은 빛이 가득 차 있었다. 당황해서 그는 성급히 자기가 어디 있는가 하고 생각하기 시작했다. 그리고 나서 몸을 일으켜 커튼을 젖혔다. 벌써 약간 창백해진 늦은 여름의 하늘에는 바람에 갈라져 흩어진 엷은 구름 조각이 빈틈없이 퍼져 있었다. 그런데도 태양은 그의 고향 도시 위에서 빛나고 있었다.

그는 평소보다는 한층 세심하게 몸치장을 했다. 세면과 면도를 하는 데에도 가장 공을 들였고, 싱싱하고 말쑥하게 단장을 해서 마치 어느 범절(範節) 있는 상류 가정을 방문하니까 품위 있고, 탓할 곳 없는 인상을 주어야 한다는 듯한 태도였다. 옷을 입기에 분주한 사이에도 그는 심장의 불안한 고동에 귀를 기울였다.

밖은 청명하기 그지 없었다! 어제처럼 거리가 황혼 속에 놓여 있었더라면 그의 기분은 한층 더 편했을 것이었다. 그러나 오늘은 쾌청한 햇빛을 받으며 왕래하는 사람들 사이를 걸어가야 하는 것이다. 혹시 아는 사람과 만나 붙들려서, 지난 13년간을 어떻게 살아왔느냐는 질문을 받고 답변이나 하게 되지 않을까? 아니, 천만에, 그럴 리는 없지. 이제는 아무도 자기를 알지 못하고, 또 자기를 기억하고 있는 사람일지라도 자기를 알아보지는 못할 것이다. 그 동안 그는 사실 다소 변했으니까 말이다. 그는 거울에 비친 자기를 자세히 관찰했다. 그러니까 갑자기 이 가면(假面), 나이보다 더 늙은, 일찍이 고역(苦役)을 겪어 온 얼굴이라면 문제없다고 느껴졌다……. 조반을 가져오게 하고 방에서 나가 문지기와 검은 옷을 입은 멋쟁이 사나이의 사람을 내리깎아 보는 시선을 받으며 현관을 지나 두 마리의 사자가 있는 밖으로 나갔다.

  가는 곳은 어디인가? 그 자신도 확실히 알 수 없었다. 어제와 마찬가지였다. 그는 합각머리와 첨탑(尖塔), 아치형 회랑과 분수 등 신기하게도 품위가 있고 옛적부터 정든 것들이 어깨를 나란히 하여 자기를 둘러싸고 있음을 보고, 또 아득한 꿈속에서 순하면서도 독한 향기를 담아 오는 바람, 그 강한 바람의 압박을 다시 얼굴에 감촉하자 베일과 안개의 망사 같은 것이 마음을 가리는 것이었다……. 얼굴의 근육은 느른해졌고, 사람과 물건을 보는 그의 눈초리는 날카로운 빛을 잃고 있었다. 혹시 저기, 저 길모퉁이에서 결국은 잠이 깨는 것은 아닐는지…….

  가는 곳은 어디인가? 자기가 걸어가는 방향은 지난밤의

서글픈, 이상하게도 후회하는 꿈과 연간성이 있는 듯이 여겨졌다……. 시청사(市廳舍)의 아치형 천장 아래로 그는 중앙 광장을 향해서 걸어갔다. 높고 뾰족하며 다양한 고딕식 분수가 있는 시청 앞 광장에는 고기 파는 사람이 피투성이 손으로 고기 무게를 달고 있었다. 그곳에서 그는 어느 집 앞에서 걸음을 멈추었다. 폭이 좁고 간소한, 흔히 볼 수 있는 다른 집들과 같이 활 모양으로 구부러지고 작은 창문이 있는 합각머리 집 앞에서, 그는 그 집을 쳐다보기에 여념이 없었다. 문간의 문패를 읽어 보고 잠시 창문 하나하나를 눈여겨보더니 천천히 돌아서서 걸어갔다.

　그가 가는 곳은? 집으로. 그는 시간이 있었기 때문에 우회해서 홀슈텐 성문(뤼벡 시의 상징인 쌍첨탑 성문) 밖으로 나가서 거닐었다. 그는 뮤렌 제방과 휴슈텐 제방을 넘어서 나무들이 싸각싸각 소리를 내며 삐걱거릴 만큼 불어오는 바람에 모자를 빼앗기지 않으려고 꼭 쥐었다. 정거장과 멀지 않은 곳에서 제방 위 녹지대를 벗어나 기차가 덜커덩거리며 바쁘게 연기를 내뿜고 지나가는 것을 바라다보고 시간을 보낼 양으로 차량을 세어 보면서 마지막 찻간 지붕에 올라앉은 사나이를 전송했다. 그러나 린덴 광장에서는 그곳에 서 있는 아담한 별장풍의 집들 중 한 집 앞에서 걸음을 멈추었다. 그리고는 정원을 살펴보고 창문을 올려다보더니 나중에는 정원문을 이리저리 흔들어 보았다. 그래서 쇳소리가 났다. 그리고 나서 그는 한참 동안 자기 손을 살펴보았다. 손바닥엔 차고 빨간 녹이 묻어 있었다. 다음에는 걸음을 계속해서 저 육중한 옛 성문을 통과하여 항구를 따라 바람이 부는 비탈진 골목길을 올라가 자기 양친의 집으로 갔다.

양친의 집은 이웃집들 위로 합각머리가 솟아나 있었으며 3백년 전부터 여전히 양회색의 엄숙한 모습으로 서 있었다. 토니오 크뢰거는 입구 위에 반쯤 지워진 문자로 씌어진 경건한 격언을 읽었다. 그리고 나서 한숨을 쉬고 안으로 들어갔다.

그의 심장은 불안하게 뛰었다. 즉 그것은 그가 걸어가고 있는 아래층의 어느 문에서 사무복을 입고 새털 펜을 귀에 꽂은 부친이 나와서 그를 붙잡고 그의 극단적인 생활을 엄중히 문책할 것같이 여겨졌기 때문이다 —— 그는 이러한 문책을 당연한 일이라고 생각했을 것이다 —— 그러나 그는 방해 받지 않고 그곳을 지나갔다. 통풍용(通風用) 문은 닫혀져 있지 않고 다만 반쯤 닫혀 있던 문이 있었다. 그런 것을 그는 야단쳐야 할 일이라고 느꼈다. 한편 그와 동시에 장애물이 스스로 제거되고 신기한 행운의 덕분으로 자유롭게 앞으로 전진할 수 있게 되는 바와 같은 가벼운 꿈을 꾸고 있는 것같이 느껴지기도 했다……. 큼직하고 네모진 화장석으로 포장된 넓은 낭하에는 그의 발자국 소리가 메아리쳤다. 고요한 부엌 맞은편에는 예나 다름없이 마룻바닥에서 상당히 높은 곳에 이상하고 거칠기는 하나 깨끗하게 니스칠을 한 목조 방이 벽에서 허공으로 쑥 돌출해 있었다. 그것은 가정부 방이어서 걸쳐 내린 계단을 지나야만 낭하에서 그곳으로 갈 수 있었다. 그러나 전에 있었던 장롱과 조각이 새겨진 긴 머리장은 없어졌었다……. 이 저택의 아드님은 폭이 넓은 계단을 한 발짝마다 흰 칠을 하고 구멍을 뚫어 새긴 난간에 한 손을 짚었다가는 발을 옮기고서 다시 살며시 손을 들고 올라가는 것이었다. 마치 이 오래되고 단단한 난간을 통해서 또다시 그 옛날의 친밀감이 우러나오지나 않을까 하고 슬금슬금 시험해 보려는 듯이……. 그러나 그는 계단 중턱에 있는 다락방 입구 앞에서 걸음을 멈추었다. 문짝에는 하얗게 칠한 팻말이 붙여져 있어서 그 위에 검은 글씨로 이렇게 씌어 있었다. '서민문고(庶民文庫)'

서민 문고? 도무지 서민도 문학도 이곳과 아무런 상관이 없으리라고 생각되었기 때문에 토니오 크뢰거는 고개를 갸우뚱하고 기울였다. 그는 문을 두드렸다……. "들어오시오" 하는 소리가 나서 그 소리에 따라 들어갔다. 긴장해서 침울한 눈초리로 들여다본 방의 내부는 상상도 할 수 없이 변해 있었다.

그 층계에는 방이 세 개 있었고 방 사이의 문은 열려져 있었다. 사방 벽은 모두가 거의 천장까지 검은 서가가 닿아 있었는데 동일한 장정의 서적으로 꽉 채워져 있었다. 방마다 판매대(販賣臺) 같은 것 뒤에 궁상맞게 보이는 사람이 앉아서 무엇인가를 쓰고 있었다. 다만 그 중의 두 사람이 머리를 들고 토니오 크뢰거를 쳐다볼 뿐이었다. 제일 첫머리 방에 있었던 사람은 갑자기 일어나더니 두 손을 테이블 널빤지에 짚고 머리를 쑥 내밀며 입술을 뾰족하게 하고는 눈썹은 추켜올리고서 조급하게 눈을 깜박거리며 방문객을 지켜 보았다…….

"실례합니다"라고 토니오 크뢰거는 많은 책들에서 눈을 떼지 않은 채 말했다. "나는 이곳 지리에 어두워서 시가지를 구경하는 중입니다. 이것이 서민문고이군요? 장서를 좀 들여다보아도 좋겠습니까?"

"그럼요"하고 직원은 한층 더 심하게 눈을 깜박거리며 말했다······. "물론 어느 분이나 자유로이 보실 수 있습니다. 그저 구경만 하시겠습니까?······ 목록은 필요하신가요?"

"감사합니다." 토니오 크뢰거는 대답했다. "손쉽게 내용을 알겠으니까요." 이렇게 말하고서 그는 책의 표제를 읽는 척하면서 벽을 따라 서서히 걷기 시작했다. 끝으로 책을 한 권 꺼내어 펼쳐 들고 창문가에 가 섰다.

그곳은 조반을 먹는 방이었다. 아침은 그곳에서 식사를 했었고, 파란 벽의 양탄자에 백색 신(神)들의 초상이 뚜렷이 드러나 보이는 위층 큰 홀에서는 먹지 않았다······. 저쪽 방은 침실로 사용되었다. 그의 조모는 고령이었으나 심한 심적 갈등을 겪으며, 쾌활하고 향락적인 부인이어서 인생에 집착해 있었기 때문에 그 방에서 죽어 나갔다. 그 후에는 그의 부친이 그 방에서 마지막 숨을 거두었던 것이다. 키가 크고 단정하나 다소 우울하고 명상적이며 가슴의 단추 구멍에 들꽃을 꽂은 신사였던 사람이······. 토니오는 부친의 임종시 침대맡에 앉아서 눈물에 뜨거워진 눈으로 말없이 강렬한 상념에, 애정과 고통에 온몸과 마음이 잠겨 있었다. 그리고 토니오의 모친도, 저 아름답고 정열적인 어머니도 뜨거운 눈물에 젖어서 침상 옆에 무릎을 꿇고 앉아 있었다. 그 후 모친은 남국의 예술가와 함께 푸른 하늘의 먼 나라로 가버렸던 것이다······. 그러나 저쪽 뒤에 조그마한 세 번째 방, 지금은 초라한 사나이의 감시를 받으며 역시 책으로 충만되어 있지만,

그 방은 오랫동안 토니오의 방이었다. 바로 지금같이 산보를 끝내고 그는 학교에서 이 방으로 돌아오곤 했었던 것이다. 저쪽 벽에는 그의 책상이 놓여 있었고, 그 서랍 속에 그의 최초의 절실하고 안타까운 시를 간직해 두었었던 것이다……. 늙은 호도나무…… 찌르는 듯한 서글픈 생각이 확 치밀어 올랐다. 그는 곁눈으로 창밖을 내다보았다. 정원은 황폐했으나 늙은 호도나무는 침울한 듯이 바람에 불려 소리를 내며 옛날 그 자리에 서 있었다. 그래서 토니오 크뢰거는 손에 들고 있던 책 위로 시선을 도로 돌렸다. 그것은 그가 잘 알고 있는 걸작품이었다. 그는 검은 글줄의 몇 구절을 내려다보며 잠시 동안 창조적 정렬 속에 어느 포인트, 효과로 상승하다가 큰 효과를 내면서 결말로 옮겨 가는 서술이 정묘함에 몰입했다…….

"참 잘되었군!" 그는 이렇게 말하고 그 책을 도로 제자리에 두고 돌아섰다. 사무 직원은 여전히 똑바로 서서 근무에 대한 열성과 걱정스러운 의혹이 혼합된 표정으로 눈을 깜박거리고 있었다.

"훌륭한 장서군요, 보아하니." 토니오 크뢰거는 말했다. "이제 대강은 보았습니다. 고맙습니다. 이만 실례합니다." 이렇게 말하고 그는 문 밖으로 나갔다. 그러나 이것은 의심스러워 보이는 퇴거(退去)여서 이러한 방문에 완전히 불안해진 사무 직원이 아마도 몇 분 동안은 그대로 서서 눈을 깜박거리고 있으리라는 것을 그는 분명히 느꼈다.

그 이상 더 들어가 보고 싶은 흥미를 느끼지 않았다.

귀성(歸省)은 끝났다. 위층 주랑(柱廊) 뒤에 있는 큰 방들은 알지 못하는 사람들이 살고 있었다. 그도 그런 줄은 알았다. 왜냐하면 계단 꼭대기가 유리문으로 막혀 있었기 때문이다. 옛날에는 그러한 것은 없었던 것이다. 거기에는 명패 같은 것이 붙어 있었다. 그는 되돌아서서 계단을 내려와 발자국 소리가 메아리치는 현관을 지나 자기의 생가(生家)를 떠났다. 어느 요리점 한구석에서 그는 명상에 잠긴 채 텁텁하고 기름진 식사를 끝마치고 호텔로 돌아갔다.

"용무가 끝났으니 오늘 오후에 떠나겠소." 그는 검은 옷을 입은 멋쟁이 사나이에게 말했다. 그리고 계산서와 코펜하겐 행 증기선이 떠나는 부두로 가기 위해서 마차를 부탁했다. 그리고 자기 방으로 올라가서 탁자 옆에 앉아 턱을 손으로 괴고 초점 없는 눈길로 탁자를 내려다보며 조용히 꼿꼿하게 앉아 있었다. 한참 후에 계산을 청산하고 자기 소지품을 챙겼다. 지정한 시간에 마차가 도착했다고 알려와서 토니오 크뢰거는 여장을 챙겨 아래층으로 내려갔다. 아래층 계단 끝에 그 검은 옷의 멋쟁이 사나이가 그를 기다리고 있었다.

"죄송합니다!" 그는 새끼손가락으로 커프스를 소매 안으로 밀어 넣으면서 말했다…….

"실례하지만 선생님, 잠깐 지체하셔야 되겠습니다. 저희 집 세에하아세 씨가 —— 이 호텔 주인입니다 —— 한마디 말씀드리겠다고 합니다. 형식적인 것인데…… 그분은 저기 안에 계십니다……. 저와 같이 가 주시면 감사하겠습니다……. 다만 호텔 주인 세에하아세 씨뿐입니다."

그러면서 그는 애교 있는 몸짓으로 토니오 크뢰거를 현관 후면으로 안내했다. 실제로 그곳에 세에하아세 씨가 서 있었다. 토니오 크뢰거는 옛날의 얼굴만을 알고 있었다. 다리가 구부러지고 뚱뚱하며 키가 작은 사람이다. 면도질한 볼 수염은 하얗게 세어 버렸다. 그래도 가슴이 트인 연미복과 초록색으로 수놓은 빌로도 모자는 여전했다. 그런데 거기에는 그 사람 혼자만이 아니었다. 그 사람 옆에, 벽에다 고정시킨 탁자 대용의 널빤지가에 헬멧을 쓴 경관이, 탁자에 있는 어수선하게 쌓여진 서류 위에 장갑을 낀 오른손을 올려놓고 방으로 들어오는 토니오 크뢰거를 고지식한 사병(士兵) 같은 얼굴로 마주 보았다. 마치 그 모습은 토니오 크뢰거가 자기의 시선과 마주치자 땅속으로 꺼져 버리거나 할 것을 기대하는 듯한 기색이었다.

　토니오 크뢰거는 두 사람을 하나씩 쳐다보고서 상대편이 먼저 말할 때까지 기다리기로 했다.

　"뮌헨에서 왔군요?" 드디어 경관이 호의적이면서도 굵직한 목소리로 물었다.

　토니오 크뢰거는 질문을 시인했다.

　"코펜하겐으로 갑니까?"

　"그렇습니다. 덴마크의 해수욕장으로 가는 중입니다."

　"해수욕? 그래요, 어디 증명서를 제시해 보시오." 경관은 제시라는 말을 특별히 만족스러운 듯이 발음했다.

　"증명서?⋯⋯" 그는 증명서라고는 없었다. 수첩을 꺼내서 들여다보았으나 지폐가 몇 장 있을 뿐 그 밖에는 목적지에서 끝내려고 생각했던 단편 소설의 교정쇄(校正刷)가 들어 있었다. 그는 관리를 상대하기가 싫어서 지금까지 한 번도 여권을 발급받지 않았었다⋯⋯.

"미안합니다. 그런데 나는 증명서를 가지고 다니지 않습니다."

"그래요? 전혀 없소? —— 당신 이름은 무엇이지?" 경관이 말했다.

토니오 크뢰거는 그에게 대답했다.

"정말이겠지요?" 경관은 이렇게 물어 보더니 허리를 쭉 펴고 갑자기 될 수 있는 한 콧구멍을 크게 벌렸다…….

"네, 틀림없습니다." 토니오 크뢰거는 대답했다.

"도대체 직업이 무엇이오?"

토니오 크뢰거는 침을 꿀꺽 삼키고 확고한 소리로 자기의 직업을 말했다 —— 세에하아세 씨는 머리를 추켜들고 아주 신기하다는 듯이 토니오 크뢰거의 얼굴을 올려다보았다.

"흠!" 하고 경간이 말했다. "그러면 당신은 이러한 이름의 인물들과 동일인이 아니라고 말하시는 것이죠……." 그는 '인물'이라고 말하고서 어수선하게 기록한 서류를 보면서 여러 인종의 음성으로 기묘하게 혼성된 것같이 보이는 복잡하고 로맨틱한 이름의 글자를 따라서 읽었다. 토니오 크뢰거는 듣고 난 다음 순간 잊어버렸다.

"……이 사람은" 하고 그는 말을 계속했다. "양친 미상, 신분 불명이며 수차에 걸친 사기 기타의 죄과로 뮌헨 경찰서에서 수배중인 자이며 아마 덴마크로 도피중일 것이라는데……."

"그와 동일인이라고는 볼 수 없습니다"라고 토니오 크뢰거는 말하고 신경질적으로 어깨를 움직였다 —— 이것이 일종의 인상을 환기시켰다.

"뭐라고요? 아아, 그렇겠지요!"라고 경관이 말했다. "그러나 아무런 증명서도 없다는 것은 도무지!"

세에하아세 씨도 타이르는 듯 중재를 하러 나섰다.

"모두 형식적입니다"라고 그는 말했다. "그뿐입니다. 경찰관도 이것이 직무이니까 그 점을 양해해 주셔야 합니다. 어떻게 신분 증명이 될 만한…… 서류라도……."

세 사람이 모두 입을 다물었다. 신분을 밝히고 자기는 신분 불명한 사기꾼도 아니고 초록색 마차를 탄 집시 태생이 아니라 영사(領事) 크뢰거의 아들, 떳떳한 크뢰거 가문 출신이라는 것을 세에하아세 씨에게 고백해서 이 문제를 결말지어 버릴 것인가? 하고 생각도 했으나 그는 전혀 그렇게 할 생각이 없었다. 그리고 시민 사회의 질서를 존중하는 이 사람들의 처사가 결국 도리에 맞지 않을까? 어느 정도는 그도 이 사람들을 이해하고 있었다……. 그는 어깨를 약간 움츠리고 묵묵히 침묵을 계속했다.

"도대체 그것은 무엇이오?"라고 경관이 물었다. "당신이 들고 있는 서류 가방 속에 든 것 말이오?"

"이것 말입니까? 아무것도 아닙니다. 교정쇄입니다"라고 토니오 크뢰거는 대답했다.

"교정쇄? 뭐야? 어디 좀 봅시다."

그래서 토니오 크뢰거는 자기의 작품을 경간에게 넘겨 주었다. 경간은 널빤지로 꾸민 탁자 위에 그것을 펴놓고 읽기 시작했다. 세에하아세 씨도 옆으로 다가서서 같이 읽었다. 토니오 크뢰거는 그들 어깨 너머로 넘겨다보고 어느 곳을 읽고 있는지 살펴보았다. 그곳은 바로 그가 훌륭하게 작성한 포인트, 요점, 효과의 구절이었다. 그는 자기 자신을 위로했다.
 "잘 보십시오, 거기에 나의 이름이 씌어 있지요. 그것은 내가 쓴 것입니다. 그리고 이제 출판됩니다. 아시겠습니까?"라고 그는 말했다.
 "자, 이만하면 충분합니다!"라고 세에하아세 씨가 잘라 말하고 교정쇄를 간추려 접어서 그에게 돌려주었다. "이제 됐지요, 페타센 씨!" 그는 슬쩍 눈을 감고 이제 그만두라는 신호로 머리를 흔들면서 간단히 되풀이했다. "이 이상 더 손님을 지체하게 할 수는 없습니다. 마차가 기다립니다. 폐를 끼쳐서 미안합니다, 손님. 경찰관도 직무상 하는 수 없는 노릇입니다. 사전에 제가 말을 했습니다마는, 이것은 전혀 당치도 않는 일이라고……."
 '그럴까?' 하고 토니오 크뢰거는 생각했다.
 경관은 완전히 납득이 가지 않는 듯이 아직도 '인물'이니 '제시(提示)'니 하고 투덜거렸다. 그러나 세에하아세 씨는 미안하다고 장광설을 늘어놓으면서 그를 현관으로 다시 안내해서 두 마리의 사자 사이를 지나 마차까지 전송하고 자신이 마차 문을 닫으며 몇 번이고 경의를 표시하면서 머리를 숙였다. 그러자 우스울 정도로 높고 폭이 넓은 대절 마차가 삐딱삐딱 흔들리면서 비탈진 골목길을 항구를 향해서 덜커덕 소리를 내며 내려갔다…….
 이것이 고향 도시에서 있었던 토니오 크뢰거의 기묘한 체류였다.

7

　밤이 되어 토니오 크뢰거의 배가 넓은 바다로 나갔을 때는 요동하는 파도와 더불어 이미 달이 높이 떠올라 있었다. 그는 점차 강해져 가는 바람에 외투로 몸을 싸고 뱃머리의 경사진 마스트에 기대어 바로 아래쪽의 힘차고 매끈한 파도의 어두운 이동과 흐름을 보고 있었다. 파도는 뒤섞여 요동하다가 소리쳐 부딪치고 뜻하지 않은 방향으로 분산해서 갑자기 반짝반짝하는 거품으로 변해 버렸다.
　그네에 흔들리는 듯하면서도 고요한 황홀감에 그는 충만되어 있었다. 고향에서 사기꾼의 혐의를 받고 체포당할 뻔한 일로 인해서 그는 다소 맥이 풀렸다 —— 하기야 그것도 무리는 아니라고 생각했다. 그러나 배에 타고 난 후 소년 시절에 부친과 같이 때때로 구경했던 것과 같이 덴마크와 남부 독일어가 뒤섞여 외치는 소리에 따라 화물이 깊은 선복(船腹)에 가득하게 실리는 광경을 보노라니까 기분이 좀 전환되었다. 포장한 화물과 나무 상자 이외에도 북극의 곰, 인도의 호랑이가 굵은 철창 우리 속에 갇혀 끌려 내려졌다. 필경 함부르크에서 온 것으로 덴마크의 동물원으로 보내는 모양이었다. 배가 얕은 강둑 사이를 따라 미끄러져 나가는 도중에 그는 경관 페타센의 신분 같은 것은 완전히 잊어버렸다. 그리고 그 이전에 있었던 모든 일, 그 밤의 감미롭고 서글프고 뉘우쳐지는 꿈과 산보를 한 것, 호도나무의 모습 등이 또다시 역력히 마음에 되살아났다. 그러는 중에 바다가 넓게 트여 멀리서 그 해안을 보았다. 그가 소년 시절 바다의 시원한 꿈결에 귀를 기울이던 바로 그 해안이었다. 등대의 번쩍이는 불과 부모님과 함께 머물렀던 해변 호텔의 불빛을 보았다······. 발트 해다! 그는 아무런 장애물도 없이 마구 불어오는 강한 바닷바람을 향해서 머리를 기대고 있었다.

바람은 귓전에서 윙윙 소리를 내며 가벼운 현기증과 마비를 일으켰다. 그 마비 상태 속에서 모든 해악(害惡), 고뇌와 미혹(迷惑), 의욕과 피로 등에 대한 추억은 맥없이 죽어가듯 사라져 버렸다. 그리고 그의 주변에서 일어나는 쏴쏴 하며 철썩이고 거품을 내뿜고 씩씩 하는 소리 속에서 늙은 호도나무가 바람에 불려 삐걱거리는 소리와 정원 문이 마찰해서 내는 소리가 들려 오는 듯했다······. 황혼은 점점 짙어져 갔다.

"저 별, 아아, 저 별들을 좀 보십시오!" 갑자기 옆에서 둔중(鈍重)하게 노래부르는 듯한 악센트로 말소리가 들렸다. 마치 큰 통 속에서 들려 오는 듯한 소리였다. 그는 이미 그 목소리를 알고 있었다. 소리의 주인공은 적갈색의 머리에 눈꺼풀이 빨갛고 금방 목욕을 한 사람 같이 외모가 축축하고 차가워 보이는 검소한 옷을 입은 사나이였다. 식당에서 저녁 식사 때에는 토니오 크뢰거 옆에 앉아서 주저주저하면서 겸양한 태도로 놀랄 만큼 많은 새우 오믈렛을 먹어 치웠다. 그 자가 지금은 그의 옆에서 난간에 기대어 엄지와 인지 사이에 턱을 괴고 하늘을 올려다보고 있었다. 분명 이자는 저 비상한 명상적인 기분에 잠겨 있는 것이다. 이러한 기분에서는 사람들 사이에 울타리가 제거되고 초면부지(初面不知)의 사람에게도 흉금을 털어놓고 평소 같으면 수줍어하며 입을 다물게 될 일을 말하게 되는 것이다······.

"여보세요, 저 별을 좀 보십시오. 저기서 빛나고 있지 않아요. 어쩌면 이렇듯 하늘에 가득 차 있지요. 그런데 말입니다. 이렇게 별을 쳐다보며 저 별들 중에 많은 별들이 지구보다 백 배나 크다는 것을 생각해 보면 기분이 어떻습니까? 사실 우리 인간은 전신 전화를 발명했고, 기타 여러 가지 근대의 수확물이 있기는 합니다. 그야 물론이죠. 그러나 우리가 하늘을 올려다보면 우리들이 결국 일개 벌레, 가련한 벌레에 불과하다는 사실을 인식하고 깨닫게 됩니다 —— 제 말이 옳다고 생각하십니까, 그렇지 않으면 틀렸다고 생각하십니까? 여보세요, 정말 우리들은 벌레입니다!" 그는 자문자답하며 겸손하게 회오(悔悟)하는 듯이 하늘을 우러러보면서 고개를 끄덕였다.

'아이구, 안 되겠다. 이놈은 문학과는 거리가 멀구나!' 하고 토니오 크뢰거는 생각했다. 그러니까 언뜻 그가 최근에 읽은 유명한 프랑스 문필가의 우주론적, 심리학적 세계관에 관한 논문이 생각났다. 그것은 문자 그대로 세련된 잡담이었다.

그는 젊은 사나이의 깊이 감동한 말에 대꾸하는 듯 수긍하면서 난간에 기대어 불안하게 비쳐져 유동하는 저녁노을의 해면을 바라보면서 이야기를 계속했다. 상대편은 함부르크 출신의 젊은 상인이며 휴가를 이용해서 유람 여행을 하는 중이라는 것이 밝혀졌다.

"잠깐"하고 그는 말했다. "증기선을 타고 코펜하겐으로 가 보려고 생각해서 이렇게 하고 있는데, 모든 게 썩 좋습니다. 그러나 그 새우 오믈렛은 틀려먹었어요. 선생님, 두고 보십시오. 밤에는 폭풍이 분다고 선장 자신이 말했는데 그렇게 몸에 나쁜 음식을 뱃속에 미리 넣어 가지고서야 되겠어요? 안 됩니다."

토니오 크뢰거는 이렇게 붙임성 있게 지껄이는 어리석은 이야기를 어딘지 모르게 친밀한 기분으로 듣고 있었다.

"그렇지요"하고 그는 말했다. "이 지방 사람들은 대체로 식사를 너무 많이 합니다. 그래서 민활하지 못하고 우울해집니다."

"우울해진다고요?" 젊은 사나이는 이 말을 되풀이하면서 멍청한 얼굴로 토니오 크뢰거를 살펴보았다…….

"다른 지방에서 오셨군요, 선생님은?" 갑자기 그 사람은 이렇게 물었다.

"아, 그렇소, 나는 먼 곳에서 왔소!" 토니오 크뢰거는 애매하게 거부하는 듯이 팔을 움직이며 대답했다. "그런데 과연 옳은 말씀입니다." 그 젊은 사나이는 말했다. "우울하다고 말씀하신 것은 꼭 들어맞습니다. 나는 거의 언제나 우울합니다. 그러나 오늘같이 하늘에 별이 나와 있으면 특히 더합니다"라고 말하고 나서는 또다시 엄지와 인지로 턱을 괴었다.

'이 사나이는 시를 쓰고 있구나' 하고 불현듯 토니오 크뢰거는 생각했다. 조금도 거짓이 없으며 실감에 넘치는 상인의 시를…….

밤이 점점 깊어지자 바람은 더욱더 심해져서 이제는 이야기를 하는 데에도 방해가 될 정도였다. 그래서 두 사람은 잠을 좀 자기로 하고 서로 밤 인사를 나누었다.

토니오 크뢰거는 조그마한 선실의 좁은 침대 위에서 사지를 쭉 뻗고 누웠으나 좀처럼 잠이 오지 않았다. 열풍과 그 강한 방향(芳香)에 의해 흥분해서 가슴을 두근거리며 무엇인가 즐거운 일을 기다릴 때와 같이 마음이 침착해지지 않았다. 배가 산더미 같은 파도를 미끄러져 내려가서 추진기가 경련을 일으키듯이 공전할 때의 요동이 또한 그에게 심한 구토감을 일으켰다. 그는 다시 옷을 입고 갑판으로 나갔다.

구름은 달을 스쳐 지나가고 바다는 춤을 추고 있었다. 둥그스름한 파도가 똑같은 파장으로 질서정연하게 밀려 오는 것이 아니라, 광막한 해면이 창백하게 떨리는 빛을 받고 찢기고 마구 매맞아 교란되어서, 파도는 끝이 뾰족한 화염 같은 거대한 혀〔舌〕가 쑥 나와 위로 치솟아 올라갔다가 깊은 거품의 계곡 옆에 톱니 모양의 터무니없이 큰 모양의 물산〔水山〕을 쌓아 올렸다. 마치 거대한 팔의 힘으로 미친 듯 장난하며 포말(泡沫)을 사면 팔방으로 뿌리는 것같이 보였다. 배는 난항을 거듭했다. 피칭, 롤링을 하고 신음하면서 광란의 파도사이를 뚫고 나아갔다. 때때로 배 밑창에서 북극의 곰과 호랑이가 파도에 시달려 포효하는 것이 들렸다. 고무를 입힌 외투를 입고 두건을 깊숙이 눌러 쓴 사나이가 몸에 각등(角燈)을 잡아매고 갑판 위를 큰 걸음으로 간신히 중심을 잡으면서 이리저리 돌아다니고 있었다. 그런데 저쪽 뒤에서는 바로 함부르크에서 왔다는 그 젊은 사나이가 뱃전 너머로 몸을 구부리고 고통스러워하는 모습이 보였다. "아이구!" 하고 그는 토니오 크뢰거를 알아보고 힘없이 갈피를 못 잡는 소리로 말했다.

"저 바다와 바람이 격동하는 꼴을 좀 보십시오, 선생님."

그러나 그러고 나서는 말문이 막혀서 황급히 옆으로 얼굴을 돌렸다.
토니오 크뢰거는 팽팽하게 잡아 맨 어느 밧줄을 붙잡고 분방(奔放)한 바다의 광란을 바라보았다. 그의 마음속에서 환호성 같은 것이 일더니, 그 소리가 폭풍과 파도보다도 한층 더 우세해져 갔다. 바다에 보내는 노랫소리가, 애정에 감동한 나머지 마음속에서 울려 나오는 것이었다. '그대 나의 어린 시절의 거센 벗이여, 이제야 우리들은 맺어졌도다.'
그러나 시(詩)는 그것으로서 끝이었다. 이 시는 완성되지 못하고 원만히 형성되지 않았으며, 태연하게 무엇인가 완전한 시작(試作)이 이루어지지 못했다. 그의 마음이 살아 있었기 때문이다……. 오랫동안 그는 그렇게 서 있었다. 그러고 나서 선실에 놓여 있는 벤치에 누워서 별들이 반짝이는 하늘을 우러러보았다. 졸음이 오기까지 했다. 얼굴에 부딪쳐 오는 차디찬 물거품도 반쯤 잠이 든 그에게는 애무(愛撫)하는 것같이 느껴졌다.
달빛에 비쳐 유령같이 수직으로 솟아 있는 백악암(白堊岩)의 절벽이 보이더니 가까이 접근해 왔다. 메엔 섬이었다. 그러자 또다시 졸음이 덮쳐 왔다. 날카롭게 얼굴을 찌르고 굳게 하는 짠 바닷물의 물벼락에 중단되면서……. 그가 완전히 잠이 깨었을 때는 이미 날이 밝아서 밝은 회색의 신선한 아침이었다. 그리고 초록색 바다도 한층 평온했다. 아침 식사 중에 그 젊은 상인을 또 보았다. 그 사나이는 몹시 얼굴을 붉히는 것이었다. 어둠 속에서 그러한 시적인 창피스러운 소리를 지껄인 것을 부끄럽게 여겼는지 다시 손가락 전부로

붉은 빛깔의 코밑 수염을 비벼 올리며 군인같이 또박또박한 소리로 아침 인사를 하더니 그 후로는 겁을 먹은 듯 그를 피하는 것이었다.

그리하여 토니오 크뢰거는 덴마크에 상륙했다. 그는 코펜하겐에 도착하여 팁을 받을 권리가 있다는 얼굴 표정을 하는 누구에게나 팁을 주었다. 조그마한 여행 안내서를 펼쳐 들고 호텔의 자기 방을 드나들며 3일 동안 시내를 돌아다니면서 견문을 넓히려고 하는 품위가 높은 이국민인 것처럼 행동했다. 그는 국왕신광장(國王新廣場)과 그 한복판에 있는 '말'도 보았으며, 성모 교회의 원주도 공손히 우러러보았다. 토르발트센(유명한 덴마크의 조각가, 북구 고전주의의 대가)의 고상하고도 사랑스러운 조각 앞에 오랫동안 머물러 서 있기도 했으며, 원탑을 올라가 보고 여러 개의 성을 구경했다. 티보리(코펜하겐의 유람공원)에서는 찬란한 이틀 밤을 지냈다. 그러나 이것이 결코 원래 그가 본 전부는 아니었다.

그의 고향 도시의 구부러지고 창 구멍이 뚫린 합각머리의 오래된 집들과 똑같은 모습을 한 집들에서 그는 옛적부터 잘 알고 있는 이름들을 보았다. 그 이름들은 무엇인가 다정하고 귀중한 것을 자기에게 표시하는 것같이 보이기도 하고, 또 그럼에도 불구하고 무엇인가 비난, 애소, 잃어버린 것에 대한 동경 같은 것을 내포하고 있기도 했다. 그리고 속도를 느리게 해서 사색에 잠긴 얼굴로 습기찬 해풍을 들이마시며 걸어가는 길마다 그는 고향 도시에서 지낸 그 밤에 이상하게도 서글프고 뉘우쳐지는 꿈속에서 본 것과 똑같은 파란 눈, 금발머리, 똑같은 생김생김의 얼굴들을 보았다. 노상에서 어느 눈초리, 어느 음향의 말, 어느 깔깔거리며 웃는 소리가 그의 마음속 깊이 파고드는 것도 경험했다⋯⋯.

활기를 띤 시내에서 오래 견딜 수가 없었다. 감미롭고 어리석은 불안, 추억과 기대가 반반 섞인 불안이, 어딘가의 해변에서 조용히 누워 있고 싶고 샅샅이 구경하며 돌아다니는 관광객인 척하고 싶지 않다는 기분이 한꺼번에 그를 충동했기 때문에 그는 또다시 배를 타고 어느 흐린 날씨의 오후에 (바다는 검푸르렀다) 세란트 섬 해변을 따라 북상해서 헬싱키로 향했다. 그곳에서 그는 지체없이 마차를 타고 국도를 따라 여행을 계속했다. 45분 좀 지나서, 계속 바다를 다소 아래쪽으로 보면서 드디어 이번 여행의 최종착지이며, 본래의 목적지인 초록색 덧문이 달린 조그마한 백색 해변 호텔에 도착했다. 호텔은 지붕이 앝은 작은 집들의 주택지 한복판에 있었으며 그 집의 나무로 덮인 탑으로부터는 스웨덴과 덴마크 사이의 해협과 스웨덴의 해안이 보였다. 여기서 그는 마차에서 내려 미리 예약해 두었던 밝은 방에 가지고 온 짐으로 책장과 옷장을 채우고 한동안 이곳에서 지낼 준비를 했다.

8

9월도 이미 중순을 넘어서 아루스가아드의 휴양객도 그리 많지가 않았다. 유리로 칸을 막은 베란다와 바다를 내다보는 높은 창문이 있고, 천장을 각재(角材)로 꾸민 아래층 대식당에서 식사를 할 때에는 이 집 여자 주인이 좌상(座上) 노릇을 했다. 머리는 희고, 눈은 색깔이 없으며, 볼은 연한 분홍색의 노처녀인데, 끊임없이 참새가 재잘거리는 듯한 소리로 이야기를 하고 언제나 식탁보 위에 그 빨간 두 손을 아름답게 보이게 모아 놓으려고 애쓰고 있었다. 그리고 백색에 가까운 회색의 선원 수염을 기르고 검푸른 기가 도는 얼굴에 목이 짧은 노신사는 수도(首都)에서 온 생선 상인으로 독일어에 매우 능통했다. 그는 코가 막혀 졸도할 것만 같았다. 단속적으로 조급하게 호흡을 하면서 때때로 가락지를 낀 인지를 들어 한쪽 콧구멍을 막고 또 한쪽으로 힘을 주어 확 불어서 조금이라도 공기를 통하게 하려고 애썼다. 그럼에도 불구하고 그는 아침, 점심, 저녁 식사 때마다 자기 앞에 놓여 있는 브랜디 병을 들이마시는 것이었다. 그 외에 손님이라고는 가정 교사를 데리고 온 키가 큰 미국 소년 셋뿐이었다. 가정 교사는 말없이 안경을 밀어 올리며 온종일 축구만 했다. 그들은 적황색(赤黃色)의 머리를 한복판에서 가르고 길쭉하며 무표정한 얼굴을 하고 있었다.

"미안하지만, 거기 소시지 같은 것 좀 줘!"라고 한 소년이 말하면 "그것은 소시지가 아니고 햄이야"라고 또 다른 소년이 말했다. 이상이 소년 셋과 가정 교사가 식사 때에 대화하는 전부였었다. 그들은 그 외에는 조용히 앉아서 뜨거운 물을 마시고 있었다.

토니오 크뢰거에게는 더없이 좋은 식사의 벗이었다. 그는 평온함을 즐기고 생선 상인과 여주인이 때때로 주고받는 대화 중에서 덴마크의 후음(喉音)과 명쾌한, 또는 탁한 모음에 귀를 기울였다. 때로는 생선 상인과 천기(天氣)를 화제로 간

단한 소견(所見)을 교환하기도 하다가 일어나서 베란다를
지나 해변으로 내려갔다. 그는 이미 긴 아침 시간을 그곳에
서 보냈던 것이다.
　해변은 고요하고 여름철다운 때가 많았다. 파란 유리병 같
은 초록색의, 또는 붉은 빛깔의 줄이 그어져서 눈부신 은빛
을 전면에 반사시키면서 바다는 느른하면서도 매끈하게 정
지하고 있으며, 해초는 햇빛에 비치어 말라 건초가 되어 버
렸고 해파리가 모래밭에 깔려 있어 증발하고 있었다. 썩은
냄새가 나기도 하고, 또 토니오 크뢰거가 모래밭에 앉아서
등을 기대고 있는 어선의 콜타르 냄새도 났다——그는 스웨
덴의 해안이 아니라 넓은 수평선이 보이도록 앉아 있었으나
바다의 고요한 숨결은 청결하고 신선하게 모든 것 위를 스쳐
지나갔다.
　그러나 때로는 회색으로 흐린 폭풍우의 날씨도 있었다. 파
도는 마치 돌격하려고 뿔을 겨눈 투우(鬪牛)같이 머리를 숙
이고 광란하며 해변을 향해 돌진해 왔다. 해변은 높은 곳까
지 파도에 씻겨서 물에 젖어 번쩍이는 해초와 조개, 밀려 떠
내려온 나무쪽들로 뒤덮여 있었다. 길게 뻗친 파도의 언덕
사이사이에는 구름에 가려진 하늘 아래 희미한 초록색으로
거품을 이루고 있는 골짜기가 벌어지고 있으나 태양을 가린
구름 아래 수면은 백색 빌로도 같이 빛나고 있었다.
　바람과 파도 소리에 휩싸여 토니오 크뢰거는 이 영원한,
중압적인, 귀가 멍멍해지는 바다의 포효 속에 잠겨 있었다.
그는 이 소음을 지극히 사랑했었다. 돌아서서 그곳을 떠나면
갑자기 주변은 조용해지고 따뜻해지는 것같이 여겨졌다. 그

러나 그는 배후에 바다를 의식했다. 바다는 소리쳐 부르고, 유혹하고, 인사를 보냈다. 그럴 때에 그는 빙그레 미소짓는 것이었다.

그는 육지를 향해서 고적한 초원의 길을 걸어갔다. 그러나 얼마 안 가서 이 일대에 언덕같이 널리 퍼져 있는 너도밤나무가 우거진 숲속으로 들어갔다. 그는 나무에 기대어 이끼〔苔蘚〕위에 앉아서 나무들 사이로 한 폭의 바다가 보이도록 자리를 잡았다. 때때로 바람이 파도가 부서지는 소리를 실어 오기도 했다. 그 소리는 마치 멀리서 널빤지쪽들이 겹쳐서 떨어지는 것같이 들렸다. 나무 꼭대기에서는 까마귀가 쉰 목소리로 처량하고 애달프게 울었다……. 무릎에는 책이 한 권 놓여 있었으나 단 한 줄도 읽지 않았다. 그는 깊은 망각, 시간과 공간을 초월하고 해방되어, 떠돌아다니는 맛을 즐겼으나, 그래도 때로는 마음속을 쿡쿡 찌르는 듯한 일종의 비애, 동경, 또는 후회감이 스쳐갔다. 그는 느른하고 망아(忘我)의 상태에 빠져 있었기에 이 감정이 무엇인가, 또 어디서 유래하는 것인가를 감히 묻고 싶은 생각이 없었다.

이렇게 해서 며칠이 지났다. 며칠이 지났느냐고 물어 보아도 그는 대답할 수 없었을 것이고 또 날짜를 알고 싶은 의욕도 전혀 없었다. 그러는 중에 그래도 한 사건이 발생한 어느 날이었다. 하늘에 태양이 떠 있고 사람들이 있을 때에 이 사건은 발생하였다. 토니오 크뢰거는 결코 이 사건에 대해 크게 놀랐던 것은 아니었다.

그날은 아침 출발부터 형세가 장려하고 황홀했다. 토니오 크뢰거는 대단히 일찍, 아주 갑자기 깨어서 무엇인지 미약하고도 막연한 경악을 느끼고 잠자리에서 일어났다. 그리고 어떤 기적을, 어느 요정의 나라의, 요마의 불빛을 보는 듯싶었다. 해협을 향해서 유리문과 발코니가 붙어 있는 그의 방은, 엷고 흰 망사 커튼으로 거실과 침실이 나누어져 있었다. 도배지의 색깔도 연하고, 경쾌하고 밝은 색의 가구가 구비되어서, 언제나 명랑하고 친밀감을 느끼게 전망을 보여주고 있었다. 그런데 그날 아침 잠에 취한 그의 눈에는 이 방이 초세속적인 정화(淨化)와 광휘(光輝) 속에 놓여 있는 것 같이 보였다. 벽과 가구를 금빛으로 물들이고 망사 커튼을 연하고 붉은 빛으로 타오르게 하는 장미색의 광채, 무엇이라 말할 수 없이 산뜻하고 향기로운 장미색의 광채가 사방에 충만하고 있었다……. 토니오 크뢰거는 한참 동안 무슨 일이 일어났는지 분간하지 못했다. 그러나 유리문 앞에 서서 밖을 내다보았을 때, 그것은 방금 떠오르는 태양 때문이라는 것을 알게 되었다.

여러 날 동안 날씨가 흐리고 비가 오더니 오늘 아침은 하늘이 맑게 개어 바다와 육지 위에 팽팽한 엷은 푸른색 비단을 쳐 놓은 듯 빛나고 있었다. 그러더니 태양이 가로지른 구름에 가리기도 하고 진홍색, 황금색으로 물들여진 구름에 둘러싸여서 물결이 일고 있는 바다 위를 번쩍번쩍 비치며 장엄하게 떠올라 왔다. 그 순간 바다는 떨며 빨갛게 타오르는 것 같았다……. 이날은 이렇게 해서 시작되었다. 그래서 토니오 크뢰거는 정신없이 즐거운 마음으로 의복을 주워 입고 다른 손님들보다 먼저 아래쪽 베란다에서 아침 식사를 끝마치고 밖으로 나갔다. 그는 해변에 있는 목조 해수욕 막사에서 준비를 갖춘 후 해협을 향해서 한참 헤엄쳐 나아갔다가 다음에는 해변을 따라 한 시간 가량 걸었다. 돌아왔을 때 호텔 앞에는 합승차 모양의 마차가 여러 대 멈추어 있었다. 식당에서 그는 피아노가 놓여 있는 옆의 오락실과 베란다, 그리고 베란다 앞의 테라스에 중류 계급 차림의 남녀 여러 사람들이 원탁(圓卓)을 둘러싸고 활발하게 이야기하면서 버터를 바른 빵과 맥주를 마시고 있는 것을 보았다. 모두 가족 동반이어서 노인들은 물론 어린이들까지도 두엇 섞여 있었다.

두 번째 아침 식사 때에(탁상에는 냉육 요리, 훈육(燻肉), 소금에 절인 것, 구운 것 등이 수북하게 쌓여 있었다) 토니오 크뢰거는 그 사유를 물어 보았다.

"손님들이죠!" 하고 생선 상인이 대답했다. "헬싱게르에서 소풍 겸 무도회에 온 손님이죠, 정말 질색입니다. 오늘밤은 한잠도 자지 못할지 몰라요! 댄스를 하거든요. 댄스와 음악, 그것도 상당히 오래 걸릴 듯합니다. 가족 친목회, 사교회를 겸한 피크닉, 즉 회원을 모집한 관광단 같은 종류의 것이어서, 하루를 즐겁게 지내자는 것입니다. 보트와 마차를 타고 와서 지금 조반을 먹는 중입니다. 식사 후에 더 먼 시골로 마차를 타고 갔다가 저녁에 다시 돌아옵니다. 그리고는 여기 홀에서 댄스를 즐긴다 그 말이죠. 정말 망측한 일입니다. 덕분에 우리들은 눈도 붙여 보지 못할 것입니다……."

"그것도 기분 전환이 되어서 좋습니다"라고 토니오 크뢰거는 대답해 주었다. 그러고 나서 한참 동안 아무도 말을 하지 않았다. 여자 주인은 자기의 빨간 손가락을 가지런히 하기에 바빴고 생선 상인은 공기를 좀 통하게 하려고 오른쪽 콧구멍으로 코방귀를 연신 뀌어 댔다. 그리고 미국인들은 뜨거운 물을 마시며 시시하다는 듯한 얼굴을 하고 있었다.

  그때 갑자기 생각지도 않았던 일이 일어났다. 즉 한스 한센과 잉게부르크 흐름이 그 홀을 지나간 것이다 —— 그때 마침 토니오 크뢰거는 아침 수영과 빠른 걸음으로 산보를 했던 관계로 기분 좋게 피곤해져서 의자에 기대어 토스트에 훈제(燻製)한 연어를 곁들여서 먹고 있었다 —— 그는 베란다와 바다 쪽을 향해 앉아 있었다. 그런데 갑자기 문이 열리더니 손에 손을 잡고 두 사람이 들어왔다 —— 유유히 서둘지도 않고 금발의 잉게부르크는 크나아크 선생의 댄스 강습시간에 늘 그랬듯이 밝은 의상이었다. 가볍고 꽃무늬가 있는 의복의 옷자락은 겨우 복사뼈에 닿을 정도였고, 어깨에는 폭이 넓은 흰 망사 레이스가 걸쳐 있었다. 목이 깊숙이 패어져 있어 보드랍고 연한 목이 미끈하게 나와 보였다. 모자는 양쪽 끈을 잡아매어 팔에 걸치고 있었다. 그녀는 예전보다 더 키가 자란 것 같지는 않았고, 그 훌륭하게 땋은 머리를 지금은 감아 올리고 있었다. 그러나 한스 한센은 옛날과 조금도 변함이 없었다. 금단추가 달린 선원풍의 반코트를 입고 폭이 넓고 파란 칼라를 어깨 너머 등 위에 늘어뜨리고서 짧은 리본이 달린 수병모(水兵帽)를 축 늘어진 손에 쥐고 아무런 근심 걱정 없다는 듯 이리저리 흔들고 있었다. 잉게부르크는 가늘게 뜬 실눈을 옆으로 돌리고 있었다. 식당에서 조반을 먹고 있는 사람들의 시선을 받고 좀 부끄러워진 모양이었다. 그러나 한스 한센은 안하무인인 듯 식탁을 똑바로 마주 향해 서서, 강철색 푸른 눈으로 식탁에 앉은 사람들을 한 사람씩 차례로

도전적이면서도 다소 경멸하는 시선으로 살펴보았다. 붙잡고 있던 잉게부르크의 손마저 놓아 버렸다. 그리고 한층 더 심하게 모자를 흔들며 자기가 어떠한 사람인가를 보여주려고 했다. 그리하여 두 사람은 고요하고 푸른 바다를 배경으로 토니오 크뢰거의 앞을 지나 홀을 가로질러 반대쪽에 피아노가 있는 방으로 사라졌다.

오전 열한 시 반에 있었던 일이다. 요양객들이 아직 아침을 먹느라고 앉아 있는 중에 식당 옆방에 베란다의 일행은 일어서서 아무도 식당으로 가지 않고 옆문을 통해서 밖으로 나가 호텔을 떠났다. 그들의 농담과 떠들썩하게 웃는 소리에 섞여 마차에 올라타는 소리, 마차가 연달아 국도로 삐걱거리면서 떠나가며 멀어지는 소리가 들렸다…….

"그러면 저 사람들은 또 돌아오는 것이죠?"라고 토니오 크뢰거는 물어 보았다…….

"오고말고요!"라고 생선 상인이 대답했다. "골치 아픕니다. 아시겠어요, 저 사람들은 음악회를 예약하고 갔는데 나는 바로 홀 위에서 자야 하거든요."

"기분 전환이 되어서 좋겠지요." 토니오 크뢰거는 되풀이했다. 드디어 그는 일어서서 나가 버렸다.

그날도 다른 날과 마찬가지로 그는 해변과 숲속에서 무릎 위에 책을 한 권 올려놓고 눈부신 태양을 받으며 읽었다. 그는 단 한 가지만을 생각했다. 그들은 생선 상인이 말한 대로 다시 돌아와 홀에서 댄스 파티를 열겠지 하는 것이었다. 그래서 그는 냉혹했던 오랜 세월 동안 한 번도 맛보지 못했던 불안하고 감미로운 환희를 가슴에 품고 즐거운 마음으로 그것을 기다리는 것 이외에는 아무 일도 하지 않았다. 단 한번 무슨 생각과 연간되어 얼핏 먼 친지 단편 작가인 아달베르트가 머리에 떠올랐다. 그는 자신이 어떻게 처신해야 할지 알고 있어서 봄바람을 피해 커피 집으로 갔던 것이다. 토니오 크뢰거는 그를 생각하고 어깨를 움츠렸다.

점심 식사는 평소보다 일찍 먹게 되었다. 호텔은 축제 기분에 들떠 모든 일이 질서 없이 어수선했다. 그러는 중 어느덧 어두워지고 토니오 크뢰거가 방에 있을 때, 또다시 앞길과 호텔 안이 활기를 띠기 시작했다. 소풍간 일행이 돌아왔을 뿐 아니라 헬싱게르에서 자전거와 마차로 새 손님들이 도착했다. 또 아래에서는 바이올린을 조율(調律)하는 소리, 클라리넷의 코가 막힌 듯한 시험 연주 소리가 들려 왔다……. 황홀한 댄스 파티가 방금 시작되려 하고 있었다…….

드디어 소(小) 오케스트라가 마치를 연주하기 시작했다. 그 소리는 저음으로 박자도 정확하게 이중으로 울려 왔다. 댄스는 포로네제(2분의 4박자, 폴란드 국민 무용의 이름)로 시작되었다. 토니오 크뢰거는 한참 동안 조용히 앉아서 귀를 기울여 듣고 있었다. 그러나 마치의 템포가 왈츠 박자로 바뀌는 것을 들으면서 그는 소리도 없이 방을 나갔다.

그는 방 앞의 낭하에서 옆으로 통하는 계단을 내려가 호텔 옆문으로 가 그곳에서부터는 어느 방도 통과하지 않고 유리로 막은 베란다로 들어갈 수 있었다. 그는 마치 통행 금지의 작은 길을 지나가듯이 살며시 남의 눈을 피해 조심스럽게 어둠 속을 손으로 더듬으며 걸었다. 이 어리석으면서도 즐겁게 마음을 뒤흔드는 음악에 저항할 수 없이 이끌려서 거기까지 오면 벌써 악기의 소리는 분명하게 작아지지 않고 더 크게 들려 왔다.
 베란다에는 사람도 없고 불도 켜져 있지 않았으나 홀로 통하는 유리문은 열려 있었다. 눈부신 반사경을 단 커다란 석유등 두 개가 홀을 밝게 비추고 있었다. 그는 그곳으로 걸음소리를 죽이고 숨어 들어갔다. 그리하여 어둠 속에 서서 들키지 않고 밝은 불 밑에서 댄스하는 사람들의 모습을 엿볼 수 있었다. 이런 도적 같은 향락은 어쩐지 야릇하게 피부를 근지럽게 하였다. 그는 자기가 찾고 있었던 두 사람에게로 급히 시선을 던졌다…….
 시작된 지 불과 30분도 되지 않았는데 파티는 이미 거침없이 흥겨워져 가고 있었다. 그야 물론 하루 종일 함께 아무 걱정 없이 서로 행복하게 지냈고 이미 상당히 열이 올라 흥분되어서 돌아왔으니까 그것도 무리는 아니었다. 몸을 조금 앞으로 내밀면 피아노실을 내다볼 수 있었다. 그곳에는 나이 먹은 남자들이 트럼프를 하면서 탁자에 둘러앉아 담배를 피우며 술을 마시고 있었다. 또 다른 사람들은 부인 동반으로 홀 전면에 있는 빌로도 의자 위에 앉거나 벽에 기대어 댄스를 구경하고 있었다. 남자들은 두 손으로 벌린 무릎 위를 짚은 채 흐뭇한 표정으로 양 볼을 부풀리고 있었으며, 어머니들은 머리에 모자를 쓰고 가슴에 팔짱을 낀 고개를 옆으로 기울이고 젊은이들이 뛰노는 것을 구경하고 있었다. 악단(樂團)은 홀의 긴 쪽 벽에 설치되어 악사들이 전력을 다해 연주하고 있었다. 트럼펫까지 등장했으나 자신의 소리를 겁내는 듯이 다소 주저하면서 조심해서 불었다. 그런데도 계속 중단

되기도 하고 악보 한 줄을 빠뜨린 채 불기도 했다.
 파도치듯이 또는 선회하면서 몇 쌍의 남녀가 교대로 움직였고, 다른 쌍들은 팔을 끼고 홀 안을 돌아다녔다. 그들은 무도회 복장이 아닌 여름철 야외에서 지내는 간편한 차림이었다. 즉 남자들은 소도시풍으로 재단한 옷을 입었는데 그 옷은 한 주일 동안 입지 않고 아껴 두었던 것임을 이내 알아볼 수 있었다. 젊은 처녀들은 밝고 경쾌한 의상이었고 가슴에는 들꽃을 꽂고 있었다. 홀 안에 있는 몇 명의 어린아이들은 음악이 끝난 뒤에도 제멋대로 춤을 추었다. 연미복 모양의 상의를 입고 다리가 긴 사람은 그 지방의 유지로서 안경을 쓰고 머리를 지졌으며 오늘 댄스 파티의 사회자 겸 지휘자인 듯했다. 보아하니 우편국장 대리나 그런 종류의 사람이며 어느 덴마크 소설의 희극적 인물을 실제로 보는 듯했다. 분주하게 진땀을 흘리면서 전력을 기울여 일을 하고, 도처에 참견을 했으며, 기묘하게 발끝으로 먼저 내디디며, 반질반질하고 끝이 뾰족한 군대 편상화 같은 것을 신은 발을 복잡하게 번갈아 움직이며, 바빠서 못 견디겠다는 듯이 꼬리를 흔들며 돌아다니다가 손을 허위적거리면서 지시를 하고 음악을 연주하라고 소리치며 박수를 쳐 댔다. 그러는 사이에도 그가 자기 지위의 표지로 어깨 위에 걸쳐 맨 알록달록한 끈이 꼬리 모양으로 너풀거리며 뒤따랐다. 그자는 때때로 사랑스러운 듯이 머리를 돌려 그 끈을 보곤 했다.
 오늘 점심때에 토니오 크뢰거의 옆을 지나간 그 두 사람도 물론 거기 있었다. 그는 두 사람을 또다시 보았다. 그가 두 사람을 거의 동시에 보았을 때, 그는 놀라움에 가까운 환희를 느꼈다. 그의 바로 옆 문간에 바싹 붙어 선 한스 한센은 양쪽 다리를 약간 벌리고 몸을 앞으로 조금 굽힌 채 큼직한 카스텔라 한 덩어리를 의젓하게 먹고 있었다. 떨어지는 부스러기를 받으려고 손바닥을 동그랗게 해서 턱 밑에 대고 있었다. 그리고 저쪽 벽 옆에는 잉게부르크 호름, 금발의 잉게가 앉아 있었다. 마침 그때 극장 대리가 꼬리를 흔들며 그녀 옆으로 와서 한쪽 손을 등으로 돌리고 다른 손을 우아하게 가슴에 대고 최상의 예를 갖추면서 그녀를 댄스에 청했다. 그러나 잉게는 머리를 흔들며 숨이 가빠서 좀 쉬어야겠다고 했으므로 극장 대리는 하는 수 없이 그녀 옆에 앉고 말았다.

　토니오 크뢰거는 그들 두 사람을 자기가 옛날 그들 때문에 애달픈 사랑을 맛보았던 두 사람을 —— 한스 한센과 잉게부르크 호름을 가만히 쳐다보았다. 이 두 사람이 다같이 그를 괴롭힌 것은 그들의 개별적인 특징이나 의복의 유사성 때문이라기보다는, 종족(種族)과 타입〔類型〕의 동일성, 밝고 강철같이 파란 눈과 금발을 한 종족의 동일성 때문인 것이다. 이 종족은 순결하고 순수하고 명랑한 인상, 그리고 동시에 자랑스러우면서도 소박하고 접근할 수 없이 쌀쌀한 인상을 주는 것이다……. 그는 두 사람을 쳐다보았다. 한스 한센은 옛날과 조금도 다름없이 어느 누구도 거들떠보지 않았고, 외모가 호남이며, 어깨는 떡 벌어졌고 허리는 날씬하며 선원복을 입고 있었다. 잉게부르크는 좀 거만스러운 태도로 깔깔 웃으면서 머리를 옆으로 기울이는 그러한 몸짓으로 결코 각별히 날씬하지도 않고 결코 유달리 가냘프지도 않은 계집아이 같은 손을 뒷머리에 갖다 대면 가벼운 소맷자락이 팔꿈치에서 미끄러져 떨어지는 것이었다. 그러한 두 사람을 보고 있으니까 갑자기 향수에 젖어 가슴이 설레며 고통을 느껴서 그는 자기 얼굴의 경련을 아무도 보지 못하게 하기 위해서 부지중 한 발짝 어둠 속으로 물러섰을 정도였다.

'내가 너희들을 잊어버렸을까?' 하고 그는 자문했다. '아니 한시도 그런 적은 없었다. 너 한스도, 그리고 너 금발의 잉게도! 내가 작품을 쓴 것은 너희들 때문이었다. 그래서 내가 박수 갈채를 받을 때마다 혹시 너희들도 참석하고 있는지 하고 남몰래 주변을 살펴보았던 것이다……. 한스 한센 군, 너는 그 옛날 정원 문간에서 나에게 약속한 바와 같이 정말로 《톤 카를로스》를 읽었느냐? 그런 짓은 하지 말아라! 나는 이제 그러한 것을 너에게 요구하지는 않겠다. 고독하다고 우는 왕(王)이 너와 무슨 상관이 있겠는가? 너는 시(詩)와 멜랑콜리를 응시해서 그 밝은 눈동자를 침울하게 하거나 꿈꾸듯 멍청하게 해서는 안 된다. 나는 너와 같을 수 있었으면 좋겠다! 다시 한 번 시작해서 너와 같이 성장해서 당당하고 유쾌하며 순박하고 정규적(正規的)이고 질서정연하고, 신과 세속과 화합해서 천진난만하고 행복한 사람들에게 사랑을 받았으면 좋겠다. 잉게부르크 호름, 너를 아내로 삼고, 한스 한센, 너 같은 아들을 두었으면. 인식과 창조의 고뇌와 저주에서 해방되어 행복한 평범성 속에서 살고, 사랑하고 찬미할 수 있다면!…… 다시 한 번 시작한다? 그러나 소용이 없을 것이다. 역시 또 마찬가지일 것이다 —— 모든 것은 지금과 똑같이 되어 버릴 것이다. 왜냐하면 어느 종류의 사람들은 아무리 해도 미궁(迷宮)에 빠지는 것이니까. 그 이유는 그러

한 사람들에게는 도대체 정도(正道)라는 것이 이 세상에는 없기 때문이다.'

 음악이 끝났다. 휴식 시간이어서 음식이 들어왔다. 국장 대리는 몸소 쟁반에 청어 샐러드를 들고 이리저리 바삐 돌아다니면서 부인들에게 서비스했다. 그러나 잉게부르크 호름 앞에서는 무릎까지 꿇고서 접시를 내밀었기 때문에 그녀는 너무나 당황해서 그만 얼굴이 빨개졌다.

 이때 홀 안의 사람들도 이제는 유리문 아래에서 관찰하는 사람에 대해서 주의를 끌기 시작했다. 어여쁘고 발갛게 달아오른 얼굴들에서 의심스럽게 살피는 시선이 그에게 집중되었다. 그래도 그는 그 자리에 그대로 있었다. 잉게부르크와 한스도 거의 동시에 멸시에 가까운, 완전히 냉담한 시선으로 그를 얼핏 쳐다보았다. 그러나 그는 갑자기 어느 쪽에서인지 한 시선이 그에게 쏠려 자기 위에 멈추고 있음을 의식했다……. 그는 머리를 돌렸다. 그러자 즉시 자기를 보고 있다고 느꼈던 그 눈과 마주쳤다. 창백하고 홀쭉하며 섬세한 처녀가, 그가 있는 곳에서 별로 멀지 않은 곳에 서 있었다. 그는 이미 그 처녀의 존재를 의식하고 있었다. 그녀는 댄스도 많이 하지 않았고, 또 남자들도 별로 그녀에게 관심을 두지 않았다. 그는 그 처녀가 무뚝뚝하게 입을 다물고 쓸쓸하게 바람벽 옆에 앉아 있는 것을 본 적이 있었다. 이번에도 역시 그녀는 혼자 있었다. 다른 여자들과 마찬가지로 밝고 향기로운 옷차림을 하고 있기는 했으나 비쳐 보이는 천 속으로 말라서 궁상스럽게 보이는 어깨가 노출되어 허옇게 드러나 있었다. 말라빠진 목은 빈약한 어깨 사이에 깊이 박혀 있어서

이 조용한 처녀가 어쩌면 불구자가 아닌가 여겨질 정도였다. 얇은 반(半) 장갑을 낀 두 손을 손가락 끝이 서로 살며시 마주 닿을 정도로 편편한 가슴에 대고 있었다. 그녀의 검은 눈은 눈물에 젖은 채 아래에서 토니오 크뢰거를 쳐다보도 있었다. 그는 얼굴을 돌려 버렸다……

한스와 잉게부르크는 바로 거기에, 그와 아주 가까운 곳에 앉아 있었다. 한스는 그의 누이동생 같은 젊은 여자 옆에 앉아 있었다. 그들은 볼이 빨간 다른 사람들에 둘러싸여서 먹고 마시며 지껄여 대면서 흥겨워했고, 칼칼한 목소리로 서로 농담을 주고받기도 하면서 거침없이 명랑하게 소리를 높여 웃어대기도 했다. 조금이라도 이 사람들 옆으로 접근할 수 있을까? 생각난 농담이라도 한마디 한스가 잉게에게 할 수 없을까? 그러면 두 사람이 적어도 미소로 그것에 응해 주지 않을까? 그렇게 되면 자기는 얼마나 행복할 것인가? 토니오는 진심으로 그것을 바랐다. 그렇게 되면 자기는 지금보다 한층 만족해서 조금이나마 그 두 사람과 친근해졌다는 의식을 가지고 자기 방으로 돌아갈 것인데. 그는 자기가 그들에게 해줄 말을 이것저것 생각해 보았다. 그러나 그것을 말할 용기가 없었다. 또 설사 그렇게 해보았다 해도 여전할 것이다. 즉 그들은 자기 말을 이해하지 못하고 그는 간신히 말한 것을 의아해서 미심쩍은 표정으로 들을 것이다. 그들의 말은 결국 그의 말이 아닌 까닭이다.

이제 또다시 댄스가 시작되는 모양이었다. 그 국장 대리는 포괄적으로 활동을 전개했다. 그는 이리저리 뛰어 돌아다니면서 모든 사람들에게 댄스 상대자를 고르도록 하고, 급사들의 협조를 얻어 의자와 유리잔을 치우고 악사들에게 명령을 하며, 어쩔 줄 모르는 몇몇 둔한 사람들의 어깨를 붙잡아 앞으로 밀어냈다. 무엇을 할 참인가, 남녀 네 쌍이 카레를 만들었다……. 몸서리나는 추억에 토니오 크뢰거는 얼굴을 붉혔다. 댄스는 커드릴 춤이었다.

음악이 시작되고 각 쌍이 뒤섞여서 절을 하면서 움직였다. 극장 대리가 지휘했다. 그는 놀랍게도 프랑스 말로 지휘했다. 그리고 더없이 세련된 솜씨로 비음을 발성했다. 잉게 호름은 토니오의 바로 앞 유리문 옆에서 커드릴을 추고 있었다. 그녀는 토니오 바로 앞에서 좌우 전후로 발을 크게 내딛고 몸을 선회하면서 움직였다. 머리카락에서인지, 보드라운 옷 천에서인지 때때로 향기가 그의 코를 스쳐갔다. 그래서 그는 벌써 옛날부터 잘 알고 있는 감정에 잠겨 눈을 감았다. 요 최근 수일간 그는 이 감정의 방향(芳香)과 뼈저린 자극을 은근히 감지하고 있었다. 그런데 지금 또다시 그것이 감미로운 고통으로 그의 전신을 가득 채우고 있는 것이었다. 도대체 그것은 어떠한 감정일까? 동경? 애정? 질투? 자학?……
'숙녀는 선무를! 그 옛날 내가 선무를 추어서 창피를 당했을 때, 너 금발의 잉게여, 너는 웃었지, 조소를 했지? 그러나 내가 약간 유명한 사람이 된 오늘날에도 역시 너는 나를 비웃겠지? 그야 물론이겠지. 그리고 비웃는 네가 백 번 천 번이고 옳아! 그리고 내가, 나 홀로 9개 교향악과 〈의지(意志)와 표상(表象)으로서의 세계〉와 〈최후의 심판〉을 몽땅 완성했다 해도 (베토벤의 9개 교향곡과 쇼펜하우어의 주저 〈의지와 표상으로서의 세계〉와 〈최후의 심판〉을 그린 화가를 총합한 것의

뜻. 즉 음악, 철학, 미술의 최고봉을 합친 것, 〈최후의 심판〉의 화가는 미켈란젤로이다) 너는 영원히 웃어야 마땅하다······.' 그는 잉게를 쳐다보았다. 그러자 옛날에 암송하던 시 한 구절이 불현듯 머리에 떠올랐다. 오랫동안 잊어버렸으나 역시 그에게는 지극히 친밀감이 느껴지며 의사 상통하는 시 구절이었다. '잠이 와도 춤을 추어야지.'

이 시가 말하는 감정의 우울하고 북방적이며, 절실하면서도 세련되지 못한 중압감을 그는 잘 알고 있었다. 잠····· 그것은 행동하거나 춤추는 의무를 지니는 바 없이, 달콤하고 느른하게 자신 속에 휴식하는 감정, 이러한 감정에 따라 소박하고 완전하게 살기를 갈망하면서 —— 또 한편에서는 민첩하게 정신을 똑바로 차리고 예술이라는 실로 곤란하고 위험하기 짝이 없는 칼춤을 끝까지 추지 않으면 안 된다 —— 사랑을 하면서 춤을 추어야 한다는 사실 속에 숨어 있는 굴욕적인 모순을 완전히 망각하는 일은 절대로 없이······.

갑자기 전체가 광적으로 제 마음대로 움직이기 시작했다. 카레가 풀어져서 뛰고 미끄러지면서 모두가 빙빙 돌아갔다. 커드릴이 갤럽으로 끝나려고 하는 중이었다. 음악의 광적인 급템포에 맞춰 쌍쌍이 토니오 크뢰거의 앞을 지나갔다. 비스듬히 발로 미끄럼을 지치면서, 급속히 쫓고 쫓기며 숨막히는 짧은 웃음소리를 높게 내면서. 어느 한 쌍이 전체가 질주하는 속에 휩쓸려서 선회하며 쏜살같이 달려나왔다. 처녀는 안색이 창백하고 섬세하며 어깨는 말라서 뾰족했다. 그러자 갑자기 그의 앞에서 누군가가 넘어지며 미끄러져 쓰러졌다······. 얼굴이 창백한 처녀가 쓰러진 것이다. 거의 위험하게 보일 정도로 격심하게 쓰러졌다. 남자 파트너도 쓰러졌다. 남자는 자기 여자 파트너를 잃어버렸을 정도로 호되게 넘어진 모양이었다. 간신히 상반신을 일으키고 두 손으로 무릎을 문지르기 시작했다. 그런데 처녀는 쓰러지는 바람에 완전히 실신했는지 마룻바닥에 누운 채로 있었다. 토니오 크뢰거는 앞으로 나가서 처녀의 팔을 가볍게 잡고 일으켜 세웠다. 뛰며 돌기에 지치고 정신이 혼미해서 불행하게도 그만 넘어진 것이다. 그녀는 그를 쳐다보더니 갑자기 그 유순한 얼굴에 희미한 홍조를 띠었다.

"고맙습니다. 대단히 고맙습니다!"라고 그녀는 말하며 아래에서 검고 눈물이 글썽거리는 눈으로 올려다보았다.

"이제 춤은 그만 추시죠, 아가씨." 토니오는 상냥하게 말했다. 그리고 나서 다시 한 번 그 두 사람, 즉 한스와 잉게부르크를 쳐다보고 그곳을 떠나 베란다와 댄스 파티를 뒤에 남겨 두고 2층의 자기 방으로 올라갔다. 그는 자기가 참석하지 않았던 댄스 파티에 도취하고 질투심에 피곤해졌었다. 옛날과 마찬가지였다. 아주 똑같았다. 상기된 얼굴로 그는 어두운 곳에 서서 그들 때문에, 저 금발의 활달한, 행복한 사람들 때문에 상심해서 끝내 쓸쓸하게 떠나간 것이었다. 누가 와주어야 하겠는데! 잉게부르크가 이제는 와야 하는 것이다. 자기가 없는 것을 깨닫고, 남몰래 자기 뒤를 따라와 자기 어깨에 손을 올려 놓고 이렇게 말해야 할 것이다. '자아, 우리들 있는 곳으로 오세요! 기분을 내세요! 나는 당신을 사랑합니다!' ……그러나 그녀는 결코 오지 않았다. 그러한 일은 이 세상에서는 일어나지 않는 법이다. 실로 옛날과 다름이 없었다. 그리고 그는 옛날 그 당시와 같이 여전히 행복했다. 그의 마음은 살아 있었기 때문이다. 그러나 그가 현재의 자기로 성장하는 세월을 통해서 도대체 거기에 무엇이 있었을까 —— 응고(凝固), 황량(荒凉), 냉동(冷凍) 그리고 정신! 그리고 예술이 있었다!

그는 옷을 벗고 쉬기 위해 불을 끄고 누웠다. 그는 두 개의 이름을 베개 속에서 속삭였다. 그에게는 본래의 근본적인 사랑과 고민과 행복의 본질을, 생명을, 단순하고 절실한 감정을, 고향을 의미하는 저 순결한 북방의 몇몇 낱말을 되뇌어 보았다. 그는 그 당시부터 지금에 이르기까지의 지나간 세월을 회고했다. 자기가 살아온 관능과 신경과 사상의 살벌했던 모험을 회상했다. 그리고 아이러니와 정신에 잠식(蠶食)되고 인식에 황폐화해서 마비되고 창조의 열과 오한(惡寒)에 반은 마멸될 것이다. 그래서 극단적인 두 개의 세계 사이를, 신성(神聖)과 격정(激情) 사이를, 양심의 곤궁 속에 이리저리 시달려서 교활해지고 빈궁해지고, 싸느랗고, 인공적으로 꾸며 낸 흥분 상태에서 기진맥진해져 갈피를 못 잡고 살벌해져서 고통을 겪은 끝에 병든 자기를 본 것이다 —— 그래서 통회(痛悔)와 향수에 흐느껴 울었다.

사방은 조용하고 어두웠다. 그러나 아래에서는 생(生)의 감미롭고 평범한 3박자의 리듬이 마음을 뒤흔들며 나지막이 들려 오는 것이었다.

9

　토니오 크뢰거는 북국에서 약속했던 대로 그의 여자 친구인 리자베타 이바노브나에게 편지를 썼다.
　'저 멀리 낙원에 계신 리자베타 양, 나도 곧 그곳으로 돌아갈 것입니다' 라고 그는 썼다.

　자, 그런데 여기에 편지 같은 것을 써보았습니다. 그러나 이것을 읽고 필경 실망하실 것입니다. 왜냐하면 나는 편지라는 것을 다소 일반적으로 생각하고자 하기 때문입니다. 그렇다고 해서 이야깃거리가 전혀 없다든지, 이것저것 나대로 경험한 바가 없다는 것은 아닙니다. 고향 도시의 생가에서는 경찰에 체포당할 뻔하기까지 했습니다……. 그러나 그것에 관해서는 차후에 직접 말씀드리기로 하겠습니다. 현재로서는 이야기를 하는 대신 무엇인가 일반적인 것을 교묘하게 말해보고 싶다는 기분이 드는 날이 자주 있었습니다.
　아직도 잘 기억하고 계시겠지만 리자베타, 당신이 언제인가 나를 세속인(世俗人), 길을 잘못 든 속인(俗人)이라고 말하셨지요. 그것은 내가 그 전에 언뜻 말해 버린 다른 고백에 유인되어 내가 '생명'이라고 부르는 것에 대한 나의 애정을 고백했을 때 일입니다. 그때에 당신은 이 말로써 어느 정도 깊이 진실을 알아맞혔는지, 또 나의 시민성(市民性)과 나의 '인생'에 대한 애정이 전혀 동일한 것이라는 사실을 알고 계셨을까 하고 지금 나는 자문해 봅니다. 이번 여행은 이 문제에 대해서 잘 생각해 볼 동기를 부여했습니다…….

아시는 바와 같이 나의 부친은 북극인의 기질을 갖고 있었습니다. 생각이 깊고 철저하며, 청교주의(淸敎主義)를 신봉해서 정확하고 꼼꼼했으며 좀 우울한 편이었습니다. 그런데 어머니는 확실치 않으나 외국 혈통이 섞여서 아름답고 관능적이며 소박하고 동시에 자포자기적이고 정열적이며, 일시적인 감정에 쫓기는 사람이었습니다. 이러한 양친을 가진 나라는 인간은 의심할 여지도 없이 하나의 혼합입니다. 이 혼합은 비상한 가능성과 —— 또 무서운 위험을 내포하고 있는 것이죠. 그것에서 생겨 나온 것이 예술에 길을 잘못 든 바로 이 속인입니다. 유복했던 소년 시절에 대한 향수에 젖은 보헤미안, 양심에 가책을 받고 있는 예술가입니다. 나의 평민적인 양심은 나로 하여금 모든 예술가 생활, 모든 비상한 것, 모든 천재를 무엇인가 몹시 애매한 것, 몹시 불명예스러운 것, 의심스러운 것으로 생각하게 하며, 단순, 성실, 쾌적하고 정상적인 것, 천재적이 아닌 것, 천재적이 아닌 것, 예의 바른 것에 대한 맹목적인 애정으로 나의 마음을 충만하게 해주는 것입니다.

나는 두 개의 세계 사이에 서 있습니다. 그 어느 쪽에서도 안정하고 살 수 없습니다. 따라서 좀 살기가 힘듭니다. 당신들 예술가는 나를 속인이라고 부르고 또 속인은 속인대로 나를 체포하려고 합니다……. 그 중에 어느 쪽이 나를 더 몹시 마음 상하게 하는지 그것은 알 수 없습니다. 속인들은 우매합니다. 그러나 내가 우둔하고 동경심이 없다고 말하는 당신네들, 미의 숭배자들은 다음과 같은 사실을 생각해 보아야 합니다. 즉 세상에서 평범성에서 얻는 쾌락에 대한 동경보다 더 감미롭고 감동적인 보람이 있는 동경은 없다고 생각할 정도로 그렇게 심각하고 근원적이며 숙명적인 예술가 기질이 있다는 사실을.

나는 위대하고 마력적인 미의 좁은 길에서 모험을 하고 '인간'을 멸시하며 자랑스럽게 뽐내는 사람, 냉정한 사람들에 놀랍니다 —— 그러나 부러워하지는 않습니다. 왜냐하면 만약에 무엇인가가 문사(文士)를 시인으로 만들 힘이 있다면 그것은 다름 아닌 인간적인 것에 대한, 생명 있는 것에 대한, 평범한 것에 대한 나의 서민적 사랑 바로 그것이니까요. 모든 온정, 선의, 유머는 이 애정에서 나오는 것이고, 이 애정은 '설사 만인의 말, 천사의 말을 할 수 있다 해도 사랑이 없으면 울리는 종, 소리나는 방울과 같으니라'고 씌어져 있는 그 애정과 동일한 것이라고 말하고 싶을 정도입니다.

내가 지금까지 해온 것은 아무것도 아닙니다. 대수롭지 않습니다. 무(無)라고 해도 무방합니다. 지금부터는 좀더 나은 것을 해보겠습니다, 리자베타 —— 이것은 하나의 약속입니다. 이렇게 쓰고 있는 중에도 바다의 소리가 여기까지 들려옵니다. 그리고 나는 눈을 감습니다. 나의 마음의 눈앞에는 질서와 형성을 고대하는 미출생(未出生)의 환영(幻影)과 같은 세계가 떠오릅니다. 잡다한 군상의 그림자가 보입니다. 그것들은 붙잡혀서 해방되기를 나에게 요구하고 있습니다. 비극적이며 우스꽝스러운, 또 그 양자를 합친 듯한 수많은영상(影像)들이 —— 그리고 나는 그러한 것들에 깊은 애정을 품고 있습니다. 그러나 내가 가장 깊이 나 혼자만이 바치는 사랑은 금발에 파란 눈을 한 명랑하고 활달하며 행복한, 사랑스러운 평범한 사람들에 대한 애정입니다.

리자베타, 이 애정을 책망하지 마십시오. 그것은 선량하고 결실을 가져올 애정입니다. 거기에는 동경과 우울한 선망과 사소한 경멸과 완전히 순결한 행복감이 깃들어 있는 것입니다.

트리스탄
Tristan

여기는 아인후리트 요양원이다. 길게 뻗친 본관과 그 익부 (翼部)가 희게 빛나며 직선으로 반듯하게 정원 한가운데에 서 있다. 정원은 동굴과 나무 덩굴로 덮인 복도와 수피(樹皮)로 만든 작은 정자로 아취(雅趣) 있게 꾸며져 있다. 요양원의 슬레이트 지붕 너머로는 전나무가 우거져 검푸르고 육중하면서도 순한 계곡을 이루면서 산들이 하늘 높이 솟아 있다.
 예전이나 다름없이 레안다 박사가 병원을 이끌어 나가고 있다. 두 갈래로 뾰족하게 뻗은 검은 수염은 마치 가구 속을 메우는 말의 털같이 뻣뻣하며 곱슬곱슬했고, 두터운 안경 유리가 번쩍였다. 그래서 그는 학문에 의해서 냉정하고 완고해져서 조용하며 만사에 너그러운 염세관(厭世觀)에 충만된 사나이의 모습을 하고 있었다. 이러한 외모로써 그는 퉁명스럽고 무뚝뚝한 태도로 환자들을 위압하고 있었다── 이 모든 사람들은 자신의 규칙을 만들어서 이것을 준수하기에는 너무나 허약한 까닭에 그의 엄격성에 의해서 자기 몸을 보호하려고 그에게 재산을 갖다 바치고 있는 것이다.

오스타로 양에 관해서 말하자면 그녀는 꾸준히 매우 헌신적으로 살림살이를 맡아 보고 있다. 그녀가 얼마나 부지런하게 층계를 오르내리고 병원 이 끝에서 저 끝까지 뛰어다니는지 정말로 놀라울 정도이다. 부엌과 식품 저장실에서 지휘를 하는가 하면, 세탁물 선반을 이리저리 기어 올라가기도 하고 종업원들에게 명령을 하고 절약과 위생, 미각(味覺)과 외관이라는 관점에서 식탁을 차리기도 한다. 그녀는 지극히 신중하게 살림을 한다. 그런데 그녀가 그렇게 극단적으로 부지런히 활약하는 이면에는 아무도 자기를 아내로 삼으려고 생각하지 않는 남성계(男性界) 전체에 대한 끊임없는 비난이 내재(內在)하고 있는 것이다. 그러나 두 볼에 둥그렇게 솟아나는 홍조 속에는 언제인가는 자기가 레안다 박사의 부인이 된다는 씻어 버릴 수 없는 희망이 불타고 있는 것이다.

오존과 고요하기만한 공기…… 레안다 박사를 시기하는 자나 경쟁자가 무어라고 말하든 간에 아인후리트는 폐병 환자에게는 가장 떳떳하게 권장할 만한 곳이다. 그러나 여기에는 다만 폐결핵 환자뿐 아니라 각종의 환자들이, 남녀 어린 아이들까지 머무르고 있다. 레안다 박사는 여러 가지 분야에 걸쳐 자랑할 만한 성과를 거두었던 것이다. 여기에는 시 참사회(市參事會) 고문 슈파스 부인과 같은 위장병 환자도 있으며——그 부인은 위뿐만 아니라 귀도 앓고 있다——남녀 심장병 환자들, 뇌마비 환자, 신경통 환자 그리고 병세가 제각기 다른 신경 계통 환자들이 있다. 당뇨병 환자인 어느 장

군은 항상 불만스레 투덜거리며 그의 연금을 먹어 없애고 있
다. 얼굴에 살이 빠진 몇몇 남자들은 다리를 마음대로 가누
지 못하고 걷는다. 그것은 좋지 않은 증세를 말하는 것이다.
회렌라우흐 목사 부인으로 통하는 한 50대 부인은 열아홉 명
의 자녀를 낳고 완전히 사고 능력이 없어졌는데도 아직 마음
의 평안을 찾지 못하고 일종의 소심한 불안증에 쫓겨서 이미
일년 전부터 전속 간호원의 팔에 의지해서 멍청하니 말없이
병원 구내를 이리저리 불안하게 돌아다니고 있는 것이다.

때때로 '중병 환자'들 중에서 누군가가 죽기도 한다. 그런
사람은 병실에만 누워 있고 식당이나 휴게실에도 나타나지
않는다. 그러나 아무도, 심지어는 한방에 있는 사람까지도
그러한 사실에 관해서는 아는 바가 없다. 조용한 한밤중에
밀과 같이 창백한 손님은 처리되고 마는 것이다. 그러나 아
인후리트의 일과는 아무런 지장 없이 계속된다. 마사지, 전
기요법, 주사, 샤워, 목욕, 체조, 한증, 호흡 운동 등등이 모
든 현대 문명의 시설이 갖춰진 방 안에서 실시되고 있는 것
이다.

사실 여기는 만사가 활기를 띠고 있으며, 그 병원은 전성
기에 있는 것이다. 익부(翼部)의 입구에 있는 수위는 새로
손님이 오면 큰 종을 울리는 것이었다. 그리고 레안다 박사
는 오스타로 양과 더불어 퇴원하는 사람을 정중하게 마차까
지 인도한다. 이미 아인후리트를 거쳐간 사람은 부지기수인
것이다. 심지어는 어느 저술가마저 여기에 있었다. 그는 어
느 광물 또는 보석명 같은 이름을 소유한 괴상한 사람인데,
여기서 무위도식하고 있는 것이다.

트리스탄 123

레안다 박사 외에도 또 한 사람의 의사가 있어서, 그는 경환자나 희망이 없는 환자를 담당하고 있다. 그의 이름은 뮬러라고 불리는데 도무지 언급할 가치도 없는 존재이다.

정월 초에 호상(豪商) 크뢰타얀 씨가 —— A. B. 크뢰타얀 상사의 —— 그의 부인을 아인후리트로 데리고 왔다. 수위가 종을 울리자 오스타로 양이 멀리서 찾아온 손님들을 아래층 응접실로 영접했다. 그 방은 이 품위 있는 옛집 전체가 거의 그러하듯이 놀랄 만큼 순수한 앙피르 양식으로 꾸며져 있었다. 그 후 곧 레안다 박사도 나타나서 허리를 굽혀 인사를 하고 쌍방이 서로 소개하는 최초의 대화가 벌어졌다.
창밖의 정원은 겨울철을 맞아 화단이 가마니로 덮여 있고, 동굴은 눈이 쌓였으며 조그맣게 꾸민 성당은 쓸쓸하게 서 있었다. 인부 두 사람이 정원문 앞 포장 도로에 서 있는 마차에서 —— 주차장으로 들어가는 길이 집안으로 통해 있지 않았기 때문에 —— 새로 온 손님들의 트렁크를 운반했다.
"천천히, 가브리엘레, 조심해, 입을 다물고."
크뢰타얀 씨는 정원을 지나서 자기 부인을 부축하고 갈 때에 이렇게 말했다. 그런데 이 '조심해요'라고 하는 말에 대해서 그 부인을 본 사람이라면 누구나 충심으로 상냥하고 떨리는 마음으로 동조(同調)하지 않을 수 없었다. 그야 물론 크뢰타얀 씨가 그 말을 거침없이 독일어로 말할 수 있었으리라는 것을 부인할 수는 없었지만.
이 부부를 정거장에서 요양원까지 태우고 온 마부는 거칠고 무식해서 섬세한 감정이라고는 없는 사나이였지만, 그 대상인(大商人)이 부인을 부축해서 마차에서 내려 주는 동안 숨막히게 걱정스러워서, 양 이 사이로 혀를 꽉 물고 있었다. 실로 그 두 마리의 밤색 말들까지도 고요한 냉기 속에서 허연 입김을 내뿜으며 머리를 숙이고 둥그렇게 뜬 눈으로 불안하게 진행되어 가는 것을 자세히 살펴보고 있는 듯 그렇게도 가냘프게 우아함과 보드라운 매력에 대해서 근심에 가득 차 있는 듯했다.

 이 젊은 부인은 기관지를 앓고 있었다. 그것은 크뢰타얀 씨가 발트 해안에서 아인후리트의 원장 의사에게 전달한 서신에도 분명히 씌어 있었다. 다행히도 그것은 폐는 아니었다! 그러나 만약에 그것이 폐였다 해도 —— 이 새로 온 여자 환자는 지금 이 순간보다 더 우아하고 고상하며 황홀해서 초세속적인 모습을 보여줄 수는 없었을 것이다. 그 여자는 튼튼한 남편 옆에 하얀 칠을 한 직선적으로 반듯하게 만들어진 안락의자에 연약하고 피곤해서 기대어 앉아 대화를 경청하고 있었다.

 간소한 결혼 반지 이외에는 아무 장식도 없는 아름답고 창백한 두 손은 두텁고 검은 스커트의 주름 위에 가만히 놓여 있었다. 그리고 그 부인은 빳빳하게 세운 칼라가 달린 은회색의 꼭 맞는 상의를 입고 있었으며 칼라에는 부각으로 된 빌로도의 당초 무늬가 겹겹으로 가득 박혀 있었다. 그러나 이 무겁고 따뜻해 보이는 옷감은 다만 그 어여쁜 머리의 말할 수 없이 유순하고 단아하며 무기력한 모습을 한층 더 감동적이며 초세속적이고 사랑스럽게 보이게 하는 효력을 나타냈다.

목덜미 아래로 쑥 내려뜨려서 잡아맨 엷은 갈색의 머리는 반질반질하게 뒤로 쓰다듬어져 있었고, 다만 오른쪽 관자놀이 근처에 곱슬곱슬해진 머리 한 다발이 이마로 흐트러져 늘어져 있었다. 뚜렷이 그려진 눈썹 위쪽에 비쳐 보일 듯한 이마의 맑고 티 하나 없이 깨끗한 바탕에는 이상하게 조그마한 혈관이 새파랗게 병적으로 갈라져 있었다. 이 눈 위의 파란 모세혈관이 섬세한 타원형으로 생긴 얼굴 전체를 일종의 수심에 가득 차 보이게 했다. 그것은 부인이 말을 시작하자, 아니 다만 미소를 띠기만 해도 곧 눈에 띄게 드러났다. 그러면 얼굴에는 어쩐지 힘이 드는 듯한, 심지어는 압박당하는 듯한 표정이 나타나서 알 수 없는 불안감을 일으키는 것이었다. 그럼에도 불구하고 부인은 이야기하며 미소짓기도 했다. 그 여자는 거침없이 상냥하게 조금 쉰 목소리로 이야기를 하고 다소 피곤한 듯한 눈으로 미소짓기도 했다. 때때로 눈을 감고 싶은 듯한 기색이 엿보였고, 좁은 코허리의 양쪽 구석은 침침하게 가려져 있었다. 또 한편 아름답고 큰 입으로 미소를 짓기도 했는데, 입술의 윤곽이 특히 날카롭고 선명한 까닭에서인지 그 입은 창백하기는 했으나 빛나 보였다. 그녀는 가끔 기침을 했다. 그럴 때에는 손수건을 입에 댔다가 나중에 그것을 들여다보는 것이었다.

"기침을 하지 말아요, 가브리엘레" 하고 크뢰타얀 씨가 말했다.

"한스페터 박사가 집에서도 특히 하지 말라고 주의시키지 않았어, 여보. 그리고 조금만 기운을 차리면 돼요. 이미 말한 바와 같이 기관지이니까" 라고 그는 되풀이했다.

"처음 시작했을 때에는 폐인 줄로 알고 정말 놀라기도 했어. 그러나 폐는 아니야, 천만에. 원 망측도 하지. 그따위 것이 다 무슨 상관이 있어. 안 그래, 가브리엘레? 허허!"

"물론이죠!"라고 레안다 박사가 말하고 안경 유리를 번쩍이며 그녀를 쳐다보았다.

그리고 나서 크뢰타얀 씨는 커피를 —— 커피와 버터빵을 청했다. 그런데 그는 K발음을 목구멍 속에서 내어, '버터빵'이라고 말하는 직감적인 말버릇이 있어서 듣는 사람으로 하여금 식욕이 저절로 생기게 할 지경이었다.

그는 자기가 원한 것을 받았고, 또한 자기와 부인용의 방도 배당받아서 거처를 마련했다.

그런데 레안다 박사 자신이 치료를 담당해서 이번에는 뮐러 박사의 수고가 필요치 않았다.

새로 온 여자 환자의 인품은 아인후리트 내에서 비상한 관심을 끌게 되었다. 그리고 크뢰타얀 씨로 말할 것 같으면 이러한 결과에 대해서는 익숙해 있어서 자기 부인에게 올리는 모든 경의를 만족한 마음으로 받아들였다. 당뇨병 환자인 장군님은 처음으로 그 부인을 보게 되었을 때 잠시 투덜거리는 것을 중단했고, 얼굴이 바싹 마른 남자들은 그녀가 옆으로 다가올 때마다 얼굴에 미소를 짓고 다리를 잘 가누려고 애쓰는 것이었다. 시 참사회 고문관 부인 슈파스 여사는 즉시 연장자 친구로서 그녀와 같이 한패가 되었다. 그 부인은, 크뢰타얀 씨의 이름을 지니고 있는 그 부인은 모든 사람에게 감명을 끼쳐 준 것이었다. 수주일 전부터 아인후리트에서 소일하고 있는 한 저술가, 즉 어느 보석과 같은 이름을 지닌 괴상한 사나이는 복도에서 그녀 옆을 지나가게 되었을 때에 안색마저 변해 가지고 걸음을 멈추었던 것이다. 그리고 그녀가 이미 벌써 시야에서 사라지고 난 후에도 여전히 마치 발에 뿌리가 내린 듯이 서 있었다.

 요양객 전원이 그녀의 내력을 알게 된 것은 이틀도 채 지나지 않아서였다. 그녀는 브레멘 출신이었다 —— 그런 사실은 그녀가 말할 때에 상냥하게 발음이 약간 왜곡되는 것으로 미루어 알 수 있는 것이다 —— 그리고 그곳에서 2년 전에 호상 크뢰타얀 씨와 백년 가약을 맺은 것이다. 그녀는 남편을 따라 그의 고향 도시로, 즉 북쪽 발트 해안에 있는 고향으로 갔으며, 약 10개월 전에 지극히 난산이었고 위험한 상태에서 어린아이를 낳았던 것이다. 그 아이는 놀랄만큼 씩씩하고 잘 생긴 옥동자였으며 상속자였다. 그런데 그녀는 이 공황의 날 이래로 다시는 원기를 회복하지 못했다 —— 전에는 원기 왕성했다고 가정하다면 그 여자는 극도로 기력이 쇠약해지고 기진맥진해서 산욕에서 일어나자마자 기침을 하고 피를 약간 토했다 —— 그야 대수롭지 않은 보잘것 없이 작은 피이기는 했다. 그러나 전혀 나타나지 않은 것보다는 좋지 않은 일인 것이다. 그리고 한 가지 걱정되는 것은 그와 같은 사소하나마 불쾌한 일이 얼마 후에 되풀이되었다는 사실이다. 물론 이에 대한 요법은 있었고, 주치의 한스페터 박사는 그것을 이용해 보았다. 절대 안정이 요구되었으며 얼음 덩어리를 삼키고 기침하는 자극을 막기 위해서 모르핀이 교부되었으며, 마음을 될 수 있는 한 편안하게 했다. 그러나 좀처럼 병세가 회복될 것 같지는 않았다. 그런데 한편 그 어린 아이, 신생아 안톤 크뢰타얀은 어린 아기 중에서도 우량아였으며, 대단한 에너지로 사양하지 않고 삶에 있어서 자기 자리를 차지하고 그것을 주장하고 있었다. 어린 아기 어머니는 살며시 소리없이 타오르는 작열(灼熱)에 소멸되어 가는 것같이 보였다 —— 전에도 말한 바와 같이 그녀는 기관지가 나빴다. 이 기관지라는 말이 한스페터 박사의 입에서 떨어질 때는 모든 사람들에게 의외로 위안적이며 마음을 진정시켜 주었고 거의 명랑하게 해주는 영향을 끼쳐 주는 것이었다. 그러나 설사 그것이 폐는 아니었다 해도 그 의사는 좀더 온화한 기후와 요양원에서 체류하는 것이 병의 치료를 빠르게 하는 데 절실히 요망된다고 생각했다. 그래서 아인후리트 요양원과 그 원장의 명성이 사후 대책을 실행하기에 이르도록 한 것이었다.

사정은 그러했다. 그리고 크뢰타얀 씨 자신이 이러한 이야기에 관심을 표시하는 사람이라면 누구에게나 그렇게 이야기해 주었다. 그는 소화가, 돈지갑 사장이나 마찬가지로 잘 되는 사람과 같이 큰소리로 주책없이 신이 나서 지껄여 댔다. 북쪽 해안 지대 주민의 특유한 느리면서도 조급한 말투로 빈번히 그는 무엇이나 폭발하는 듯한 소리로 말을 내뱉었다. 그리고는 농담이라도 썩 잘한 듯이 웃어 댔다.

그는 중키에 몸집이 떡 벌어져서 튼튼했고 다리는 짧았으며, 얼굴은 통통하게 살찌고 붉었다. 눈은 청수(清水)같이 파랗고 엷은 블론드 눈썹에 가려져 있었으며 큼직한 콧구멍에 입술을 마를 사이가 없었다. 그는 영국식 구레나룻을 기르고, 영국식으로 옷차림을 하고 있었다. 부모와 귀여운 세

아이들과 보모로 된 한 영국 가족을 아인후리트에서 우연히 만나게 된 것에 대해서 그는 좋아서 어쩔 줄을 몰랐다. 그 가족이 여기에 머무르게 된 이유는 유독 그들이 다른 어느 곳에 머물러야 할지를 알지 못하는 이유에서 뿐이었다. 그래서 그는 아침 식사를 그 가족과 함께 영국식으로 먹었다. 대체로 그는 많이 먹고 마시는 것을 좋아했고, 자기가 정말로 요리와 술에 관한 정통자인 척했다. 그리고 요양객들에게 자기 고향의 친지들 사이에서 베풀어지는 오찬이라든지 여기에서는 알려지지 않은 특종의 요리에 대한 설명을 지극히 신이 나서 이야기했다. 그럴 때면 그는 다정한 표정으로 두 눈을 지그시 감고 말소리는 약간 구개음(口蓋音)과 비음(鼻音)에 가까운 소리를 냈다. 그와 동시에 목구멍 속에서 가볍게 입맛을 다시는 소리가 뒤따르는 것이었다. 그는 다른 세속적인 환락을 원칙적으로 싫어하지 않는다는 사실은 낭하에서 그가 어느 하녀와 상당히 문란한 태도로 장난을 하고 있는 것을 어느 아인후리트의 요양객 한 사람, 바로 그 저술을 직업으로 삼고 있는 사람에게 들키게 된 그날 저녁에 밝혀졌다──그것은 사소하고 유머러스한 사건에 불과했으나 그것을 목격한 그 저술가는 우스울만큼 구역질나는 표정을 했다.

크뢰타얀 씨의 부인에 관해서 말한다면 그녀가 남편에 대해서 충심으로 애정을 가지고 있다는 것이 분명히 엿보였다. 그녀는 미소를 띄우고 남편의 손짓에 따랐다. 그것은 많은 환자들이 건강한 사람들에게 보이는 바와 같은 오만에 가까운 관용의 태도가 아니라 성품이 좋은 병자가 건강이 양호한 사람들의 만만한 기력에 대한 상냥한 기쁨과 공감의 태도인 것이다.

크뢰타얀 씨는 아인후리트에 오래 머물러 있지 않았다. 그는 아내를 여기까지 데리고 왔을 뿐인 것이다. 그러나 일 주일이 지나서 자기 부인이 잘 간호를 받고 확실한 곳에 맡겨진 것을 알게 되었을 때 그는 더 오래 머무르지 않았다. 마찬가지로 중요성을 띤 의무 사항들, 즉 힘차게 자라나는 아들과 번창하는 사업이 그로 하여금 고향으로 돌아가지 않을 수 없게 했으며, 그의 부인이 최선의 간호를 충분히 받도록 남겨 두고 떠나가야만 했다.

수주일 이래 아인후리트에서 지내고 있는 그 저술가는 슈피넬이라는 이름이었다. 그의 정식 이름은 데트레프 슈피넬이었고, 외모는 기묘한 생김새였다.

30을 갓 넘은 체격이 당당하고 고동색 머리를 한 사나이를 연상해 보자. 머리카락은 이미 양쪽 관자놀이 근처에서 눈에 띄게 희끗희끗하고 둥그스름하며 흰 데다가, 약간 부푼 듯한 얼굴에는 아무 데도 수염이 자란 흔적이 없다. 면도를 한 것이 아니었다 —— 잘 보면 알겠지만, 보드랍고 지운 것같이 뿌옇고 홍안 소년 같으며 여기저기 몇몇 개의 솜털이 나 있을 뿐이었다. 그래서 그런 것이 아주 이상하게 보였다. 사슴같이 노르끄레하고 반짝이는 그의 눈초리에는 유순한 표정이 넘쳐 있었으며 코는 주먹코로서 좀 살찐 편이었다. 또한 슈피넬 씨는 로마인의 특징인 털구멍이 많은 휘어진 윗입술과 크고 벌레먹은 이, 보기 드물게 큰 발을 소유하고 있었다. 다리를 잘 가누지 못하는 남자 중에 풍자와 익살을 잘하는 한 사람이 그를 흠잡아서 '썩어 빠진 젖먹이'라고 몰래 별명

트리스탄 131

을 지었으나 그것은 심술궂은 말이고 별로 적절하지가 못했다 —— 그는 유행하는 고급 양복을 입고 다녔는데 길고 까만 상의에 색깔이 있는 점 무늬의 조끼를 입고 있었다.

  그는 사교를 좋아하지 않는 편이어서 아무하고도 사귀지 않았다. 다만 때때로 서글서글하고 다정하며 넘쳐 흐르는 듯한 기분에 사로잡히는 경우가 있었는데, 그것은 슈피넬 씨가 미적(美的) 경지에 잠길 때, 다시 말해서 두 가지 색깔의 조화라든지 고상한 형태의 화분이라든지 석양(夕陽)이 비친 산맥이라든지 무엇인가 아름다운 것을 보고 매우 감탄할 지경으로 깊이 매혹되었을 때에 있는 일이다. 그럴 때면 "얼마나 아름답습니까?"라고 그는 고개를 옆으로 기울이고 어깨를 추켜 올리며 두 손을 벌리고 코와 입술을 찡그리고서 말하는 것이었다. "아, 저것 좀 보십시오. 얼마나 아름답습니까!"

  그러면서 그는 그러한 순간의 감동 상태에서 점잖은 사람들을 남녀 불문하고 목이라도 끌어안을 것 같았다.

  그의 책상 위에는 그 방으로 들어가는 사람이면 누구나 볼 수 있게 자기가 쓴 책이 항상 놓여 있었다. 그것은 상당히 두툼한 소설책이었으며, 겉 표지에는 전혀 무엇인지 알아볼 수 없게 혼잡한 그림이 그려져 있었고, 일종의 거친 곰보지에 인쇄되어 있어서 글자 하나하나가 마치 고딕 양식의 사원같이 보였다. 오스타로 양이 어느 한가한 틈에 그것을 읽어보고서 '세련된 솜씨'라고 말했는데 그것은 그 여자가 '지독히 지루하다'는 판단을 바꾸어서 말하는 상투어였다.

  그 소설에는 사교적인 응접실, 부유한 부인의 방 등이 전개되어 있었으며 그러한 방들은 정선된 물건들로 가득 차 있었다. 다시 말해서 고블랑 직물, 고대 양식의 가구, 값비싼 도자기, 돈으로도 살 수 없는 천, 각종의 예술적으로 세공된 보석 등으로 가득 차 있는 것이었다. 이러한 것들의 묘사에는 온갖 정성을 다 들여 치중(置重)하고 있어서 보는 사람으로 하여금 항상 그가 코를 찡그리고 "얼마나 아름답습니까! 아, 저것 좀 보세요. 얼마나 아름다워요!"하고 말하는 것을 연상하는 것이었다……. 그런데 그가 이 책 이외에는 매일같이 쓰는 것처럼 보이는데도 불구하고 다른 책을 한 권도 쓰지 않았다는 사실은 이상스럽게 여겨지지 않을 수 없는 일이었다. 그는 하루의 대부분을 글을 쓰면서 자기 방에서 지냈다. 그리고 비상하게 많은 편지를 우편국에 보냈다. 거의 매일 한 통 내지는 두 통을 —— 다만 이상하기도 하고 우습기도 한 일은 그의 편에서는 극히 드물게 편지를 받는다는 사실이다.

슈피넬 씨는 식사 때에 크뢰타얀 씨 부인의 맞은편에 자리를 잡았다. 그 부부가 처음으로 참석했던 식사 때에, 그는 좀 늦게 별관의 아래층에 있는 대식당에 나타났다. 부드러운 목소리로 모든 사람들에게 인사를 하고서 자기 자리로 가서 앉았다. 그리고 나서 레안다 박사가 그를 약식으로 새로 온 손님들에게 소개했다. 그는 허리를 굽히고 분명히 다소 당황한 태도로 식사를 시작했다. 식사 중에 그는 대단히 좁은 소매에서 비어져 나온 크고 희면서도 아름답게 생긴 손으로 상당히 점잔을 빼는 태도로 나이프와 포크를 사용했다. 잠시 후에 그는 마음이 놓여져서 침착하게 크뢰타얀 씨와 그의 부인을 번갈아 관찰했다. 크뢰타얀 씨도 식사가 진행되는 중에 아인후리트의 시설과 기후에 관해서 몇 가지 질문과 소감을 그에게 말했다. 그 부인도 얌전한 태도로 두세 마디 덧붙여 말했다. 그러면 슈피넬 씨가 공손하게 대답하는 것이었다. 그의 목소리는 온순하고 듣기 좋은 목소리였으나 어쩐지 이가 혀를 방해라도 하는지 거추장스럽고 침이 끓는 듯한 말솜씨였다.

식사 후에 사람들이 담화실로 옮겨 가고 나서 레안다 박사가 새로 온 손님들에게 특별히 식후 인사를 했을 때 크뢰타얀 씨 부인이 자기 맞은편에 앉아 있었던 사람에 대해 물어보았다.

"그분의 이름이 무엇이죠?"라고 부인이 물었다. "슈피네리던가요? 나는 그 이름을 잘 알아듣지 못했어요."

"슈피넬입니다……, 슈피네리가 아니고 사모님. 아니 뭐 이탈리아 사람도 아닌데, 렘베르크 출생이라던가요. 내가 알기에는……."

"뭐라고 말씀하셨지요? 그는 저술가입니까? 그렇지 않으면 또 무슨?" 하고 크뢰타얀 씨가 물었다.

그는 두 손을 편하게 꾸며진 영국식 바지 주머니에 집어넣고 귀를 박사 쪽으로 향해 기울이고 보통 많은 사람들이 그러하듯이 대답을 들으려고 입을 좀 벌리고 있었다.

"글쎄요, 나는 잘 모르지만——그는 글을 쓴답니다……."
레안다 박사가 대답했다. "내가 듣기에는 책을 한 권 출판하였다는데, 일종의 소설이랍니다. 나는 사실은 알지 못합니다마는……."

이렇게 '나는 잘 모릅니다'를 되풀이하는 것은 레안다 박사가 그 저술가를 별로 중요시하지 않고 있으며, 그에 대한 모든 답변을 회피하려 함을 의미하는 것이었다.

"그러나 그것 참 대단히 재미있는 일이군요!"라고 크뢰타얀 씨 부인이 말했다. 그녀는 아직 한 번도 저술가를 직접 대면해 본 적이 없었던 것이다.

"그야 그렇지요"하고 레안다 박사가 상대방의 의향을 받아들이면서 대꾸했다. "그는 어느 면에서는 평판이 높다고도 합니다……." 그리고 나서 그 이상 저술가에 대한 이야기는 화제에 오르지 않았다.

그러나 잠시 후에 새 손님들이 물러가고 레안다 박사도 마찬가지로 담화실을 나가려고 했을 때, 슈피넬 씨가 와서 박사를 붙들고 자기 나름으로 이것저것 물어 보는 것이었다.

"그 부부의 이름이 무엇이라고 했던가요?"하고 그는 물었다. "나는 전혀 알아듣지 못했습니다."

"크뢰타얀"하고 레안다 박사는 대답하고서 곧 다시 나가려고 했다.

"남편의 이름은 무엇이죠?" 슈피넬 씨가 물었다.

"그들은 모두 크뢰타얀이라고 합니다!"라고 레안다 박사는 말하고 나서 자기가 가려고 하던 방향으로 가버렸다 —— 그는 그 저술가를 전혀 중요하게 여기지 않았다.

우리는 벌써 크뢰타얀 씨가 고향으로 돌아간 데까지 이야기를 했던가요? 그렇지, 그는 또다시 발트 해안의 자기 사업과 아들 곁에 머무르게 되었다. 그 어린아이는 염치없이 원기왕성해서 어머니에게 대단한 고통을 주고 기관지에까지 약간의 해를 끼치게 했던 것이다. 그래서 그 여자 자신은 즉 젊은 부인은 아인후르트에 남아야 했던 것이다. 그리고 시 참사회 고문관 슈파스 씨 부인이 손위의 친구로서 그녀와 한 패가 되었다. 그렇다고 해서 크뢰타얀 씨 부인이 다른 치료객들과, 예컨대 슈피넬 씨와 친하게 사귀는 것을 방해하지는 않았다. 슈피넬 씨는 모든 사람이 놀란 바이지만——왜냐하면 지금까지는 그가 아무하고도 교제를 하지 않았으니까, 처음부터 부인에 대해서 비상한 공손과 호의를 바쳤다. 그리고 부인도 엄격한 일과가 허용하는 여가에는 그와 담화하는 것을 싫어하지는 않았다.

슈피넬 씨는 지극히 신중하고 공손한 태도로 접근해 조심스럽게 목소리를 낮추어 부인에게 이야기를 하였다. 그래서 귀를 앓는 슈파스 고문관 부인은 그가 말하는 것을 대부분 알아듣지 못했다. 그는 큼직한 걸음으로 크뢰타얀 씨 부인이 상냥하게 미소지으면서 기대어 앉아 있는 안락의자로 걸어가 두 발짝쯤 떨어져 머물러 서서 한 다리를 뒤로 내디디고 상체를 앞으로 구부린 채 어쩐지 거추장스럽고 입맛을 다시는 말투로 나지막하면서도 절실하게 이야기를 했다. 그리고 만약에 그녀의 얼굴에 조금이라도 피로와 권태의 기색이 보이기만 하면 언제라도 즉시 황급히 물러나서 사라져 버릴 준비를 갖추고 있었다.

그러나 슈피넬 씨는 크뢰타얀 씨 부인을 괴롭히지는 않았으며 몇 마디 질문도 하고 미소를 띄우며 신기한 듯이 대답을 경청하는 것이었다. 왜냐하면 그는 가끔 그 부인이 아직껏 한 번도 들어보지 못한 재미있고 신기한 이야기를 해주기 때문이었다.
 "도대체 당신은 왜 아인후리트에 계십니까?" 하고 그녀가 물었다. "무슨 치료를 받으시나요. 슈피넬 씨?"
 "치료요?…… 전기 치료를 좀 받고 있습니다. 아니 그거야 뭐 말할 가치도 없는 것입니다. 사모님, 내가 여기에 있는 이유는——저 건축양식 때문입니다."
 "아, 그러세요!" 하고 크뢰타얀 씨 부인이 말했다. 그러면서 한쪽 손으로 턱을 괴고 그에게로 몸을 돌렸다. 그것은 마치 어린아이들이 무슨 이야기를 하려고 할 때에 어른들이 보여주는 과장된 열성스런 태도였다.
 "네, 그렇습니다. 사모님, 아인후리트는 완전히 앙삐르 건축 양식으로 되어 있습니다. 사람들이 말하는 바에 의하면 이 집은 이전에는 성이었다고 합니다. 그러니까 여름철에 사용하는 이궁(離宮) 말이죠. 이 별관은 물론 그 후에 증축한 것입니다마는 본관은 오래된 것이고 정식 건물이죠. 그런데 나는 이 앙삐르 양식이 없이는 견딜 수 없는 때가 있습니다. 그러한 때에는 어느 정도나마 건강 상태에 도달하기 위해서는 이 앙삐르 양식이 없어서는 안 됩니다. 거의 음탕한 기분이 들도록 폭신하고 편안한 가구 사이에 있는 것과 이와 같이 직선적인 책이나 의자, 또는 장식요 포장들 사이에 있는 것과는 별다른 기분이 든다는 것은 사실입니다——이 밝음과 견고, 이 차갑고 심한 단순성, 은연한 엄격성, 이런 것들이 나에게 위엄과 품위를 부여하는 것입니다. 사모님, 그런 것은 종국에는 마음의 정화(淨化)와 혁신을 초래하는 것입니다. 그것은 말할 것도 없이 나를 도덕적으로 높여 주는 것이고……."
 "정말로 그것은 기묘하군요"라고 그 여자가 말했다. "그렇지만 나도 노력하면 이해할 수 있다고 봅니다."
 그 말에 대해서 그는 노력할 값어치도 없는 것이라고 대답하고 두 사람은 함께 깔깔 웃었다. 슈파스 부인도 웃었고, 이상하다고 생각했으나 자기가 이해할 수 있으리라고 말하지는 않았다.
 담화실은 널찍하고 아름다운 방이었다. 인접한 당구장으로 통하는 높고 하얀 문은 활짝 열려 있었다. 그곳에서는 다리를 잘 가누지 못하는 남자들과 다른 사람들이 당구를 즐기고 있었다. 다른 쪽에는 유리문이 넓은 테라스와 정원을 보여주었다. 그 문 옆에는 피아노가 한 대 놓여 있었다. 초록색 커버를 덮은 놀이판도 있어서 당뇨병 환자인 장군이 두세 명 남자들과 테이블을 둘러싸고 트럼프 놀이를 하고 있었다. 부인들은 책을 읽거나 수예에 여념이 없었다. 철제 난로가 난방 역할을 하고 있었으며 풍치 있게 꾸며진 벽난로 앞에는 안락한 좌담석이 마련되어 있었다. 그 벽난로에는 새빨간 종이 조각을 붙여서 만든 모조 석탄이 놓여 있었다.
 "당신은 일찍 일어나는 분이시군요, 슈피넬 씨"하고 크뢰타얀 씨 부인이 말했다. "우연히 나는 당신이 아침 일곱 시 반에 나가시는 것을 두세 번이나 보았습니다."
 "일찍 일어나는 사람이라구요? 거기에는 대단한 착오가 있습니다, 사모님. 사실은 내가 일찍 일어나는 이유는 늦잠꾸러기이기 때문입니다."
 "그 사유를 설명해 주셔야 하겠는데요? 슈피넬 씨." 슈파스 고문관 부인도 역시 설명해 주기를 바랐다.
 "저…… 만약에 일찍 일어나는 사람이라면 그 사람은, 내 생각으로는 별로 일찍 일어날 필요가 없는 것입니다. 양심이라는 것이 있지요. 사모님…… 이 양심이라는 것은 좋지 못한 것입니다. 나와 또 나 같은 부류의 사람들은 한평생 그 양심과 치고 받고 싸움을 하며 도처에서 양심을 기만하거나 교활하게 사소한 만족을 시켜 주기에 손이 모자랄 지경으로 바쁩니다. 나와 또 나 같은 부류의 사람들은 소용없는 존재여서 극히 짧은 행복한 시간을 제외하고는 항상 우리가 무용지물이라는 의식에 병들고 상처를 입어 억지로 몸을 이끌고 살아가는 것입니다. 우리들은 유용한 것을 증오합니다. 유용한 것은 천하고 아름답지 않은 것이라는 사실을 알고 있기 때문이죠. 우리들은 이 진리를 세상 사람들이 절대 필요 불가결의 진리를 보호하듯이 잘 간직합니다. 그런데도 우리들은 양심의 가책에 뜯기고 씹혀서 한군데도 성한 곳이 없을 정도입니다. 여기에 덧붙여서 내면 생활의 전 양식이 —— 인생관, 작업 방법 등이 —— 놀라울 정도로 건전하지 못하고 위태롭게 만들고 마멸적(磨滅的)인 작용을 하는 것입니다. 그리하여 이러한 것이 또한 사정을 한층 더 나쁘게 만듭니다. 여기에는 사소한 완화책이 있기는 합니다. 그것이 없이는 도무지 참을 수 없으리라고 생각됩니다.
 예를 들자면 생활 방식을 어느 점에 있어서 단정하게 한다든지, 위생적으로 엄격하게 한다든지 하는 것은 우리들 많은 사람에게 필요한 것입니다. 일찍 일어나는 것, 지독히 일찍 말입니다. 냉수욕을 하는 것, 눈 속으로 산보 가는 것, 그런 것은 아마도 한 시간 정도는 우리들로 하여금 자기 자신에 대해서 만족하게 해줄 것입니다. 내 마음대로 행동한다면 오후까지라도 침대에 누워 있을 것입니다. 정말로 그럴 것입니다. 내가 일찍 일어난다 해도 그것은 허세에 불과한 것입니다."

"아닙니다. 어째서, 슈피넬 씨! 나는 그것을 극기(克己)라고 부릅니다 —— 안 그래요, 고문관 부인?" 슈파스 고문관 부인도 그것을 극기라고 불렀다.

"허세든 극기든 간에, 사모님! 어느 말을 택하셔도 좋겠지만 우수에 가득 찬 정직한 천성입니다. 그래서 나는……."

"옳은 말씀입니다. 확실히 당신은 너무 지나치게 상심하십니다."

"네, 사모님, 나는 너무 슬퍼합니다."

좋은 날씨가 계속되었다. 희고 단단하며 깨끗하게, 바람도 자고 빛나는 냉기 속에, 또 눈부시도록 밝은 빛과 검푸른 그늘 속에 그 일대의 경치가, 산과 집과 정원이 가로놓여 있었다. 무수히 반짝이는 광채와 번쩍이는 결정체들이 춤추는 것같이 보이는 연한 푸른색의 하늘은 전체 위에 티 하나 없이 깨끗하게 둥근 천장을 이루고 있었다. 크뢰타얀 씨 부인은 한동안 건강 상태가 견딜 만해서, 열도 없고 기침도 거의 하지 않았으며, 식사도 과히 싫지 않게 먹었다. 가끔 그 부인은 자기에게 지시된 대로 몇 시간씩 테라스 위의 차가운 양지에 앉아 있었다. 눈 속에 앉아서 이불이나 모포로 완전히 몸을 둘러싸고 기관지에 도움이 되도록 하기 위해서 맑고 얼음같이 찬 공기를 희망에 차서 호흡하는 것이었다. 그럴 때에 그 부인은 가끔 슈피넬 씨가 그도 역시 옷을 따뜻하게 입고 발에다 터무니없이 크게 보이는 털구두를 신고 정원 안에서 산보하는 것을 보았다. 그는 땅을 어루만지는 듯한 걸음으로 어쩐지 조심스럽고 뻣뻣하게 굳은 듯하며 애교 있는 팔의 자세로 눈 속을 걸어갔다. 그가 테라스 곁으로 오면 항상 부인에게 공손하게 인사를 하고 아래쪽 층계를 몇 계단 올라와서 간단한 대화를 시작하는 것이었다.

"오늘 아침 산보를 하는 도중에 나는 아름다운 부인을 보았습니다……. 정말로 그 여자는 아름다웠습니다!"라고 그는 말하며 고개를 갸우뚱 기울이고 두 손을 벌렸다.

"정말이세요, 슈피넬 씨? 자세하게 그 여자의 모습을 나에게 말씀해 주세요!"

"아니, 그렇게는 할 수 없습니다. 그렇지 않으면 내가 부인에게 그 여자의 옳지 않은 모습을 전해 드리게 될 것입니다. 나는 그 여자를 지나가면서 슬쩍 보았을 뿐이고 사실은 그 여자를 보지 않았습니다. 그러나 내가 받은 희미한 그 여자 영상(影像)만으로도 나의 상상을 자극해서 아름다운 모습을 잡아 가지고 오기에 충분했습니다……. 아, 정말로 그 모습은 아름다웠습니다."

그 부인은 깔깔 웃었다. "그렇게 하는 것이 아름다운 부인을 관찰하는 당신의 방법입니까? 슈피넬 씨?"

"그렇습니다. 사모님. 그렇게 하는 것이 더 좋은 방법입니다. 그러한 사람들의 얼굴을 무례하게 현실적인 욕망에서 정면으로 응시했다가 결점이 많은 사실상의 인상을 얻게 되는 것보다는 말입니다……."

"현실적인 욕망이고요……. 그것은 참 특이한 말이군요. 진짜 저술가 용어입니다. 슈피넬 씨! 그러나 그 말에 나는 감동했다고 말씀드리고 싶습니다. 그 말에는 나도 조금은 이해할 수 있는 것 —— 무엇인가 독자적인 것, 자유로운 것, 심지어는 현실에 대해서도 존경하지 않는 것이 내재하고 있습니다. 물론 현실이라는 것이 이 세상에서 가장 존경할 만한 것, 안 존경할 만한 것 그 자체이지만요……. 그리고 명백한 것 이외에 무엇인가 있다는 것도 나는 깨달았습니다. 무엇인가 좀더 미묘한 것이……."

"나는 다만 어떤 얼굴을 알고 있을 뿐입니다"하고 그는 갑자기 이상하게 기쁜 감동어린 목소리로 말하더니 주먹을 움켜쥔 두 손을 어깨에까지 추켜들고 좋아서 어쩔 줄 모르는듯 빙긋빙긋 웃으며 그의 충치를 드러내 보이는 것이었다. "나는 다만 어떤 얼굴을 알고 있을 뿐입니다. 그 고상한 현실을 나의 공상으로 고쳐 보려고 하는 것이 죄스러운 일이라고 생각되는 얼굴이죠. 나는 그 얼굴을 몇 분, 몇 시간만 관찰하고 유의하고자 하는 것이 아니라 전 생애를 통해서 그 얼굴에 완전히 몰두해서 모든 이 속세의 것을 그 얼굴로 인해서 잊어버리고 싶은……."

"네, 네, 그러세요, 슈피넬 씨. 다만 오스타로 양은 상당히 곤두선 귀를 소유하시는데."

그는 말없이 깊이 허리를 굽혔다. 그가 다시 몸을 일으켜 세웠을 때 그의 두 눈은 고통과 당황한 표정으로 부인의 비칠 듯한 이마의 선명한 바탕에 이상하게 조그마한 혈관이 새파랗고 병적으로 갈라져 있는 것을 주시했다.

'이상한 사람이다. 정말로 괴상한 사나이다!'

이렇게 크뢰타얀 씨 부인은 가끔 그에 대해서 생각하는 것이었다. 그것은 그 부인도 생각할 시간이 많았기 때문이다. 전지 요양(轉地療養)이 효험을 잃기 시작한 탓인지, 또는 어느 적극적인 해로운 영향이 그 부인에게 미치게 되어서인지 그 부인의 건강 상태가 더욱 악화되어 버렸다. 기관지 사정이 좋지 못한 것같이 보였다. 그 부인은 기운이 없고 피곤하며, 식욕이 없어 자주 열이 났다. 그래서 레안다 박사는 그 부인에게 절대 안정과 정양(靜養) 그리고 조심할 것을 지시했다. 그래서 누워 있지 않아도 좋을 때에는 슈파스 고문관 부인을 벗삼아 가만히 앉아서 수예를 무릎에 놓고 일은 하지 않으면서 조용히 이것저것 생각에 잠기는 것이었다. 이 기묘한 슈피넬 씨는 그 부인에게 여러 가지 고민을 하게 했다. 그리고 이상한 일은 그 남자에 대해서라기보다는 오히려 자기 자신의 인품에 대한 고민이었다. 그는 어떠한 방식으로인지 그 여자의 마음속에 이상한 호기심, 지금까지 알지 못했던 자기 자신의 존재에 대한 관심을 환기시켰던 것이다. 어느 날 그는 담화 중에 이러한 말을 했다.

"아니, 부인들이란 수수께끼 같은 것입니다……. 별로 새로운 것도 아닌데 이러한 사실에 직면해서 우리들은 새삼스럽게 놀라움을 금치 못합니다. 여기 아름다운 한 여인이 있습니다. 공기의 정(精)이라든 향기의 화신이라든지 또는 동화에 나오는 꿈속의 인물 같은 사람입니다. 그녀가 무슨 짓을 하는지 아시겠습니까? 어디로 가서 시장의 역사(力士)나 백정놈에게 몸을 바치는 것입니다. 그리하여 남자의 팔에 매달려 오거나 그자의 어깨에 머리를 기대기까지 할지도 모르죠. 그리고는 교활한 미소를 띄우고 사방을 돌아보며 마치 이렇게 말하려고 하는 것 같습니다 —— '자 이 광경을 보고 당신네들은 골치나 앓으시오!' 그래서 우리는 골치를 앓고 있는 것입니다."

크뢰타얀 씨 부인은 이 말을 여러 번 되풀이해서 곰곰이 생각해 보았다.

또 어느 날 슈피넬 씨를 고문관 부인이 놀랍게 여긴 것으로는 그들 사이에 다음과 같은 대화가 벌어졌던 것이다.

"사모님, 이런 말씀 물어 보아도 좋겠습니까? (좀 주제 넘는 말이기는 하겠지만) 이름은 뭐라고 부르시죠, 원래의 이름은 무엇입니까?"

"내 이름은 크뢰타얀이잖아요, 슈피넬 씨!"

"흥 —— 그거야 나도 알고 있습니다. 또는 내가 그것을 부인한다고나 할까요. 내가 말하는 것은 물론 당신의 본명, 다시 말해서 처녀 때의 이름말입니다. 부인은 솔직하게 말해서 당신을 크뢰타얀 씨 부인이라고 부르려고 하는 사람을 때려주고 싶은 심정을 인정하시죠, 부인?"

그녀는 진심으로 깔깔 웃어 댔다. 그래서 눈썹 위에 푸른 혈관이 보기에도 불안하게 분명히 솟아났으며, 유순하고 곱게 생긴 얼굴에 힘이 들고 괴로운 표정이 나타났다. 그러한 표정은 보는 사람들을 몹시 불안하게 했다.

"천만에요! 슈피넬 씨! 때린다고요? 크뢰타얀이라는 그 이름이 그렇게도 당신은 듣기가 싫습니까?"

"네, 사모님. 나는 그 이름을 처음 들었을 때부터 진심으로 미워했습니다. 그러한 이름은 우스꽝스럽고 정이 떨어질 정도로 아름답지 못합니다. 그리고 남편의 이름을 부인에게 붙여 줄 정도로 관습이 이행된다면, 그것은 야만적이고 비열한 일입니다."

"그러면 엑크호후는 어떻습니까? 엑크호후는 완연히 다른 것입니다. 좀더 좋은가요? 저의 부친은 엑크호후라는 이름입니다."

"아, 그것 좀 보시오! 엑크호후는 완연히 다른 것입니다. 유명한 어느 배우까지도 엑크호후라는 이름이 있습니다. 엑크호후는 적합합니다 —— 부인은 아버지의 존함만을 말씀하셨는데 자당님은……."

"네, 우리 어머님은 내가 어렸을 때에 돌아가셨습니다."

"아아 참 —— 당신에 관한 이야기를 좀더 해주실 수 없을까요? 피곤하시면 그만두세요. 그럼 쉬십시오. 내가 요전같이 파리에 관한 이야기를 계속하겠습니다. 그렇지만 아주 낮은 소리로 말씀하실 수는 있지요. 부인이 속삭이듯 말하시면 모든 것이 한층 더 아름답게 보입니다. 당신은 브레멘에서 출생하셨지요?" 이런 질문을 그는 거의 억양 없이 공손하면서도 의미심장한 표정으로 말해서 마치 브레멘이 비할 곳 없는 도시, 형용할 수 없는 모험과 숨겨진 아름다운 것으로 가득 찬 도시, 그곳에서 출생했다는 것이 어느 신비스러운 기품을 주는 것인 듯 싶었다.

"네, 그렇습니다. 생각이 나세요!" 부인은 무의식중에 대답하고 말았다. "나는 브레멘 출생입니다."

"나는 한 번 그곳에 가보았습니다"라고 그는 생각에 잠기는 듯이 말했다.

"어머나, 저런! 당신도 거기를 가보셨나요? 여보세요, 슈피넬 씨. 튀니스에서 스피츠베르겐 사이의 것은 모두 보셨겠군요!"

"네, 나는 한 번 그곳에 가보았습니다"라고 그는 되풀이했다. "저녁때의 한두 시간이었습니다. 어느 좁은 옛 거리가 생각납니다. 거기에 합각머리 지붕 위에 비스듬히 신묘하게 달이 떠 있었지요. 그리고 나서 나는 포도주와 곰팡이 냄새가 나는 지하실로 갔습니다. 그 추억은 절실한 것입니다······."

"정말이세요? 거기가 어디였을까? —— 사실, 나는 그와 같이 회색빛 나는 합각머리 집에서, 소리가 울리는 현관과 흰 칠을 한 낭하가 있는 오래된 상가에서 태어났습니다."

"그러면 부친께서도 상인이셨나요?"

그는 좀 주저하면서 물었다.

"그렇습니다. 그러나 그 외에, 사실 그분은 우선 첫째로 예술가였습니다."

"아아 그래요, 어떤 점에서일까요?"

"바이올린을 켰었지요······. 그러나 별로 대수롭지는 않습니다. 문제는 슈피넬 씨, 어떻게 그가 바이올린을 켰는가 하는 점이죠! 어느 소리는 들을 때마다 이상하게 뜨거운 눈물이 솟아나는 것이었습니다. 평소에 다른 사람에게서는 경험하지 못한 일입니다. 믿어지지 않으시겠지만······."

"나는 그 말씀을 믿습니다! 내가 믿겠느냐고요······. 부인 말씀 좀 해주십시오. 아마 부인댁은 오래된 전통 있는 가문이시지요? 아마 벌써 여러 세대를 그 회색빛 나는 합각머리 집에서 살아왔고, 일하다 돌아가셨겠지요?"

"네, 그런데 왜 그런 것을 물으십니까?"

"그 이유는 현실적이고 평민적이며 무미건조한 전통을 가진 한 가문이, 그 종말에 가서는 예술에 의해서 다시 한 번 빛나는 일은 드물지 않은 것이기 때문이랍니다."

"그게 정말일까요? 우리 부친에 관해서 말한다면 그분은 확실히 예술가라 자칭하고 이름도 알려졌던 많은 사람들보다 더 훌륭한 예술가입니다. 나는 다만 피아노를 조금 칠 뿐입니다. 지금은 금지되어 있지만 그 당시만 해도 친정에서는 치고 있었답니다. 부친과 나는 함께 연주했지요……. 정말 그 시절의 모든 일은 그리운 추억 속에 간직하고 있습니다. 무엇보다도 정원, 집 뒤에 있는 정원에 대해서는, 그 정원은 참혹할 정도로 황폐해서 풀이 우거지고, 허물어져 이끼가 낀 담으로 둘러싸여 있었습니다마는, 또 한편 그렇기에 매력도 한층 더했지요. 정원 한복판에는 분수가 있었고, 그 주변에 창포꽃이 밀집해서 화환을 이루고 있었습니다. 나는 여름에 동무들과 몇 시간 동안이나 그곳에서 지냈답니다. 우리들은 모두 조그마한 야외용 의자에 분수를 둘러싸고 앉아 있었지요……."

"얼마나 아름다운 일입니까!"라고 슈피넬 씨가 어깨를 추켜 올리며 말했다. "앉아서 당신들은 노래를 불렀나요?"

"아니요, 우리들은 대개 뜨개질을 했습니다."

"언제나…… 언제나 그랬습니까?"

"네, 그럼요. 우리들은 뜨개질을 하며 잡담을 했지요. 친구 여섯 명과 나하고……."

"얼마나, 아름다울까! 아아, 그렇지요. 그 얼마나 아름다운 일입니까!" 슈피넬 씨는 소리쳤으며 그의 얼굴은 완전히 찌푸려졌다.

"저, 무엇을 그렇게 아름답게 여기실까, 슈피넬 씨!"

"아, 그것은 당신 이외에 여섯 사람이 있었다는 것, 당신은 마치 여왕과 같이 그들 중에서 뛰어나게 보였다는 사실…… 당신은 여섯 친구들 중에서 두각을 나타내고 있었죠. 조그마한 금관이, 아주 적기는 하나 의미심장하게 머리카락 속에서 반짝거리고……."

"아니, 터무니없는 말씀을 하셔, 금관 이야기는 하지도 마세요……."

"정말입니다. 남몰래 빛나고 있었습니다. 그 시간에 내가 남의 눈에 띄지 않게 덤불 속에서 있었다면 나는 그것을 보았을 것입니다. 그것이 당신의 머리카락 속에서 빛나는 것을 분명히 보았을 것이죠……."

"당신이 무엇을 보았을지 누가 알겠어요. 당신은 거기 서 있지 않았고, 반대로 어느 날 지금의 우리 남편이 있다가 우리 아버지와 함께 덤불에서 나타나 걸어왔답니다. 우리들이 지껄인 것을 모두 그분들이 엿들었을까봐 나는 겁을 먹었어요……."

"그러면 주인 양반을 그곳에서 알게 되셨나요, 부인?"

"네, 거기서 알게 되었지요!" 그 부인이 큰소리로 기쁜 듯이 말하면서 미소를 짓자 연한 푸른빛의 혈관이 긴장해서 이상하게 눈썹 위에 솟아 나왔다. "그이는 사업 관계로 우리 부친을 방문했던 것입니다. 아시겠어요? 그 다음 날 우리 집

오찬에 초대되었고, 그 후 3일이 지나서 그는 나에게 청혼을 한 것이죠."

"정말이죠! 만사가 그렇게 빨리 진행되었나요?"

"네…… 그러나 그 때부터는 좀 진행이 늦어졌습니다. 부친께서는 그이를 원래 별로 좋아하지 않았기 때문에, 상당히 오랫동안 생각할 시간을 달라는 조건을 내세웠던 것입니다. 이 점은 알아 두세요. 그 이유는 첫째로 부친은 나를 자기 곁에 놓아 두고자 했으며 그 다음으로는 다른 의혹이 있었습니다. 그러나……"

"그러나?"

"그러나 내가 바로 그러기를 원했습니다." 부인은 미소를 지으며 말했다. 그러니까 또다시 그 푸른 혈관이 괴로운 듯 병적인 표정으로 부인의 상냥한 얼굴 전체를 가려 버렸다.

"아, 당신이 원하셨군요."

"그렇습니다. 그리고 나는 아주 확고하고 존중받을 만한 의지를 표시했던 것입니다. 당신도 보시다시피……"

"내가 보는 바와 같이라고요. 네?"

"……그래서 부친도 드디어 나의 의향에 동의하는 수밖에 없었던 것입니다."

"그리하여 당신은 부친과 그의 바이올린을 버리고, 옛집과 잡초가 우거진 정원, 분수, 여섯 명의 친구들을 버리고 크뢰타얀 씨와 함께 떠나가 버렸군요."

"함께 떠나…… 독특한 표현 방법인데요. 슈피넬 씨! 성서의 문구 비슷합니다! —— 네, 사실 나는 모든 것을 버리고 갔습니다. 인간의 자연성은 그러길 원하는 법이지요. 그렇고 말고요. 자연은 그러길 원하는 법이지요. 그리고 나의 행복이 중요한 문제였습니다."

"물론이지요. 그래서 그것이…… 그 행복이 왔단 말이죠……."

"그것은 슈피넬 씨, 처음으로 어린 안톤을, 우리 안톤을 나에게로 데려왔을 때에 그 행복이 온 것입니다. 그리고 갓 난 아기가 어린 가슴으로 힘차게 울어댔을 때, 힘차고 건강하게, 그 아이는 항상 그래요……."

"어린 안톤의 건강에 관해서 말씀하시는 것을 듣는 것은 이번이 처음이 아닙니다, 부인. 필경 보통 이상으로 대단히 건강하겠지요."

"그 아이는 그래요. 그리고 그 아이는 우스울 정도로 나의 남편을 닮았거든요!"

"아하! —— 네, 그렇게 해서 일이 성립된 것이군요. 그래서 이제는 엑크호후가 아니라 달리 불리어지고, 어린 건강한 아들 안톤을 두게 되셨고, 기관지를 좀 앓게 되셨군요."

"그렇습니다 —— 그런데 당신은 도무지 알 수 없는 사람이 시군요, 슈피넬 씨. 정말 그래요……."

"네, 그래요"라고 슈파스 고문관 부인이 말했다. 그 부인도 그 자리에 있었던 것이다.

그런데 이러한 대화를 크뢰타얀 씨 부인은 여러 번 마음속으로 생각해 보았다. 그것은 하찮은 일이기는 했으나 그럼에도 불구하고 자기 자신에 대한 생각을 하는 데 필요한 영양소를 제공하는 무엇인가를 그 근저에 내포하고 있었다. 이것이 부인을 자극하게 한 나쁜 영향을 끼쳤을까? 그 부인의 쇠약은 더해 가끔 열이 났다. 그것은 일종의 조용한 작열(灼熱)이었다. 그 속에 부인은 살며시 고양(高揚)된 기분에 젖어 있었으며, 근심스러우면서도 일부러 꾸민 자기 만족과 약간의 모욕감을 느끼면서 우쭐한 기분에 잠겨 있었다. 부인은 침대에 누워 있지 않고, 슈피넬 씨가 커다란 발로 몹시 조심하며 발끝을 세워 그 부인 옆으로 다가와서 두 발짝 떨어져 서서 한쪽 다리를 뒤로 빼고 상체를 앞으로 구부린 채 공손하게 소리를 낮추어서 말을 할 때면, 마치 머뭇거리며 경건하게 살며시 그 부인을 추켜들어서, 귀 아픈 소리나 속세의 접촉이 미치지 않을 구름 위의 방석에 올려 놓기라도 하는 듯이 말할 때…… 그럴 때면 부인은 크뢰타얀 씨의 말버릇을 회상하는 것이었다. "조심해요, 가브리엘레, 여보, 입을 꼭 다물어요!" 마치 호의로 어깨라도 탁탁 쳐 주는 듯한 영향을 끼쳐 주는 말버릇이었다. 그러나 부인은 재빨리 이러한 추억에서 돌아서 슈피넬 씨가 자기에게 시중들면서 마련한 구름방석 위에 허탈하고 우쭐한 기분에 잠기는 것이었다.

어느 날 크뢰타얀 씨 부인은 갑작스럽게도 자기의 출생과 소녀 시절에 관해서 슈피넬 씨와 이야기한 적이 있는 그 간단한 대화로 다시 돌아갔다.

"그것은 사실인가요, 슈피넬 씨. 당신이 금관을 보셨다는 것은?" 하고 부인이 물었다.

그러니까 슈피넬 씨는 이 대화가 벌써 2주일 전에 있었던 것인데도 즉시 그 말이 무엇에 관계되는 질문인지 알아차리고 감동한 어조로 확언하는 것이었다. 그는 그 당시 분수가에서 그녀가 여섯 친구들 사이에 앉아 있었을 때, 조그마한 관이 반짝이는 것을 —— 그녀의 머리카락 속에서 남몰래 반짝이는 것을 보았노라고 말하는 것이었다.

그 후 며칠이 지나서 어느 요양객이 인사치레로 크뢰타얀 씨 부인에게 집에 있는 아들, 어린 안톤의 안부를 물어 보았다. 부인은 옆에 있던 슈피넬 씨를 얼핏 쳐다보더니 좀 귀찮다는 듯이 대답하는 것이었다.

"감사합니다. 그 아이야 별고 있겠습니까? 부자가 잘 지내고 있습니다."

2월 말의 어느 추운 날, 지나간 그 어떤 날보다 더 맑고 빛나는 어느 날, 그날 아인후리트는 실로 축제 기분에 잠겨 있었다. 심장이 나쁜 사람들은 상기된 얼굴로 서로 이야기를 하고 있었으며, 당뇨병 환자인 장군은 소년과 같이 콧노래를 불렀고, 다리를 가누지 못하는 남자들은 완전히 정상 상태에서 벗어나고 있었다. 무슨 일이 일어난 것일까? 다름 아니라 같이 소풍 갈 계획을 한 것이었다. 몇 대의 썰매차에 분승해서 방울 소리를 울리고 채찍 소리를 내며 산 속 깊이 놀러 가는 것이다. 레안다 박사가 환자들의 기분 전환을 위해서 이러한 결단을 내린 것이다.

물론 중환자들은 머물러 있는 수밖에 없었다. 불쌍한 중환자들이여! 사람들은 서로 눈짓을 하며 그들에게는 이러한 일에 관해서 아무것도 알리지 않기로 약속했다. 이렇게 다소나마 동정을 해주고 고려해 줄 수 있다는 점에서 일반적으로 쾌감을 느끼고 있었다. 그러나 이러한 즐거운 놀이에 충분히 참석할 만한 사람들 중에서도 몇몇 사람은 빠졌다. 오스타로 양에 관해서 말한다면 그녀는 두말 할 것 없이 사양했다. 그녀와 같이 해야 할 일이 산더미같이 쌓인 사람이라면 썰매놀이 같은 것을 진정으로 생각할 수는 없는 노릇이었다. 집안 살림은 강제로라도 그녀가 집에 머물기를 원하고 있었다. 한마디로 말해서 그녀는 아인후리트에 머물러 있게 되었다. 그러나 크뢰타얀 씨 부인도 집에 머무르겠다고 잘라 말하자 모든 사람들은 기분이 좋지 않았다. 레안다 박사가 부인에게 상쾌한 소풍으로 몸에 좋은 효과를 거두어 보라고 권고했으나 소용이 없었다. 그 부인은 기분이 나지 않고 편두통이 생겼으며, 피곤하게 느껴진다고 고집을 세웠다. 그래서 하는 수 없이 그 부인의 말대로 내버려 두었다. 그러자 비꼬기 잘하는 익살꾼이 이 기회를 잡아서 말했다.

"여러분 잘 보십시오. 저 썩어 빠진 젖먹이 녀석도 가지 않을 테니."

사실 그의 말이 옳았다. 슈피넬 씨는 오늘 오후에 연구할 생각이라고 했다 —— 그는 자기의 신통치 못한 일에 대해서 곧잘 '연구한다' 라는 말을 사용했다. 하기야 그가 남아 있겠다는 데 대해서 아무도 섭섭하게 생각하는 사람은 없었다. 그와 마찬가지로 슈파스 부인이 차멀미를 하기 때문에 젊은 친구의 벗이 되겠다고 결정한 데 대해서도 가볍게 단념해 버렸다.

점심 식사 직후에 —— 오늘은 열두 시경에 있었다 —— 썰매가 몇 대 아인후리트 앞에 멈추어 서 있었다. 그러니까 활기를 띤 치료객들이 여러 그룹으로 나뉘져서 따뜻하게 옷들을 차려 입고 호기심에 넘쳐, 흥분해서 정원을 지나 움직였다. 크뢰타얀 씨 부인은 슈파스 고문관 부인과 테라스로 통하는 유리문 곁에 서 있었고, 슈피넬 씨는 자기 방 창문 가에 서서 일행의 출발을 살펴보고 있었다. 농담과 폭소가 쏟아져 나오는 가운데 제일 좋은 자리를 차지하려고 쟁탈전이 벌어졌고 오스타로 양은 털목도리를 목에 두르고 썰매 사이를 이리저리 뛰어다니며 식료품이 담긴 상자를 좌석 밑으로 밀어 넣고 있었다. 레안다 박사는 털모자를 이마까지 깊숙이 눌러 쓰고 번쩍거리는 안경으로 다시 한 번 전체를 훑어보고 나서 자리에 앉아 출발 신호를 했다. 말들이 걷기 시작했다. 몇몇 부인네들이 비명을 지르며 좌석 뒤로 쓰러졌다. 방울 소리가 울리고 짧은 손잡이의 채찍 소리가 나며, 채찍의 긴 끈을 썰매 활목 뒤의 눈 속에 끌리게 했다. 오스타로 양은 정원 문 옆에 서서 썰매가 시골길을 꼬부라져 사라지고 환호성이 들리지 않을 때까지 손수건을 흔들고 있었다. 그리고 나서 정원을 지나 일을 하기 위해서 급히 집안으로 돌아갔다. 두 부인들은 유리문을 떠나갔고 거의 동시에 슈피넬 씨도 내다보며 서 있던 자리에서 물러났다.

아인후리트에는 적막이 깃들었다. 소풍 간 일행은 저녁 전에 돌아올 가망은 없었다. 중환자들은 자기 방에 누워서 앓고 있었다. 크뢰타얀 씨 부인과 그의 손위 친구인 슈파스 부인은 잠시 산책을 하고 나서 제각기 방으로 돌아갔다. 슈피넬 씨도 자기 방에서 그 사람 나름대로 일에 열중하고 있었다. 네 시경에 부인들에게는 각기 반 리터씩 우유가 배달되었고, 슈피넬 씨는 연한 차를 받았다. 잠시 후에 크뢰타얀 씨 부인이 자기 방과 슈파스 고문관 부인 방을 막고 있는 벽을 노크하고서 말했다.

"고문관 부인, 담화실로 내려가시지 않겠습니까? 여기 방 안에서 무엇을 해야 할지 도무지 모르겠습니다."

"곧 가지요, 부인"하고 고문관 부인이 말했다. "장화를 신기만 하면 됩니다. 나는 마침 침대에 누워 있으니까요."

기다리고 있었다는 듯이 담화실은 비어 있었다. 부인들은 벽난로 옆에 자리를 잡았다. 슈파스 부인은 캔버스 천에다 꽃을 수놓았고 크뢰타얀 씨 부인은 두세 번 바늘로 뜨다가 바느질거리를 무릎 위에 내려놓고 안락의자의 팔걸이 너머로 꿈꾸듯 허공을 바라보았다. 드디어 부인은 무슨 말을 했으나 그것은 일부러 그 말을 하기 위해서 입을 움직일 만한 가치도 없는 말이었다. 그럼에도 불구하고 슈파스 고문관 부인은 "뭐라고요?"하고 물었다. 그래서 부인은 공손의 표시로 자기가 한 말 전부를 되풀이하는 수밖에 없었다. 고문관 부인은 다시 한 번 "뭐라고요?"하고 물었다. 그러나 바로 이 순간에 발소리가 요란스럽게 들리더니 문이 열리며 슈피넬 씨가 들어왔다.

"방해가 되겠지요?"하고 그는 문지방도 미처 넘어서지 않고 부드러운 목소리로 말했다. 그러면서 그는 오로지 크뢰타얀 씨 부인만을 쳐다보며 상체를 어쩐지 유난히도 가벼운 태도로 앞으로 굽히는 것이었다. 그 젊은 부인은 대답했다.

"아이, 원 그럴 리가 있겠습니까? 첫째로 이 방은 자유항(自由港)으로 정해진 곳이고요, 슈피넬 씨. 그리고 무엇 때문에 당신이 우리에게 방해가 되겠어요. 그러잖아도 제가 슈파스 부인을 지루하게 해드려서 지금 송구스럽게 생각하고 있는 중입니다……."

이 말에 대해 그는 대꾸할 말이 없어서 다만 미소를 지으며 충치를 드러내 보이더니 부인들의 시선을 받으며 상당히 부자연스러운 걸음걸이로 유리문까지 걸어가 그곳에 멈추어 서서 밖을 내다보았다. 그러는 중에 그는 좀 무례한 태도로 부인들에게 등을 돌리고 서 있었다. 그리고 나서 반쯤 몸을 돌리기는 했으나 계속해서 정원을 내다보면서 말했다.

"태양은 서산에 지고 어느덧 하늘은 구름에 덮여 버렸습니다. 벌써 어둡기 시작하는군요."

"정말이군요. 네, 모든 것이 그늘 속에 놓여 있군요"라고 크뢰타얀 씨 부인이 대답했다. "소풍 간 사람들이 지금 같아서는 필경 눈을 맞겠습니다. 어저께는 이맘때 아직 밝은 대낮이었는데, 지금은 벌써 어두워집니다."

"아" 하며 그는 계속 말했다. "너무 밝은 몇 주일이 지난 후에는 어둠도 눈에 좋습니다. 나는 아름다운 것이나 야비한 것이나 똑같이 짓궂을 정도로 명백하게 비춰 주는 태양이 이제야 좀 가려진 것을 감사하게 생각합니다."

"태양을 좋아하시지 않는군요. 슈피넬 씨?"

"나는 화가가 아니니까요. 태양이 없으면 한층 내면적으로 되는 법입니다 —— 연한 회색의 두터운 구름 덩어리가 보입니다. 저것은 아마 내일 눈 녹이는 날씨가 될 것을 암시하는 것이라고 봅니다. 그건 그렇다 하고, 거기 들어앉아서 부인이 열심히 바느질을 하시는 것은 건강에 좋지 않으실 텐데요."

"아, 염려하실 것 없습니다. 그러잖아도 지금은 아무것도 하지 않고 있습니다. 그런데 무엇을 해볼까요?"
 그는 피아노 앞 회전의자에 앉아서 한 팔로 피아노의 뚜껑을 짚고 있었다.
 "음악이죠……"라고 그는 말했다. "누가 지금 조금이라도 음악다운 음악을 들을 수 있겠습니까! 영국 아이들이 종종 재즈를 노래하는 것이 고작입니다."
 "그런데 어저께는 오스타로 양이 급속도로 '수도원의 종'을 연주했지요"라고 크뢰타얀 씨 부인이 말했다.
 "그러나 부인께서 좀 연주해 주십시오, 부인"하고 그는 애원하듯 말하더니 일어섰다. "부인께서는 이전에 매일같이 춘부장과 함께 연주하시지 않았습니까?"
 "그렇기는 합니다. 슈피넬 씨. 그러나 벌써 옛날 이야기죠! 분수가 솟아오르던 시절말입니다, 네……."
 "오늘 그것을 해보십시오!"하고 그는 청했다. "제발 한 번만 몇몇 소절이라도 들려 주십시오! 내가 갈망하고 있는 것을 알고 계실 것이니까……."
 "우리 집 주치의나 레안다 박사나 그런 것은 엄중히 금했어요. 슈피넬 씨."
 "그 사람들은 여기 없습니다. 두 사람이 모두 없습니다! 우리들은 자유입니다……. 당신은 자유이죠. 부인! 시시한 화음이라도 한두 음……."
 "안 돼요, 슈피넬 씨. 쓸데없어요. 내가 훌륭한 것을 연주하기를 기대하고 계실지 누가 알겠어요! 그런데 나는 배운 것을 모두 잊어버렸는 걸요. 정말입니다. 악보를 보지 않고는 거의 아무것도 칠 수 없어요."

"그러시면 그 '거의 아무것도 없는' 바로 그것을 쳐 주십시오! 그리고 여기에는 악보도 필요 이상으로 많이 있습니다. 저기 피아노 위에 있습니다. 아니, 여기 이것은 아무것도 아니군요. 그러나 여기 쇼팽이 있군요……."

"쇼팽이?"

"네, 야상곡입니다. 이제 내가 촛불만 켜 놓으면 다 됩니다……."

"내가 피아노를 치리라고 생각하지 말아요, 슈피넬 씨. 나는 쳐서는 안 됩니다. 몸에 해로우면 어떻게 하죠?"

그는 입을 다물었다. 그는 큰 발에 길고 까만 윗저고리를 입고, 희끗희끗한 머리에 뿌옇고 수염 없는 얼굴을 하고 두 자루의 피아노 촛불 아래 서서 두 손을 늘어뜨리고 우두커니 서 있었다.

"그러시면 더 청하지는 않겠습니다" 하고 그는 드디어 낮은 목소리로 말하는 것이었다. "몸에 해로울까 염려하신다면, 부인 당신의 손가락 끝에서 소리내고 싶어하는 그 미(美)를 소리없이 사멸하게 내버려 두십시오. 당신은 지금까지 언제나 그렇게 약삭빠르지는 않았습니다. 적어도 지금과 정반대로 미(美)를 포기해야 했을 때에는 그렇지가 못했습니다. 당신은 분수와 작별하고 조그마한 금관을 벗어 버렸을 때에는 그렇게 몸을 돌보지도 않았고 지금보다 더 거침없이 확고한 의지를 표시한 것이었습니다……. 제 말을 좀 들어 보십시오" 하고 그는 잠시 간격을 두고 말했다. 그의 목소리는 한층 더 낮았다. "부인이 여기 앉아서 그 옛날 춘부장이 당신 옆에 서서 바이올린을 켜시고 그 소리에 당신이 눈물을 금치 못했던 시절과 같이 지금 피아노를 연주하신다면……
그러면 아마도 부인의 머리카락 속에서 그것이, 그 조그마한
금관이 또다시 남몰래 반짝이는 것을 볼 수 있게 될지도 모
릅니다……."

"정말입니까?"하고 그 부인이 물어 보더니 미소를 지었
다……. 공교롭게도 이런 말을 할 때에 목소리가 잘 나오지
않아서 반은 쉰 목소리로, 또 절반은 억양 없이 말이 입 밖으
로 나왔다. 부인은 기침을 하고 나서 말했다.

"거기 있는 것은 정말로 쇼팽의 야상곡입니까?"

"틀림없습니다. 펼쳐져 있습니다. 그리고 모든 준비가 갖
추어져 있습니다."

"자, 그렇다면 그 중에 하나를 쳐 보겠습니다"라고 그 부
인이 말했다. "그렇지만 하나뿐입니다. 아시겠죠? 하기야 그
렇지 않아도 다시 더 듣고 싶은 생각은 나지 않겠지만요."

그와 동시에 크뢰타얀 씨 부인은 일어서서 바느질거리를
옆에 놓고 피아노로 다가갔다. 악보가 몇 권 놓여 있는 회전
의자에 자리잡고 촛대를 똑바로 놓고서 악보를 뒤적거렸다.
슈피넬 씨는 의자를 하나 부인 곁으로 밀어 놓고 음악 선생
처럼 그 옆에 앉았다.

부인은 녹튜르느(야상곡)변(變) E장조, 작품 제9의 2를 연
주하기 시작했다. 부인이 정말로 더러 잊어버렸다고 가정한
다면 이전의 그 부인의 연주는 참으로 예술적이었을 것임에
틀림이 없었다. 그 피아노는 중급품에 불과했으나 부인은 처
음 몇 번 손가락을 놀리고 나서는 곧 확실한 솜씨로 피아노
를 다룰 수 있었다. 그 부인은 여러 가지 차이가 있는 음색에

대해서 신경이 예민한 감각과 환상적인 경지에까지 이르는 율동적인 경쾌한 움직임에 대한 환희가 얼굴에 나타나고 있었다. 터치는 정확하면서도 매우 부드러웠다. 부인의 손끝에서 멜로디는 감미(甘美)의 극치에 달해서 여지없이 흘러 나왔으며, 각 음절마다에서는 장식음이 머뭇거리며 우아하게 감싸고 도는 것이었다.

부인은 도착하던 날 입었던 옷을 입고 있었다. 두툼한 당초 무늬의 빌로도로 만든 짙은 색의 무거워 보이는 상의는 머리가 속세의 것이 아닌 듯 보드라워 보이게 했다. 부인의 얼굴 표정은 연주할 때엔 변하지 않았으나 입술의 윤곽은 한층 더 선명해지고 눈 한구석의 음영은 더 깊어진 것같이 보였다. 연주가 끝나자 부인은 두 손을 무릎 위에 놓고 계속해서 악보를 들여다보았다. 슈피넬 씨는 소리없이 꼼짝도 하지 않고 앉은 채로 있었다.

부인은 야상곡을 또 하나 연주했고 제2, 제3을 연주했다. 그리고 나서 부인이 일어섰으나 그것은 다만 피아노 뚜껑 위에서 새로 악보를 찾기 위해서였다.

슈피넬 씨는 회전의자 위에 놓여 있는 까만 두터운 표지의 악보 몇 권을 조사하고 싶은 생각이 들었다. 갑자기 그는 알아들을 수 없는 고함을 지르고 크고 흰 손을 거기에 등한시 되어 있었던 악보 하나를 열정적으로 어루만지는 것이었다.

"어떻게 된 셈일까!…… 이럴 수가 있나?" 하고 그는 말했다. "그러나 역시 잘못 본 것은 아니야!…… 이게 무언지 아시겠습니까?…… 여기 놓여 있는 것이?…… 내가 여기 가지고 있는 것 말입니다."

"그것이 무엇인가요?" 하고 부인이 물었다.

그때에 그는 말없이 속표지를 가리켰다. 그는 얼굴이 아주 창백해져서 그 책을 축 늘어뜨리고 떨리는 입술로 부인을 쳐다보았다.

"정말이에요? 어떻게 해서 그 책이 여기로 왔을까? 어디 이리 좀 주세요."

부인은 간단하게 말하고 악보를 악보대에 세워 놓고, 자기도 자리에 앉아서 한순간 가만히 있다가 첫 장을 치기 시작했다.

슈피넬 씨는 부인 옆에 앉아서 몸을 앞으로 굽히고 두 손을 무릎 사이에 합장하고 고개를 숙이고 있었다. 부인은 처음에는 극단적으로 지루할이만큼 느린 속도로, 각 음 사이에 불안감을 느끼게 할 정도로 연장된 간격을 두면서 연주했다. 동경의 악상이, 한밤중의 고독하고 방황하는 목소리가 살며시 그 불안에 싸인 물음을 들려준다. 적막과 기대. 그러자 보라, 대답이 울려온다. 역시 마찬가지로 망설이며 고독한 음향이다. 다만 한층 더 높고 보드라울 뿐이다. 다시 침묵이 스며든다. 이번에는 나지막하고 신기한 스포르차토(Sforzato, 힘차게)가 시작된다. 마치 그것은 정열의 분발과 행복한 반항과도 같은 것이다. 사랑의 모티브가 시작된 것이다. 음은 상승해서 황홀하게 앞을 다투어 감미로운 염곡(艶曲)에로까지 상승하더니 다시 흐트러져 내려와 침울하고 고통스러운 환희의 낮은 멜로디를 연주하며 첼로가 등장해서 리듬은 계속해 가는 것이 아닌가!

연주자는 그 초라한 악기로 오케스트라의 효과를 상당히

성공적으로 보여주었다. 크게 상승하는 바이올린의 빠른 연주는 현저하게 정확히 울려 나왔다. 부인은 일부러 경건한 태도를 꾸미면서 연주했고, 각 형상마다 기도 드리는 듯이 가만히 있다가 마치 신부가 성체(聖體)를 머리 위에 받들 듯이 그 형상 하나하나를 공손하게 시위하듯이 드러나게 하는 것이었다. 무슨 일이 일어났는가? 두 개의 힘, 멀리 떨어진 두 사람의 고통과 행복 속에서 서로 접근해서 영원한 것, 절대적인 것을 갈망하며, 황홀하게, 미친 듯이 서로 얼싸안은 것이다. 전주곡이 불타 오르더니 수그러졌다. 막이 열리는 장면에서 부인은 끝마치고서 계속 말이 없이 악보를 보고만 있었다.

그러는 동안에 슈파스 부인은 지루해졌는데, 그 지루해진 정도가 그만 사람의 모습을 찌그러지고 눈이 툭 튀어나와서 마치 죽은 사람 같은 표정으로 변화시켜, 보기에도 무서울 지경이었다. 그러나 그뿐만이 아니었다. 이러한 종류의 음악이 그 부인의 위신경에 작용해서 소화불량에 걸린 기관을 불안상태에 빠뜨렸고, 고문관 부인으로 하여금 경련의 발작이라도 일어나지 않을까 하고 두려워하게 했다.

"나는 내 방으로 그만 가야겠군"하고 그 부인은 힘없이 말했다. 그리고 나서 "잘들 노시오. 나는 돌아갑니다……"하고 슈파스 부인은 나가 버렸다.

황혼은 한층 더 짙어졌다. 창 밖에서는 소리도 없이 눈이 테라스 위에 가득 내리는 것이 보였다. 두 자루 촛불이 흔들거리며 희미한 빛을 비치고 있었다.

"제 2막을……"

슈피넬 씨는 속삭이듯 말했다. 그러니까 부인은 책장을 넘겨 2막을 연주하기 시작했다.

호각 소리는 멀리 사라져 버렸다. 그렇지 않으면 혹시 그것은 나무 잎사귀가 살랑거리는 소리일까? 샘물이 졸졸 흐르는 소리일까? 이미 밤의 침묵은 숲과 집 속으로 스며들고 간곡히 경고해도 동경의 지배를 억제할 수는 없는 일이었다. 성스러운 비밀은 이미 성취된 것이다. 불이 꺼졌다. 이상스러운 갑자기 투명치 않은 음색으로 죽음의 악상이 내려앉는다. 그러자 성급히 초조하게 동경은 그 하얀 면사포를 들어 애인을 향해서 살랑살랑 흔들었다. 애인은 두 팔을 벌리고 어둠을 뚫고 동경을 향해서 접근해 가는 것이었다.

오, 만물의 영원한 피안(彼岸)에서 결합하는 풍족하고도 싫증을 모르는 환희여! 고통스러웠던 미혹은 이미 사라졌고 시간과 공간의 제약은 벗어났으며, 그대와 나는, 그대의 것과 나의 것은 숭고한 환희로 융합해서 하나가 되어 버린 것이다. 백주의 그 음험한 요술이 그들을 분리시킬 수는 있었어도 그 허풍스러운 거짓은 미약(媚藥)의 힘이 그들의 시력을 축성(祝聖)한 이래 밤을 뚫어 보는 사람들을 다시는 속일 수 없게 되었다. 사랑하면서 죽음의 밤과, 그 밤의 달콤한 신비를 알아보는 사람은 광명의 망상 속에서도 단 하나의 동경과 성스러운 밤에 대한 동경 그리고 영원하고 진실하며 모든 것을 합쳐 하나로 만드는, 밤에 대한 동경만이 남아 있는 것이다.

사랑의 밤이여, 어서 이리 내려와 그들이 갈망하는 망각을 그들에게 베풀어 주라. 그들을 너의 환희로 감싸고 그들을 기만과 이별의 세계에서 풀어 주라. 보라, 마지막 불은 꺼졌다. 사색과 사고는 세상을 구원하며, 망상의 고통 위에 펼쳐진 신성한 황혼 속으로 침몰해 버렸다. 요술이 빛을 잃고 나의 눈은 황홀해서 흐려질 때, 바로 그때면 오, 소원 성취의 기적이 일어나도다! —— 백주의 거짓은 요술로 나를 격리시키고, 나의 동경이 그칠 수 없는 고통으로 되도록 기만하며 눈앞에 요술을 마주 세워 놓았던 것이다. 그렇게 되는 때면 내가 바로 세상인 것이다 —— 그러자 부랑게네의 '조심하세요'라고 부르는 음산한 노래에 이어서 정신차릴 수 없이 높은 바이올린의 상승음이 시작한다.

"나는 전부를 이해할 수는 없어요, 슈피넬 씨. 상당히 많은 것을 어렴풋이 느끼기는 합니다마는. 그런데 이 '그럴 때면 내가 바로 세상이니라'는 무슨 뜻일까요?"

그는 간략하게 낮은 목소리로 설명했다.

"아, 네, 그렇습니까 —— 그런데 당신은 그렇게 잘 아시면서도 연주하지 못하는 것은 어찌 된 일인가요?"

이상하게도 그는 이 악의 없는 질문을 견디지 못했다. 그는 얼굴을 붉히고 두 손을 비비며 마치 의자에 앉은 채 땅속으로라도 빠져 들어갈 것만 같았다.

"양자가 부합하는 것은 드문 일입니다"하고 그는 드디어 고통스럽게 말했다.

"나는 연주는 못 합니다 —— 그러나 계속하십시오."

그리하여 그들은 신비극(神秘劇)에 도취된 노래를 계속했다. 사랑도 죽은 적이 있었던가? 트리스탄의 사랑이? 너의 사랑 그리고 나의 이졸데의 사랑이? 오오, 죽음의 손길도 그

영원한 애인에게까지는 미치지 못하리! 우리를 방해하는 것, 결합된 것을 속여 갈라 놓은 것 이외에 무엇이 죽어 없어지랴? 달콤한 접속사 '그리고(und—and)'로써 사랑은 그 두 사람을 결합시킨 것이다. 만약에 죽음이 그 접속사를 갈라 놓는다면 한 사람에게는 삶을 주고, 또 한 사람에게는 죽음을 주는 수밖에 없을 것이 아니냐? 그래서 신비스러운 이중창이 사랑의 죽음에 대한, 밤의 신비경(神秘境)에서 영원한 포옹에 대한, 형언할 수 없는 희망 속에 그들을 합쳐 하나로 만드는 것이었다. 달콤한 밤이여! 영원한 사랑의 밤이여! 만물을 포괄하는 영복(永福)의 나라여! 그 나라를 감지하며 들여다본 사람이라면 어떻게 두려움 없이 그 황량한 낮의 세계로 돌아올 수 있었겠는가? 그대 거룩한 죽음이여, 이 두려움을 쫓아다오. 그리워하는 사람들을 잠이 깨는 고통에서 해방시켜 주라! 오, 걷잡을 수 없는 리듬의 폭풍이여! 형이상학적 인식의 반음(半音) 상승의 환희여! 햇빛에서 멀어지고, 이별의 고통에서 멀어진 이 환희를 그대 죽음의 팔에 안아 주려는지 안아 주지 않으려는지? 기만도 불안도 없는 온순한 동경, 숭고하고 고통도 없는 소멸, 무한한 행복에 넘치는 황혼! 그대 이졸데나 트리스탄, 이제는 트리스탄도 이졸데도 없도다……

갑자기 놀라운 일이 일어났다. 연주하던 부인이 연주를 멈추고 눈을 눈 위에 갖다 대고 어둠 속을 살펴보았다. 그래서 슈피넬 씨도 앉은 채로 몸을 돌려 보았다. 낭하로 통하는 뒷문이 열리며 한 사람의 음산한 모습이 다른 사람의 팔에 부축되어 들어온 것이다. 그 사람은 바로 아인후리트의 치료객의 한 사람이었으며, 역시 마찬가지로 썰매 소풍에 참여하지 못하고, 이 저녁 시간에 본능적이며 서글픈 순회를 하며 병원을 돌아다니는 데 소비하고 있었다. 그 사람은 열아홉 명의 아이들을 낳고서 사고 능력이 없어진 바로 그 부인 환자, 즉 간호원의 팔에 의지하고 있는 회렌라우흐 목사 부인이었다. 얼굴은 들여다보지도 않고 위태롭고 어설픈 걸음으로 방 후면을 지나서 맞은편 문으로 사라져 버렸다. 말없이 무표정하게, 정처 없이, 의식도 하지 못하며 —— 적막이 깃들었다.
 "저 사람은 회렌라우흐 목사입니다"라고 그는 말했다.
 "네, 불쌍한 회렌라우흐 부인이에요" 하고 부인은 말했다. 그러고서 책장을 넘겨서 맨 끝의 종장인 이졸데의 '사랑의 죽음'을 쳤다.
 크뢰타얀 씨 부인의 입술은 빛을 잃고 뚜렷하게 보이는 것이 아닌가! 눈가의 그늘이 한층 짙어지는 것이 아닌가! 비쳐 보일 듯 맑은 이마의 눈썹 위에는 새파란 혈관이 대견스럽고 보기에도 불안스럽게 점차 선명하게 나타나는 것이었다. 부인이 놀리는 손끝에서 아직 들어보지 못한 상승(上昇)이 이루어져 무리하게 갑작스러운 피아니시모(아주 약한 음)로 나누어졌다. 그것은 마치 발 밑에서 대지가 떨어져 나가서 숭고한 욕망 속으로 침몰해 가는 듯했다. 거대한 해결과 충만함이 넘쳐흘러 들어오더니 되풀이했고 한없이 만족한 포효 소리에 귀가 막힐 듯했다. 싫증을 모르는 듯 몇 번이고 되풀이하고, 썰물(于潮)같이 형태가 변해져서 숨져 버릴 듯이 보이더니 다시 한 번 동경의 악상이 화음 속에 약동하여 마지막 숨을 거두었다. 소리는 끊기고 멀리 떠나가 버렸다. 깊은 적막이 스며 들어왔다.
 그들 두 사람은 귀를 기울여 들었다. 고개를 옆으로 기울이고는 엿듣고 있었다.
 "저것은 방울 소리이군요"하고 부인은 말했다.
 "썰매죠. 나는 가겠습니다" 하고 남자가 말했다.
 그는 일어서서 방을 나갔다. 후면 문 옆에 정지하여 되돌아서더니 불안한 듯이 제자리 걸음을 하는 것이었다. 그러자 그는 약 15보 내지 20보 가량 부인으로부터 떨어져서 소리도 없이 두 무릎을 꿇고 주저앉는 것이 아닌가. 그의 길고 검은 프록코트가 마룻바닥에 펼쳐졌다. 그는 두 손을 앞에 겹쳐 대었으며 어깨는 경련을 일으키며 떨리고 있었다.
 부인은 두 손을 무릎에 올려 놓고 몸을 피아노에서 돌리고 앞으로 구부려 그를 내려다보면서 석연치 못한 외로운 미소를 띠고 있었다. 그리고 생각에 잠긴 듯, 피로한 눈초리로 어둠침침한 밖을 살펴보았으며 눈에는 가고 싶은 기색이 약간 스며 있었다.
 멀리서 방울 소리를 울리며 덜거덕거리는 소리와 채찍 소리, 사람들이 떠들썩하게 떠들어대는 혼잡한 소리가 점점 접근해 왔다.

 썰매놀이는 2월 26일에 있었고, 사람들은 그 후에도 여러 날 동안 이야기 꽃을 피웠었다. 27일은 눈이 녹는 포근한 날씨였다. 그날은 눈들이 녹아서 뚝뚝 떨어지고 철벅거리며 도랑지어 흘러 갔다. 크뢰타얀 씨 부인의 병세는 지극히 좋았다. 28일에는 피를 조금 토했다. 그러나 별로 대단치는 않았다. 그렇지만 여하튼 그것은 피였던 것이다. 그와 동시에 부인은 지금까지 한 번도 없었을 정도로 대단히 쇠약해져서 침상에 눕게 되었다.

 레안다 박사가 부인을 진찰했다. 그런데 그의 얼굴은 돌같이 차가워졌다. 그리고 나서 그는 과학이 교시(敎示)하는 대로 처방을 써주었다. 즉 얼음 덩어리, 모르핀, 절대 안정이 그것이었다. 그뿐 아니라 다음날에 그는 너무 부담이 많다는 이유로 진찰을 포기하고 뮬러 박사에게 위임했다. 뮬러 박사는 의무상, 또 계약에 따라 지극히 온순하게 그 일을 인수했다. 그는 조용하고 창백하며, 존재가 시시해서 우울해 보이는 사나이였다. 그의 얼마 안 되는, 명성도 없는 의술은 건강한 사람이나 희망이 없는 환자에게 적용되고 있었다.

 무엇보다도 우선 그가 말로 표시한 의견은 크뢰타얀 씨 부부의 별거가 이미 너무 오래되었다는 것이었다. 만약에 크뢰타얀 씨의 번창하는 사업 형편이 어떻게 해서든지 허용할 수 있다고 가정한다면, 그건 한 번 아인후리트로 방문 오는 것이 절실히 요망된다는 것이었다. 편지를 써 보내든지 간단한 전보를 치는 것도 아마 좋을 것이었다. 그 건강한 어린 안톤을 만나 보게 되는 것은 의사들에게도 필경 흥미 있을 것이라는 점은 고사하고라도 어린 안톤을 데려 온다면 젊은 엄마를 즐겁고 힘이 나게 해줄 것임에 틀림없는 것이었다.

 그런 일이 있은 지 얼마 지나지 않아서 과연 크뢰타얀 씨가 나타났다.

 그는 뮬러 박사의 전보를 받고 발트 해에서 왔다. 그는 마차에서 내려와 커피와 버터빵을 갖다 달라고 했다. 그런데 몹시 당황해서 얼빠진 사람같이 보였다.
"여보세요. 어떻게 된 일입니까? 왜 나를 오라고 하셨나요?"하고 그는 말했다.
"그것은 지금 당신이 부인 곁에 머물러 계시는 것이 좋을 것 같아서입니다"라고 뮬러 박사가 대답했다.
"좋을 것 같다……. 좋을 것 같다 그 말이시지요……. 그런데 꼭 필요하다는 뜻이기도 합니까? 나는 돈을 생각해야 하니까요, 선생님. 요새 시기도 나쁘고, 차비도 비쌉니다. 이렇게 하루 종일 걸리는 여행을 하지 않아도 됐던 것이 아닌가요? 혹시 폐가 나쁘다면야 아무 말씀도 드리지 않겠지만, 다행히도 기관지가 나쁜 것이니까……."
"크뢰타얀 씨" 하고 뮬러 박사가 온순하게 말했다. "첫째로 기관지는 그것도 중요한 기관이고요……." 그는 '둘째는' 이라는 말을 더 이상 계속하지 않으면서도 문법에는 맞지 않게 '첫째로'라고 말했던 것이다.
그런데 크뢰타얀 씨와 함께 뚱뚱하고 빨간색의 격자 무늬와 금박으로 된 옷을 입은 사람이 아인후리트에 도착했다. 그 여자가 바로 안톤 크뢰타얀을, 건강한 그 어린 안톤 크뢰타얀을 팔에 안고 있었다. 정말로 그 아이가 온 것이다. 그리고 실제로 그 아이가 지극히 건강하다는 사실을 아무도 부인할 수 없었다. 장미꽃 같이 불그스름하고 살결은 희며, 옷은 깨끗하고 산뜻하게 입혀져서 유모의 레이스로 가장자리를 장식한 뻘겋게 걷어붙인 팔에 통통하게 살찌고 향기롭게 안겨서 우유와 다진 고기를 대량으로 꿀꺽꿀꺽 먹어대고 마구 울어대기도 하며, 모든 점에서 본능에 따라 제 마음대로 하는 것이었다.
 저술가 슈피넬 씨는 자기 방 창문에서 어린 크뢰타얀이 도착하는 광경을 관찰하고 있었다. 그 아이가 마차에서 집안으로 안겨 들어오는 동안 그는 이상스럽게 희미하면서도 날카로운 눈초리로 그 아이를 쳐다보고 있더니 한참 동안 더 그러한 얼굴 표정으로 그 자리에 머물러 있었다.
 그 후부터 그는 안톤 크뢰타얀과 만나는 것을 될 수 있는 한 피했다.

 슈피넬 씨는 자기 방에서 '일'을 하고 있었다.
 그 방은 아인후리트에 있는 모든 방과 다름없는 방이었다. 즉, 고풍스럽고 간소하며 품위가 있었다. 육중한 장롱에는 금속으로 만든 사자 머리가 붙어 있었고, 키가 높은 벽에 걸린 거울은 미끈한 유리 평판(平板)이 아니라 여러 개의 조그마한 네모진 조각들이 납에 끼여 결합되어 있었으며, 푸르게 니스칠을 한 마룻바닥에는 양탄자가 깔려 있지 않아서 가구의 뻣뻣한 다리가 뚜렷하게 밑바닥에 비쳐 연속되어 있었다. 창문 가에는 널찍한 책상 하나가 놓여 있었고, 창문에는 그 소설가가 노란 커튼을 쳐 놓고 있었다. 아마 좀더 아늑하게 하기 위해서인 듯했다.
 짙은 황혼 속에서 그는 뚜껑 있는 책상 바닥에 몸을 굽히고 앉아서 글을 쓰고 있었다. 그리고 수많은 편지를 쓰는 것이었다. 편지들을 매 주일 우체국으로 발송했으나, 재미있게도 대개의 경우 답장을 받지 못하고 있었다. 오늘도 그러한 편지를 쓰고 있었다. 큼직하고 두툼한 전지 한 장이 앞에 놓여 있었다. 그 전지의 왼쪽 위 구석에는 복잡하게 그려진 풍경화 밑에 아주 신식 글자로 테트레후 슈피넬이라는 이름이 씌어 있었다. 그는 정성들여 조그맣게 조심해서 특히 깨끗한 필적으로 종이를 메우고 있었다.

설대(舌代)라고 씌어 있었다. "나는 이 글을 당신에게 보냅니다. 그것은 달리는 어떻게 할 수가 없기 때문이며 당신에게 하고 싶은 말이 내 가슴 속에 가득 차 있어서 나를 괴롭히고 떨리게 하는 까닭에, 또 여러 말 구절이 격심하게 밀어닥쳐오기 때문에 만약 내가 이 편지 속에 그 말을 써서 처리하지 못한다면 나는 그 말들로 인해서 질식해 버릴 것이기 때문입니다······."

사실을 왜곡하지 않고 말한다면 이 '밀어닥쳐 온다'는 말은 전혀 사실의 경우는 아니었고 슈피넬 씨가 어떤 허영심에서 그와 같이 주장했는지도 알 수 없는 일이었다. 말 구절이 결코 그에게 밀어닥쳐 오는 것같이 보이진 않았다. 글 쓰는 것을 직업으로 삼고 있는 사람으로서 그는 가련할 정도로 지지부진한 상태였다. 그래서 그를 본 사람이라면 저술가라는 것이 어느 다른 사람들보다도 더 글쓰기가 힘든 사람인가 보다 하고 생각하게 될 것임에 틀림없었다. 두 손가락으로 그는 볼의 이상한 솜털을 붙잡고서 한 15분 가량 그것을 비비 꼬면서 허공을 바라보며 한 줄도 써 나가지 못하고 있다가 말끔한 단어를 한두 개 쓰고서는 또다시 막혀 버리는 것이었다. 그러나 또 한편 이렇게 해서 드디어 성립된 문장은 미끈하고 생기 있는 인상을 주는 것만은 인정하지 않을 수 없었다. 설사 그 내용에 있어서는 기묘하고 의심스럽기도 하며 때로는 심지어 이해할 수 없는 성질의 것이기는 했지만.
"그것은"하고 편지는 계속됐다.
"불가피한 욕구입니다. 즉 내가 보는 것을, 몇 주일 전부터 씻어 버릴 수 없는 환상과 같이 나의 눈앞에 보이는 것을 당신도 보도록 하는 것, 그것을 당신이 나의 눈을 통해서, 즉 나의 내면적인 눈을 비쳐 보이게 해주는 언어의 각광(脚光) 속에서 보도록 하는 것, 이것이 나의 욕구인 것입니다. 나는 적절한 문구로 영원히 잊혀지지 않고 불타오르는 듯 정당하게 나의 경험을 세상 사람들이 그것으로 만들도록 강요하는 충동에 굴복하는 습성입니다.

그런 까닭에 당신은 나의 말을 들어 보시오!

나는 현재 있는, 또 과거에 있었던 사실 이외에는 아무것도 말하지 않으려고 합니다. 나는 다만 어느 이야기, 지극히 간단하고도 말할 수 없이 울화가 치미는 이야기를 하고자 합니다. 아무런 주석(註釋)도 붙이지 않고, 불평도 비판도 하지 않고 다만 나의 글로 이야기를 하고자 합니다. 그것은 가브리엘레 엑크호후에 관한 이야기입니다. 당신이 자기의 아내라고 부르고 있는 바로 그 부인의 이야기입니다……. 잘 주의해서 들어 보시오. 이야기를 몸소 체험한 것은 당신이겠지만, 그러나 바로 나의 말에 의해서 비로소 그 이야기는 당신에게 진실로 하나의 체험이라는 의의를 가지게끔 고양(高揚)되는 것입니다. 그런데 당신은 그 정원을 기억하십니까, 검푸른 귀족 저택 후면에 있는 오래되어 황폐한 그 정원을? 꿈에 잠긴 그 집은 황폐에 둘러싸여 있으며, 비바람에 허물어진 담의 잇댄 틈에서 초록색의 이끼가 싹트고 있었습니다.

정원 한복판에 있었던 분수도 생각이 납니까? 그 허물어져
가는 분수 둘레 너머로 담지색의 백합꽃들이 고개를 숙이고
있었으며 하얀 물줄기는 신비스럽게 속삭이듯이 갈라진 바
윗돌 위로 떨어지고 있었습니다. 여름날이 저물어 가고 있었
습니다.

처녀들 일곱 명이 분수로 둘러싸고 원을 그리고 앉아 있었
습니다. 그런데 일곱 번째 처녀의, 아니 첫째 가는, 유일한
처녀의 머리에는 서산으로 기울어 가는 태양이 남몰래 지상
최고의 표지를 짜 넣고 있었습니다. 그 처녀의 눈은 불안스
런 꿈과 같았으나 그 밝은 입술은 미소를 띠우고 있었습니
다……. 그들은 노래를 불렀지요. 그들은 홀쭉한 얼굴을 물
줄기 높이까지 추켜들고 있었습니다. 물줄기 힘이 빠져서 고
상하게 곡선을 그리며 구부러져서 떨어지려고 하는 높이까
지 그리고 그들의 맑고 그윽한 노랫 소리는 날씬하게 춤추는
물줄기 주변을 감돌며 떠돌았습니다. 아마도 그들은 노래 부
르면서 보드라운 손을 무릎 위에 겹쳐 놓고 있었을지도 모릅
니다…….

당신은 그 한 폭의 그림을 기억하십니까? 그것을 보셨나
요? 결코 보지 못했을 것입니다.

당신의 눈은 그런 것을 볼 수 있도록 되어 있지 않고 당신
의 귀는 그 그림의 순결하고 감미로운 멜로디를 들을 수 있
게 생기지 못했습니다. 당신이 그것을 보았다면 어떨까요?
당신은 감히 호흡도 할 수 없었을 것이며, 심장의 고동마저
멈추었을 것입니다. 당신은 생활 속으로, 당신의 생활 속으
로 돌아가서, 당신이 이 지상에서 생존하는 여생 동안 그때

본 것을 절대불가침의 신성한 것으로 마음 속에 간직하고 있어야만 했던 것입니다. 그런데 당신은 무슨 짓을 했지요.

그 그림은 그것으로 마지막이 되어 버렸던 것입니다. 당신이 나타나서 그것을 파괴하고 그 그림에 저속한 생활과 흉악한 고통의 연속을 부여했습니다. 그것은 감동적이며 평화가 가득히 깃든 마지막 무대의 한 장면과도 같은 것이었으며 쇠퇴해서 해체되고 소멸하는 저녁 노을의 성화(聖火) 속에 깊이 잠겨 있었습니다. 행동하고 생활하기에는 이미 너무나 피로해졌고 너무나 고상한 오랜 전통 있는 씨족(氏族)이 그 종말에 처해 있는 것입니다. 그리고 그 마지막 발언은 예술의 음향이었고, 죽음으로 성숙했음을 자각한 비애에 가득 찬 몇 마디 바이올린 소리였습니다……. 당신은 그 소리에 눈물을 자아내는 눈들을 보셨나요? 아마도 여섯 사람의 친구들은 삶에 속하는 사람들이었을 것입니다. 그러나 그들의 자매와 같은 여왕인 바로 그 여자는 미(美)와 죽음에 속하고 있었던 것입니다.

당신은 그 죽음의 아름다움을 보신 것입니다. 그 아름다움을 보고 그 여자를 소망하셨지요. 어떠한 공경심도 아무런 주저도 당신의 마음은 그 감동적인 미의 신성함에 대해서 느끼는 바가 없었을 것입니다. 보는 것만으로도 당신은 만족하지는 못해서 당신은 그것을 점유하고, 철저히 이용하며 신성한 것을 모독하고야 만 것입니다……. 당신의 선택은 썩 잘 들어맞았다고 하겠습니다. 당신은 한갓 식도락가에 지나지 않습니다. 천민적인 식도락가죠. 즉 입이 높아진 농부라고나 할까.

내가 결코 당신을 모욕하려고 하는 것이 아니라는 점을 알아 주시기 바랍니다. 내가 말하는 것은 결코 욕이 아니며 하나의 상투어, 단순한 심리학적 상투어인 것입니다. 머리가 둔하고 문학적 취미가 전혀 없는 당신의 인격을 위해서 쓰는 상투어인 것입니다. 내가 그런 말을 하는 이유는 다만 당신에게 당신 자신의 행동과 인품을 다소나마 알려 주고자 하는 충동에 못 이겨서이고 이 지상에 있어서 나의 불가피한 천직이 바로 어떠한 사물에 이름을 붙여 주고 그것으로 하여금 말하게 하며 무의식적인 것을 분명히 알게 해주는 것이기 때문입니다. 이 세상은 내가 '무의식적 타이프'라고 부르는 것으로 가득 차 있습니다. 나는 이러한 것들, 다시 말해서 이 모든 무의식적인 타이프의 사람들을 참을 수가 없습니다! 나는 이 둔하고 무식하며 인식 없는 생활과 행동, 나의 주변의 울화가 터질 정도로 순박한 세계엔 참을 수가 없습니다! 나의 힘이 자라는 한 주변에 있는 모든 존재를 해명해 주고, 표현하고, 또한 의식을 되살려 주고 싶은 생각이 나를 고통스러울 만큼 불가항력으로 못 견디게 합니다. 그 결과가 고무적인 작용을 하든, 지장을 초래하든 간에, 또한 위안과 완화를 가져올지, 고통을 더하게 할지, 그런 것은 조금도 개의치 않아요.

당신은 이미 말한 바와 같이 천한 식도락가, 입이 높은 농부입니다. 원래가 둔한 체질이어서 지극히 저열한 발전 과정에 있는 당신은 돈과 좌업생활(坐業生活)에 의해서 신경 계통이 돌발적으로 아무런 내력도 없이 부패한 상태에 이르는 것입니다. 그것은 향락욕에 속한 일종의 음탕한 세련을 초래

한 것입니다. 당신이 가브리엘레 엑크호후를 소유하려고 결심했을 때 당신의 목구멍 근육이 맛있는 수프나 진귀한 요리를 눈앞에 보았을 때와 같이 입맛을 다시며 움직였으리라는 것은 있음직한 일입니다.

실제로 당신은 그 여자의 꿈속에 잠긴 의지를 사로(邪路)로 이끌어 갔던 것입니다. 그 여자를 황폐한 정원으로부터 실생활 속으로, 즉 추악한 것 속으로 이끌어 갔으며, 그 여자에게 당신의 평속(平俗)한 이름을 부여하고, 그 여자를 처로 삼고 가정 주부로, 아이 어머니로 만든 것입니다. 당신은 그 기력이 없고 수줍은 미(美)를 고상한 비실용성(非實用性) 속에서 꽃피는 죽음의 미를 격하시켜서 비천한 일상사에, 자연이라고 부르는 몽매하고 보기 흉하며 경멸할 우상에 봉사하게 만들어 버린 것입니다. 그러고서도 당신의 농부와 같은 양심 속에는 이러한 비열성에 대한 아무런 생각도 일어나지 않고 있습니다.

재론하건대, 그 후 어떻게 되었는지요? 불안스러운 꿈과 같은 눈 표정을 한 그 여자는 당신에게 어린아이를 하나 낳아 주었습니다. 그 아이 아버지의 저속한 존재의 연장인 이 아이에게 그 여자는 자기가 소유하고 있는 피와 생활 능력을 주어 버리고 죽는 것입니다. 여보시오, 그 여자는 죽습니다! 그리고 만약에 그 여자가 천박한 것 속에서 죽어가지 않고 그래도 마지막에는 굴욕의 구렁에서 몸을 일으켜 자랑스럽고 행복하게 미와 죽음의 키스를 받으며 죽어간다면, 그것은 바로 내가 힘써 준 덕분인 것입니다. 한편 당신이 하는 일이라고는 으슥한 낭하에서 하녀와 시간을 보내는 것이 고작일 것입니다.

그러나 그 여자의 아들, 가브리엘라 엑크호후의 아들은 숙성하게 자라며 생활하고 승리의 개가를 올릴 것입니다. 그 아이는 부친의 생활을 계승하겠지요. 사업을 하고, 세금을 납부하고, 좋은 음식을 먹는 시민이 될 것입니다. 혹시 군인이나 관리나 무식하고 유용한 국가의 주지(支柱)가 될는지도 모르지요. 어떠하든지간에 예술적 감각이 없는, 정상적인 기능을 발휘하는 인간, 주저하지 않고 자신만만한, 힘세고 우둔한 사람이 되겠지요.

내가 당신을 미워하고, 당신의 아들을 미워하고 있다는 나의 고백을 들어 주시오. 그것은 내가 삶 자체를 미워하는 것과 마찬가지이며 당신이 표시하는 바와 같은 야비하고 우스꽝스러우며, 그러면서도 의기양양한 삶을, 다시 말하자면 미(美)의 영원한 대립자(對立者)이며 불구대천(不俱戴天)의 적을 증오하는 것입니다. 내가 당신을 멸시한다고는 말할 수 없습니다. 그렇게는 할 수 없습니다. 나는 정직합니다. 당신은 나보다 더 강한 사람입니다. 내가 격투를 함에 있어서 당신에게 대항할 수 있는 것은 다만 한 가지, 약자의 숭고한 무기이며 복수의 기구인 정신과 언어뿐입니다. 오늘 나는 그 무기를 사용했습니다. 왜냐하면 이 편지는 ──이 점에 있어서도 나는 정직합니다. 아시겠습니까 ── 일개 복수 행위에 불과하니까요. 그래서 편지 속에 단 한 마디라도 당신을 당황하게 하고, 당신으로 하여금 지금까지 알지 못하고 있었던 힘을 느끼게 하고 잠시나마 당신을 꿋꿋한 침착성을 동요하게 할 수 있는 날카롭고 빛나며 아름다운 단어가 단 하나라도 있다면 나는 그것으로 기뻐서 못 견딜 것입니다.

데트레프 슈피넬"

 그리하여 슈피넬 씨는 이 편지를 봉투에 넣고, 우표를 붙여 깨끗하게 주소를 써서 우체국으로 발송했다.

 크뢰타얀 씨가 슈피넬 씨의 방 문을 두드렸다. 그의 손에는 큼직하고 정서(淨書)한 전지 한 장이 들려 있었으며, 힘차게 앞으로 밀고 나가려고 결심한 사나이같이 보였다. 우편은 그의무를 다한 것이었으며, 편지는 올바르게 주소를 찾아갔던 것입니다. 즉 그 편지는 아인후리트에서 나와서 아인후리트로 돌아가는 이상한 여행을 끝마치고 똑바로 수신인의 수중에 들어간 것이었다. 때는 오후 네 시였다.
 크뢰타얀 씨가 들어왔을 때, 슈피넬 씨는 안락의자에 앉아서 어수선한 그림이 그려진 표지로 된, 자기가 쓴 소설을 읽고 있었다. 그는 일어서서 예기치 않았던 방문객에 깜짝 놀라 의아하게 쳐다보았다. 분명히 얼굴은 붉히고는 있었지만.
 "안녕하십니까?" 하고 크뢰타얀 씨가 말했다. "바쁘신데 실례합니다. 그런데 혹시 당신이 이 편지를 쓰시지 않았나요?" 이렇게 말하면서 그는 큼직하고 정서한 편지를 왼쪽 손으로 추켜들고 오른쪽 손등으로 그것을 치는 바람에 탁탁 소리가 났다. 그리고 나서 그는 오른쪽 손을 널찍하고 편하게 만들어진 바지 주머니에 집어넣고 고개를 갸우뚱하게 기울이고, 많은 사람들이 하는 버릇처럼 대답을 듣기 위해서 입을 벌리고 있었다.

이상스럽게도 슈피넬 씨는 미소를 짓고 있었다. 그의 상냥한 미소는 다소 당황한 듯도 하며 사과라도 하는 듯이 보였다. 그리고 무슨 생각이라도 하려는 듯이 한 손을 머리에 갖다 대면서 말하는 것이었다.
"아 그렇군요…… 네, ……실례지만."
사실은 이러했다. 즉 그는 오늘 자기의 본성(本性)을 드러내보이고 나서 점심때까지 낮잠을 잔 것이었다. 그 결과로 그렇게 한 것에 양심의 가책을 느끼고 머리가 무거웠으며 신경은 날카로웠고 저항력이 없었다. 거기에 덧붙여 불어오는 봄바람 때문에 그는 노곤하고 절망적인 기분으로 기울어지고 있었다. 이러한 모든 사실은 그가 이 장면이 벌어지고 있는 중에 그렇게도 어리석기 짝이 없는 태도를 취했다는 것에 대한 설명으로서 말해 두지 않을 수 없다.
"그렇소? 아! 좋소!"라고 크뢰타얀 씨가 말했다. 그러면서 그는 턱을 가슴에다 누르고 눈썹을 추켜 올리는가 하면 팔을 쭉 내뻗기도 했다. 또 이러한 형식적인 질문을 끝내고 나서 사정없이 본론으로 들어가기 위한 여러 가지 그와 비슷한 준비를 했다. 그는 자기의 풍채에 대한 만족감에서 이러한 준비를 좀 지나치게 했던 것이다. 즉 그 결과는 몸짓을 하며 모든 준비를 갖춘 위협적인 허풍과 꼭 일치하지는 못했다. 그런데도 슈피넬 씨의 얼굴은 상당히 창백해 보였다.
"대단히 좋아요!"하고 크뢰타얀 씨는 되풀이했다.
"그러면 구두로 대답을 하겠소! 여보시오, 그것도 실은 수시로 만나서 말할 수 있는 사람에게 장문의 편지를 써 보낸다는 것을 나는 어리석은 짓이라고 생각하고 있으니까 말이오……."

"글쎄요……. 어리석은 짓이라……." 슈피넬 씨는 미소를 지으면서 사과하는 것처럼 겸손하게 말했다.

"어리석지!" 하고 크뢰타얀 씨는 되풀이해서 말하고 머리를 심하게 흔들었다. 그것은 자신이 얼마나 자기가 하는 일에 대해서 남이 침범할 수 없을 만큼 확신을 가지고 있는가를 보여주기 위해서였다. "그래서 이렇게 후려 갈겨 쓴 편지에 대해서는 한마디로 말할 가치가 없다고 생각하고 있으며, 솔직히 말해서 그따위 편지 조각은 버터빵을 싸는 종이로서도 쓸모가 없다고 보고 있소. 다만 이 편지는 어느 점에 대해서는 내가 아직 알고 있지 못하고 있었던 어떤 것에 대해서 해명해 주었다는 점은 인정하겠소. 어떤 변화에 대해서 말입니다. 하여간에 그것은 당신과는 아무 상관이 없는 일이고 또 지금 말하고자 하는 문제도 아니오. 나는 활동적인 사람이라 당신같이 그 표현할 수 없는 환상 같은 것보다는 더 좋은 일을 생각해야 하는 판이란 말이야……."

"나는 씻어 버릴 수 없는 환상이라고 썼는데요"라고 슈피넬 씨는 말하면서 똑바로 몸을 세웠다. 이런 행동을 취한 것이 그가 이 장면 중에서 다소나마 자신의 위엄을 나타내 보이게 한 유일한 순간이었다.

"씻어 버릴 수 없는…… 표현할 수 없는……." 크뢰타얀 씨는 대꾸하면서 원고를 들여다보았다.

"당신 글씨는 가련할 정도로 악필(惡筆)이란 말야, 여보. 당신 같은 사람을 내 사무실에서 일하게 하고 싶지 않아. 첫눈에는 깨끗하게 쓴 것 같지만 밝은 데서 보면 결함투성이이고 형편없는 솜씨야. 그러나 그것은 당신 일이고 나와는 아무런 상관도 없소. 그런데, 내가 온 것은 첫째로 당신이 우스꽝스러운 사람이라는 것을 당신에게 말해 주기 위해서란 말씀이야 —— 그야 당신도 알고 있을 법한데. 그런데 당신은 그 밖에도 대단히 비겁한 친구란 말씀이야. 이것도 역시 자세히 증명할 필요는 없으리라고는 보는데. 내 아내가 한 번은 편지를 쓰기를, 당신은 만나는 여자들의 얼굴을 똑바로 보지 못하고 다만 곁눈으로만 본다는데, 그것은 실물에 대한 불안감에서 얼핏 보기만 함으로써 아름다운 예감을 얻어 가지고 가기 위해서라고 했소. 그리고 나서는 편지에 당신에 관해서 이야기를 하지 않은 것은 섭섭하게 되어 버렸는데, 그렇지만 않았더라면 당신의 이야기를 더 많이 알았겠지. 그러나 당신은 그런 사람이야. 미라는 말은 당신의 상투어인데 근본적으로 그것은 다소 소심자(小心者)의 근성, 위선 행위, 질투에 불과한 것이오. 그런 까닭에 아마 '으슥한 낭하'라고 뻔뻔스러운 말을 한 모양이고 내 가슴을 아프게 하려고 했던 것 같으나, 그런 것은 우스꽝스러운 짓에 불과한 것이며, 나는 재미있다고 생각했소! 그런데 분명히 알겠소? 내가 당신에게 당신의…… 당신의 '행위와 본성'을 '다소나마' 명백히 해준 것일까, 이 가련한 친구야, 알겠소? 물론 그것이 나의 '불가피한 직업'이라는 것은 아니란 말야. 헤헤!"

"나는 '피할 수 없는 직업'이라고 썼던 것입니다"라고 슈피넬 씨는 말했다. 그러나 그는 곧 말하는 것을 포기했다. 그는 꾸지람을 듣고서 어찌할 바를 모르고 그 자리에 마치 커다란, 머리가 희끗희끗하고 불쌍한 학생처럼 서 있었다.

"피할 수 없는…… 불가피한…… 당신은 야비한 비열한 (卑劣漢)이란 말야. 똑바로 말해서 당신은 날마다 식사 때에 나를 보지 않소. 인사를 하고 미소를 지으며, 대접을 나에게 내밀어 주고는 미소를 짓고 많이 먹으라고 인사를 하고, 또 빙그레 웃지 않소. 그러던 사람이 갑자기 이따위 어리석은 모욕적인 편지를 써 보내서 나를 괴롭히자는 거요. 거 참, 글 쓰는 용기는 있으시군 그래! 그것도 다만 이따위 우스꽝스러운 편지만이라면 모르겠는데. 그런데 당신은 나에 대해서 음흉한 음모를 꾸민 것이오. 내 배후에서 모략을 한 것이오. 이제서야 나는 잘 깨달았소. 그야 물론 그따위 것이 무슨 소용이 되었다고 주제넘은 생각을 할 여지는 없는 거야. 혹시 나의 처를 바람이라도 나게 해보려는 희망에 골몰하고 있다면 당신은 생각을 잘못한 것이지, 이 존중하여 마지않는 친구야. 그따위 짓을 하기에는 우리 집사람은 너무나 분별 있는 사람이란 말야! 또는 혹시 당신이, 내 처가 우리가 왔을 때 나와 어린아이를 전과는 달리 맞이했다고 생각하기까지 했다면, 당신의 우매함은 최고봉에 달했다 할 것이오! 우리 집사람이 어린아이에게 키스를 하지 않았다면 그것은 조심한 나머지 그리한 것이오. 왜냐하면 그 병세가 기관지가 아니고 폐일지 모르겠다는 가상이 요즘 새로 대두했기 때문이고, 또 이러한 경우 잘 알 수가 없는 일이고…… 그것이 폐와 관계되는지 어떤지를 증명해야 할 것이지만, 그런데 '그 여자는 죽습니다. 여보시오!'라고 말한 당신은 바보란 말야!"

여기서 크뢰타얀 씨는 잠시 숨을 가다듬으려고 했다. 그는 이제 대단히 분개해서 연거푸 오른쪽 집게손가락으로 허공을 찌르며 왼손으로 그의 편지지를 형편없이 만들고 있었다. 그의 이마는 마치 화가 난 번개같이 부푼 혈관처럼 여러 갈래로 갈라져 있었다.

"당신은 나를 미워하고 있소"라고 그는 말을 계속했다. "그리고 만약 내가 당신보다 더 강하지 못했다면 필경 당신은 나를 멸시할 것이 틀림없단 말야……. 물론 나는 힘이 더 세지. 원, 망할 것 같으니라구. 여보 당신은 겁쟁이이지만 나는 진정 용기가 있는 사람이란 말야. 그러니까 내가 당신을 그 '정신과 언어' 라는 것과 함께 때려 눕혀 버렸으면 좋겠지만——이 엉큼한 바보 같은 친구야! '법으로 금지되어 있지만 않다면' 말이야. 그러나 여보, 그렇다고 해서 내가 당신의 욕설을 두말 없이 그대로 놓아 둔다는 말은 아니야. 그리고 그 '비속한 이름' 이라고 한 말을 우리 집의 변호사에게 알려주면 아마 당신도 단단히 혼이 날 테니 두고 봅시다. 내 이름은 훌륭하지. 여보, 그것도 실은 내 업적에 의해서 그런 거야. 당신 이름을 믿고 누가 은화 한 닢이라도 꾸어 줄지, 이 문제는 당신 자신이 잘 음미해 보는 것이 좋겠소. 이 부랑자야! 당신 같은 사람은 법적으로 다루는 수밖에 없소. 당신은 공안(公安)을 해칠 우려가 있는 사람이야! 당신은 사람들을 미치게 한단 말야! 이번에도 성공했다고 자만할 필요는 없지만 말야, 이 음흉한 자야! 당신 같은 따위의 인간에게 내가 패배당하지는 않을 거야. 나는 용기가 있어……."

크뢰타얀 씨는 이때 사실 극도로 흥분해 있었다. 그는 소리를 지르며 자기는 용기가 있다고 되풀이해서 말했다.

"'그들이 노래를 불렀다'고 당신은 말했것다. 흥, 그들이 무슨 노래를 불렀단 말야! 뜨개질을 하고 있었는데, 그뿐 아니라 내가 듣기에 그들은 감자빵과 케이크 조리법에 관해 이야기를 하고 있었소. 그리고 만약에 내가 그 '쇠퇴'니 '해체'니 하는 따위의 말을 우리 장인에게 말하기만 하면 그분은 당신을 고소할 것이오, 그것은 틀림없소!…… '당신은 그 한 폭의 그림을 보셨나요.' 그것을 보았느냐고? 물론 나도 보았지. 그러나 그렇다고 해서 내가 숨막혀 달아나야 한다는 이유는 알 수가 없는데, 나는 여자들 얼굴을 지나가며 곁눈으로 힐끔힐끔 보지는 않아. 똑바로 보고, 마음에 들든가 그 여자가 나를 좋아하면 상대해 주는 것뿐이야. 나는 심장이 튼튼하거든……."

문을 두드리는 소리가 났다. 한꺼번에 계속해서 아홉 번, 열 번 황급히 방문을 두드렸다. 마치 성급히 불안하게 두드리는 조그만 북소리와 같은 것이었다. 그 소리에 크뢰타얀 씨는 입을 다물었다. 그리고 진정할 줄을 모르고 비통한 나머지 연달아 터져 나오는 목소리가 성급하기 짝이 없이 말하는 것이었다.

"크뢰타얀 씨, 크뢰타얀 씨, 아아, 크뢰타얀 씨 거기 계세요?"

"가만히 있어요." 크뢰타얀 씨는 무뚝뚝하게 말했다. "무슨 일이야. 나는 여기서 이야기할 것이 있는데."

"크뢰타얀 씨"하고 동요하며 목메이는 소리로 말했다. "어서 오셔야 합니다……. 의사 선생님들도 모두 와 계십니다……. 아이구 이 일을 어쩌면 좋을까……."

그때서야 그는 단걸음에 문으로 달려가 문을 열어 젖혔다. 슈파스 고문관 부인이 밖에 서 있었다. 그 부인은 손수건을 입에 대고 있었고 크고 길쭉한 양 눈에 눈물이 줄지어 손수건으로 굴러 떨어지고 있었다.

"크뢰타얀 씨"하고 부인은 말문을 열었다. "이걸 어쩌면 좋을까요……. 부인께서 피를 아주 많이 토했어요. 말할 수 없이 많이……. 침대에 조용히 혼자 앉아서 노래 한 가락을 콧노래로 부르고 있노라니까, 터져 나왔어요. 아이구, 너무 많이……."

"죽었어요?" 크뢰타얀 씨는 소리질렀다. 그러면서 고문관 부인의 팔을 붙잡고 문지방에서 이리저리 흔들어 댔다. "아니, 아주 죽지는 않았지요? 응? 아직은 아주 죽는 것은 아니지요. 아직은 나를 볼 수 있지요……. 또 피를 조금 토했나요? 폐에서, 안 그래요? 아마 폐에서 나왔으리라고 자인합니다. 아아, 가브리엘레!"

그는 갑자기 이렇게 말하며 눈물을 흘렸다. 그러니까 그에게서 따뜻하고 선량하며 인간적이며 성실한 진정의 발로가 엿보였다.

"네, 갑니다!"하고 그는 말했다. 그리고 그는 고문관 부인을 끌고 큰 걸음으로 방을 나가 낭하를 지나가 버렸다. 동떨어진 로비의 한구석으로부터, "아직 죽지는 않았지요, 네? 폐에서 나왔지만 말이지요?" 하며 급속히 멀어져 가는 소리가 여전히 들려 왔다.

슈피넬 씨는 크뢰타얀 씨가 갑자기 말하다 말고 나갈 때에 서 있었던 장소에 그대로 서서 열려 있는 문을 바라보고 있

었다. 드디어 그는 한두 걸음 앞으로 나아가서 멀리서 들려
오는 말소리를 엿들었다. 그러나 모든 것이 조용하기만 해서
그는 문을 닫고 방으로 돌아갔다.

 잠시 동안 그는 거울에 비친 자기의 모습을 바라보았다.
그리고 나서 책상으로 가서 조그만 병과 유리컵을 서랍에서
꺼내어 코냑을 한 잔 마셨다. 이런 짓은 아무도 그를 나쁘게
생각할 수 없는 일이었다. 그러더니 소파 위에 사지를 뻗고
누워서 눈을 감았다.

 창문의 위쪽 문은 열려 있었다. 밖의 아인후리트의 정원에
서는 새들이 지저귀고 있었으며, 그 작고 연약하면서도 활발
한 새소리 속에 온몸이 미묘하게 마음 구석구석까지 스며들
게 표현되어 있었다. 슈피넬 씨는 한 번 낮은 소리로 '불가
피한 천직(天職)……'이라고 혼잣말을 했다. 그러더니 머리
를 좌우로 흔들며, 마치 심한 신경통을 앓을 때와 같이 이
〔齒〕사이로 공기를 들이마셨다.

 마음의 안정과 침착을 찾는다는 것은 불가능했다. 인간이
란 이와 같은 졸렬한 일을 체험하기엔 적합하지 못한 것이
다! 슈피넬 씨는 마음 속에서 일어나는 어떤 일을 거쳐서
── 그 경위를 분석한다면 너무 장황해지겠지만 ── 어떤
결심을 하기에 이르렀던 것이다. 즉시 일어나 좀 기동을 하
고 나서 문 밖으로 나가 보기로 했다. 그래서 그는 모자를 손
에 들고 방을 나갔다.

 집 밖으로 나와 온화하고 향기로운 대기에 감싸였을 때에
그는 머리를 돌려 서서히 건물을 따라 눈길을 들어 어느 창
문까지 옮겨 갔다. 그 창문은 가려져 있었다. 그의 시선은 한

참 동안 엄숙히, 꼼짝도 하지 않고 침울하게 창문을 주시했다. 그러더니 그는 두 손을 뒷짐지고 자갈길을 뚜벅뚜벅 걸어갔다. 그는 깊은 사색에 잠겨서 걸어갔다.

화단은 거적으로 덮여 있었고 나무들과 관목은 아직도 헐벗고 있었다. 그러나 눈[雪]은 사라져 없었고, 길은 다만 군데군데 축축한 흔적이 아직도 남아 있을 뿐이었다. 동굴과 나무덩굴로 덮인 복도와 조그마한 정자로 된 넓은 정원은 찬란한 오후의 광명 속에 그림자도 뚜렷하게 황금빛을 담뿍 받으며 놓여 있었다. 검푸른 나뭇가지들은 날카로우면서도 보드랍게 마디가 지어져서 맑은 하늘을 향해 서 있었다.

때는 태양의 형태가 뚜렷해지는 시각이었다. 형태 없는 불덩어리가 명백히 가라앉아 가는 일륜으로 변하여 그 일륜의 흐뭇하고 한층 온화한 작열을 눈으로도 충분히 볼 수 있는 때였다. 슈피넬 씨는 태양을 보지 않았다. 그가 걸어가는 길은 태양이 가려져서 보이지 않는 방향으로 통해 있었다. 그는 머리를 숙이고 걸어가며 노래 한 구절을 콧노래로 불렀다. 그것은 짧은 한 마디 —— 불안스럽게 탄식하며 상승하는 음형(音形), 동경의 악상이었다……. 그러나 갑자기 그는 단숨에 짧게 경련적인 한숨을 쉬면서 발이 묶인 듯 걸음을 멈추고 격렬하게 눈썹을 당기면서 눈을 부릅뜨고 방어하는 듯한 표정으로 앞을 똑바로 응시하는 것이었다.

길의 방향이 달라졌다. 그 길은 서산에 지는 태양을 향해서 뻗쳐 있었다. 금테두리를 한 좁고 환한 두 줄기의 구름으로 선이 그어져 태양은 하늘에 크게 비스듬히 떠 있었고, 나무 끝을 빨갛게 불타오르게 했으며 주황색 광채를 정원에 내리퍼붓고 있었다. 이 금빛으로 가득 찬 한복판에 태양의 강한 광휘(光輝)를 머리에 받고 길 한복판에 풍만하게 살찐 한 여자가 빨강과 금빛으로 된 스코트직(織) 옷을 입고 똑바로 서서 오른손을 통통한 허리에 짚고 왼손으로 화사하게 꾸며진 유모차를 가볍게 앞뒤로 흔들고 있었다. 그런데 이 유모차에는 그 아이가, 어린 안톤 크뢰타얀이, 가브리엘레 엑크호후의 통통한 아들이 앉아 있었던 것이다.

그 아이는 거친 나사(羅紗)로 만든 흰 저고리를 입고 큼직한 백색 모자를 쓰고, 볼은 살이 두둑하며 훌륭하고 의젓하게 푹신한 요에 앉아 있었다. 그 아이의 시선은 유쾌하게 조금도 주저하는 기색도 없이 슈피넬 씨의 시선을 마주 보았다. 그 소설가는 분발해 보려고 했다. 그도 한 남자이니, 예기치 않았던 광휘 속에 잠긴 그 모습 옆을 지나가서 산보를 계속할 만한 원기쯤은 있을 법한 일이었다. 그런데 바로 그 때 처참한 일이 일어났다. 안톤 크뢰타얀이 웃어 대며 환성을 올리기 시작한 것이다. 아이는 무어라 설명할 수 없는 기쁨에서 소리를 질렀다. 보는 사람으로 하여금 마음이 섬뜩해지게 하는 것이었다.

무엇이 그 아이를 불안하게 했는지 그 아이를 대면하고 있는 검은 모습이 그 아이를 이렇게 야생적인 명랑한 기분으로 이끈 것인지, 아니면 동물적인 건강 상태에서 어떠한 발작이 그 아이를 사로잡았는지는 알 수 없는 일이었다. 그 아이는 한 손에 뼈로 만든 빨아먹는 장난감을, 또 다른 손에는 양철로 만든 딸랑이를 가지고 있었다. 그 아이는 이 두 물건을 환성을 올리며 햇빛을 향해 추켜들고 흔들며 맞부딪치게 했다.

마치 누군가를 조소하며 쫓아 버리려는 듯한 기색이었다. 그 아이의 두 눈은 즐거운 나머지 거의 감겨져 있었고, 입은 활짝 벌리고 있어서 분홍색 입안이 다 들여다보였다. 환성을 올리며 머리를 이리저리 흔들기까지 했다.

  그때 슈피넬 씨는 돌아서서 그 자리를 떠나갔다. 어린 크뢰타얀의 환호성을 배후에 들으면서 그는 일종의 조심스러운, 뻣뻣하면서도 단아(端雅)한 팔의 자세로 자갈 위를 걸어갔다. 마음 속으로는 도망치고 있으면서도 그것을 감추려고 하는 사람처럼 억지로 머뭇거리며 걸어갔다.

마리오와 마술사

Mario und Der Zauberer

톨레 디 베네레의 추억에는 어쩐지 전체적으로 불쾌한 것이 있다. 분노, 흥분, 과도한 긴장, 이런 것들이 처음부터 주변 분위기에 떠돌고 있어서 결국에는 그 무서운 치폴라의 사건이 폭발하고 말았던 것이다. 치폴라라는 인물 속에는 그 도시의 분위기에 잠겨 있었던 특이하게 악독한 무엇인가가 숙명적으로, 그러나 인간적으로는 대단히 인상 깊게 상징되어 겁날 만큼 압축되어 있었던 것 같다. 그 공포에 싸인 종말에 가서 —— 나중에 가서야 생각이 났지만, 그런 일은 미리 알고 있었다고 해도 좋고, 또는 사물의 본질로 보아 필연적인 것이었으나 —— 어린애들까지 그 무시무시한 파국을 당하지 않을 수 없었던 것은 우리의 생각이 모자랐던 탓으로 일어나게 된 것이기는 하지만 여하튼 돌이킬 수 없이 어색한 결과가 되고 말았다. 그러나 그것도 실은 치폴라라는 기묘한 사나이가 터무니없는 짓을 해서 우리를 속였기 때문이기도 했다.

다행스럽게도 우리 아이들은 어디까지가 연극이고 어디서부터가 현실의 파국이었는지를 잘 모르고 있어서, 그저 모든 것이 연극이었다고 하는 편이 그들에게는 유익하다고 생각되어서 그대로 속여 두었던 것이다.

톨레는 포르토크레멘테로부터 15킬로 가량 떨어진 훤하게 트인 품위 있는 고장이었고 티레노 해안(남부 이탈리아와 코르시카 섬 사이의 바다)의 가장 번잡한 해수욕장의 하나이다. 여름 한철은 몇 달에 걸쳐 많은 수영객이 들끓는다. 훤히 내려다보이는 해안을 따라 호텔과 상점들이 줄을 지어 늘어서 있는 거리가 통해 있고, 탈의장과 깃대를 꽂아 놓은 모래 더미, 또는 햇볕에 그을린 유흥객들이 법석이고 있어서 소란하기 그지 없었다. 바닷가를 따라 솔밭이 연달아 있고, 그 뒤에는 멀지 않은 곳에 산들이 굽어보고 있었다. 아늑하고 깨끗한 모래사장이 펼쳐져 있어서 포르토크레멘테보다 훨씬 한적한 해수욕장으로서 오래 전부터 여기가 그 유력한 경쟁 상대가 될 것이라고 예상되고 있었던 것도 의심할 여지가 없다. 톨레 디 베네레라는 이름은 본시 그곳에 서 있었던 탑에서 유래된 것인데, 그 탑은 이제 흔적도 남아 있지 않았다. 휴양지로서는 인접한 포르토크레멘테의 분점 격이었다. 한때는 방문하는 사람도 적은 별천지, 세속을 꺼리는 사람들의 피난처로 되어 있었으나 그런 장소에 흔히 있는 운명으로서, 이제는 이미 오래 전부터 한적한 기분 같은 것은 좀더 멀리 가지 않으면 찾아볼 수 없는 형편이라, 예컨대 해안을 끼고 마리나 페트리에라 근처에라도 가야만 하였다. 말할 것도 없지만 세상 사람이란 것은 한적한 장소를 찾는데, 일단 이것을 찾아내면 우스꽝스러운 일이지만, 한꺼번에 몰려들기 때문에 오히려 그곳을 형편없이 망쳐 버린다. 세상과 한적은 양립할 수 있다. 세상이 있는 곳에는 한적도 있을 수 있다고 생각하고 있는 것이다. 그뿐만이 아니라 한적한 곳 대신에 시장을 벌여 놓고 난 다음에도 세상 사람들은 아직 그곳에 한적이 있다고 믿고 있는 형편이다. 포르토크레멘테에 비한다면 아직도 한적하고 간소한 정취가 남아 있기는 하나 역시 이탈리아 사람들이나 외국 손님들이 와자지껄하게 모여든다. 요즘에 와서는 유명한 포르토크레멘테 해수욕장은 별로 성황을 이루지 못하고 있다. 성황을 이루지 못한다고는 해도 말이 그렇지 실은 여전히 여관은 모두 예약되어 있고, 소란한 세계적 해수욕장임에는 변함이 없다. 그러나 사람들은 인접한 톨레로 몰려 간다. 이곳이 오히려 품위가 있고 게다가 값도 헐하다. 그러나 이러한 여러 가지 평판만이 남아 있어서 사람들을 이끌고 있지만 실은 품위가 있는 것도 아니며, 값도 헐하지가 않다. 그랜드 호텔이 세워지고, 하숙집도 호화찬란한 것에서부터 간이한 것에 이르기까지 많이 생겼다. 바다가 내다보이는 언덕에 자리잡은 별장이나 소나무 숲 정원의 소유자나 집을 빌리려는 사람들도 이제는 해변에서 유유자적하게 한적함을 즐길 수는 없게 되었다. 7, 8월이 되면 포르토크레멘테와 조금도 다를 바가 없다. 비명을 지르고 말다툼을 하는가 하면, 환호성을 올리는 수많은 해수욕 손님들을 태양은 미친 듯이 내리쬐며 그들 등의 피부를 태운다. 유난스레 칙칙하며 밑바닥이 얕은 보트가 어린아이들을 태우고 눈부시게 번쩍이는 파란 바다 위에서 흔들거린다. 지켜

보고 있는 어머니들이 근심스러워 목이 쉬도록 자기 아이를 부르는 소리는 소란하기 이를 데 없다. 그러는 중에도 물건 팔이들이 모래사장에 누워 있는 사람들의 팔다리를 넘어 다니면서 굴이나 꽃, 산호 장신구, 코르네티 알 불로 따위를 팔고 돌아다닌다. 그것도 남국인의 특유한 가라앉은 듯하면서도 카랑카랑한 목소리로.

우리가 도착했을 때 톨레 해변은 이러한 상황이었다 —— 아름답기야 두말 할 나위도 없었다. 그렇기는 해도 아직은 좀 이른 것 같은 감이 들었다. 아무튼 8월 중순인지라 이탈리아에서는 아직 여름철이 한창이었다. 이것은 외국인이 이 고장의 매력을 충분히 맛보기에는 적당한 시기라고 할 수 없다. 해안을 따른 길가에 야외카페, 예컨대 '에스키지토' 같은 곳에서 오후의 혼잡이란 이루 말할 수도 없었다. 그 카페로 우리는 가보았다. 그곳에서 우리의 심부름을 해주던 마리오가 바로 내가 지금부터 이야기하려는 당사자인 것이다. 오후에 빈 자리를 찾기란 용이한 일이 아니었다. 사방에서 악단들이 제멋대로 연주를 계속하는 바람에 이야기도 만족스럽게 할 수 없었다. 그런데다가 매일 오후가 되면 포르토크레멘테로부터 손님들이 한꺼번에 몰려 왔다. 말할 것도 없이 그쪽 유원지에 와 있던 엉덩이가 가벼운 투숙객들에게는 톨레가 소풍하기에 안성맞춤이어서 두 도시 사이를 왕래하는 피아트 자동차 때문에 국도의 양쪽에 심어져 있는 월계수와 협죽도의 우거진 숲은 먼지를 뒤집어써서 하얗게 되어 버렸다 —— 진귀하다고 하면 진귀하기는 하지만, 보기에 유쾌한 광경은 아니었다.

사실인즉 톨레 디 베네레로 간다면 9월이 좋다. 9월이 되면 사람도 거의 없어진다. 달리 말해서 남쪽 사람들이 바다에 들어갈 엄두도 내지 못할 만큼 아직 물이 차가운 9월이 좋다. 물론 여름철 전후에도 체류객이 없는 것은 아니지만 그 무렵에는 상당히 조용해지고 또한 별로 국수적(國粹的)인 분위기도 없어 탈의장의 차양 아래 그늘이나, 호텔 식당 같은 데서는 영어, 독일어, 프랑스어가 지배적인데, 8월이라면 적어도 그랜드 호텔만은 플로렌스나 로마의 신교계에 의해서 점령되어 버리니까 외국인은 고립되어 버려 어쩐지 기를 펴지 못하고 이류(二流) 손님 같은 생각이 들게 마련이다. 그런데 우리는 별로 개인적으로 아는 곳도 없고 해서 이 그랜드 호텔에 방을 얻은 것이다.

그러나 도착한 날 저녁, 처음부터 이런 꼴을 당해서 우리는 적잖이 기분이 상했다. 그 사연이란 이러했다. 저녁 식사 때에 식당에서 당번 급사가 식탁을 마련해 주었다. 그 식탁에 대해서 아무런 불평이 없었다 해도, 바다를 내다볼 수 있게 유리로 막아진 베란다가 바로 곁에 있었고, 식당이나 마찬가지로 손님도 꽤 많이 앉아 있었으나 이미 빈자리가 없을 정도는 아니었다. 그런데다가 그쪽 식탁에는 빨간 갓을 씌운 램프에 불이 켜져 있었기 때문에 우리도 그랬지만, 그것을 본 어린아이들이 좋아서 어쩔 줄을 몰라하며 꼭 그쪽으로 옮겨 가겠다고 하는 바람에 깊이 생각도 하지 않고서 식사를 베란다에서 하겠노라고 말했던 것이다 —— 그런데 곧 알게 된 일이지만, 그것은 대단히 분별없는 주문이었다. 다소 당황한 기색을 보이면서도 급사는 정중하게 저쪽 아늑한 좌석

은 '저희들의 단골 손님'을 위해서 예약이 되어 있다고 대답
했다. 저희들의 단골손님이라, 그렇다면 우리는 무엇이 된단
말인가? 지나가다 하루 머무른다는 것도 아니고, 그날 되돌
아가는 손님도 아니며 2, 3주일은 여기서 신세지려고 하는
당당한 체류객이 아닌가. 그러나 우리와 같은 손님과 빨간
램프 아래에서 식사를 할 수 있는 단골 손님과의 구별을 분
명히 하는 것은 그만두고, 흔해빠진 실용적인 전등이 달린
식당에서 식사를 했다 —— 이 식사라는 것도 아무런 특색이
없고 맛도 없는 틀에 박힌 평범한 호텔 요리였다. 그 다음에
호텔에서 열 발짝 가량 육지 쪽으로 들어간 곳에 있는 팡지
오네 엘레오노라에서 먹은 식사가 호텔 식사보다 월등히 좋
았다.

 이 팡지오네 엘레오노라라고 하는 곳은 우리가 그랜드 호
텔에 투숙해서 자리도 채 잡히기 전인 3, 4일이 되던 날에 옮
겨 간 곳이다 —— 옮겨 간 것은 베란다나 식탁 위의 램프 때
문은 아니다. 어린아이들이 급사나 보이들과 금방 친해졌고,
또 바다 놀이에 재미가 나서 그 이쁘장한 램프의 유혹 따위
는 곧 잊어버렸다. 그러나 그 집에 체류하는 애당초부터 마
음 편치 못하게 한 말썽이 생겼다. 베란다의 손님들이라고
할까, 그 집의 단골 손님들 앞에서 아양을 떠는 호텔 종업원
들과 우리 사이에 말썽이 일어났던 것이다. 베란다 손님들
중에 로마의 대단히 신분이 높은 귀족, 모 공작이 가족 동반
으로 와 있었다. 우리 두 어린아이가 바로 얼마 전에 백일해
(百日咳)를 앓고 난 참이었는데, 특히 작은 사내아이는 그때
까지도 기침기가 남아 있어서 밤이면 평소에 잘 자던 수면이

방해되는 일이 있었다. 마침 우리 방이 공작 가족의 방과 인접해 있었던 관계로 신분이 고귀하고, 또한 유난히 어린아이를 위하는 공작 부인이 기침 소리를 듣고 기절 초풍했다는 것이다. 이 병의 정체는 거의 알려져 있지 않고, 세상에서는 미신이 판을 치고 있는 형편이라서 귀하신 이웃 사람이 백일해는 급성 전염병이라는 속설(俗說)을 신봉하여 덮어놓고 그저 자기 아이들이 전염될까 두려워했다. 그렇다 해도 우리는 결코 그런 것을 나쁘게 생각하지는 않지만, 여자란 할 수 없는 것이어서 자기 권세에 자신만만한 대공 부인께서는 호텔 사무실에 마구 항의했던 것이다. 그렇게 되니까 지배인이 격식대로 프록코트를 차려 입고 우리 방으로 달려와서 미안 천만이오나 사정이 그러하시다면 부득이 별관으로 방을 옮겨 주셨으면 좋겠다고 말했다. 우리는 어린아이들 병은 이미 내일이라도 완쾌할 단계에 이르렀으니 다른 사람에게 전염될 염려 같은 것은 전혀 없다고 누차 설명해 주었다. 결국 우리가 당한 것은, 그렇다면 의사를 불러서 진찰을 받기로 하는데 그것도 우리가 불러 와서는 안 되고 호텔에 전속된 의사라야만 된다고 했다. 그러고 난 다음에도 만사를 의사의 결정에 맡기기로 한다는 일방적인 것이었다. 우리는 이 제안을 수락했다. 그렇게 되면 공작 부인도 안심하게 될 것이고 우리로서도 방을 바꾸는 번거로움을 면할 수 있다고 확신하고 있었던 것이다. 의사가 나타났다. 그리고 그는 자기가 공평 성실한 학문의 사도임을 증명했다. 진찰한 결과 병은 이미 완치되었고 전염될 위험은 전혀 없다는 선고가 내려졌다. 이것으로써 이 사건은 일단락지어졌다고 생각한 것도 무리는 아니었다. 그러나 의사가 그렇게 말했는데도 역시 현재의 방을 비우고 별관으로 옮겨 주기 바란다는 것이 지배인의 전갈이었다.

이러한 아부 근성에 화가 치밀었다. 공작 부인이 이렇게 당치도 않게 완고한 말을 하리라고는 생각되지 않았었다. 필경 경영자의 노예 근성이 의사의 진단을 감히 대공 부인에게는 전하지도 못했을 것이다. 하여튼 우리는 사정이 그렇다면 차라리 즉시 이 호텔을 떠나겠다고 지배인에게 언명하고 ── 짐을 꾸렸다. 그것도 경쾌한 기분으로 할 수 있었다. 그 까닭은 호텔에서 며칠을 지내는 동안에 외관상 친근감을 주는 개인 주택 같은 팡지오네 엘레오노라가 우리의 눈에 들어 지나는 길에 이미 관계를 맺어 두었었고, 그 집의 안주인 앙지올리에리 부인과도 아주 기분 좋은 접촉을 시작했기 때문이다. 까만 눈동자, 화사한 토스카나(중부 이탈리아의 지명)형의 여성으로 30을 조금 넘었을까, 남국 사람답게 피부는 희미한 상아색이었다. 남편은 머리가 벗어진 조용한 사람으로 언제나 옷차림이 단정했다. 이 부부는 플로렌스에 상당히 좋은 호텔을 소유하고 있었으며, 여름철과 초가을에는 톨레디 베네레의 본점을 경영하는 것이었다. 그러나 부인은 오래 전 지금의 남편과 결혼하기 전에는, 그 유명한 여배우 두제(Eleonora Duse : 1859~1924)의 말 벗, 여행 동반자, 의상 담당, 아니 친구였다고 하며, 분명히 그 여자는 그 한 시기를 자기 평생에 위대하고 행복한 시대라고 생각하고 있어서 처음에 우리가 방문했을 때에도 그 당시의 이야기를 열심히 늘어놓았다. 앙지올리에리 부인의 살롱에 있는 탁자나 장식장은 하나하나 정성어린 헌사가 씌어진 그 명배우의 사진이라든지 그 옛날에 함께 지내던 시절의 여러 가지 기념품으로 장식되어 있었다. 자기의 흥미진진한 과거를 예찬함으로써 다소나마 현재의 장사를 위해서 사람을 끌겠다고 심산이 분명히 엿보이기도 했지만, 여하튼 우리는 집안을 안내받으면서 부인이 싹싹하고 카랑카랑한 토스카나 사투리로 지금은 고인이 된 자기의 여주인이었던 두제의 고녀에 싸인 선량한 인품과 현재적인 정의(情誼), 깊고 섬세한 마음씨에 관해서 이야기하는 것을 유쾌하고 흥미롭게 귀담아 들었었다.

짐을 운반하고 옮겨 간 곳이 바로 팡지오네였다. 선량한 이탈리아인답게 어린애들을 지극히 좋아하는 그랜드 호텔의 종업원들은 우리가 이전하는 것을 딱하게 여겼다. 새 여관에서 우리를 위해서 비워 준 방은 동떨어져 있어서 아늑했다. 어린 플라타너스 가로수 길을 가면 바로 해변의 산보길로 나서게 되니까 바다로 가기에도 편리하고, 식당은 시원하고 청결하며, 점심 식사 때에는 언제나 앙지올리에리 부인이 손수 수프를 떠 주곤 했다. 접대도 기분 좋았고 빈틈없었으며 요리도 말할 나위 없이 훌륭하였다. 게다가 비엔나에서 온 아는 사람들마저 숙박하고 있어서 저녁 식사 후에는 집 앞에 앉아 잡담을 같이할 수도 있었다. 이 사람들 소개로 알게 된 손님도 늘고 해서 만사가 순조롭다고 생각되었다 —— 숙소를 바꾸길 참 잘했다고 기뻐했던 것이다. 실제로 이대로만 간다면 무엇 하나 부족함이 없이 투숙할 수 있을 법했다.

그런데 어쩐지 그렇게 될 것 같지가 않은 형세였다. 필경 우리가 숙소를 바꾼 어리석은 동기가 우리를 따라왔는지도 모르겠다 ──솔직히 말해서 나는 감정상 흔히 있는 충돌이라든지 무분별한 권력의 남용, 부정, 굴욕적인 타락 등과 충돌하면 어렵게 곰곰이 생각하기 때문에 잊어버릴 수가 없는 것이다. 머리가 아파 이래도 시원치 않고 저래도 별게 아니라고 꿍꿍 생각하는 성품이었다. 그렇다고 해서 이런 현상이란 인간의 너무나 자명한 자연의 본성에서 나오는 것이니까 아무리 생각해 본들 결론이 나올 수가 없는 것이다. 그리고 또한 우리가 그랜드 호텔에서 싸우고 헤어졌다고는 결코 생각하고 있지 않았다. 아이들도 여전히 그 집에 드나들면서 고용인에게 장난감을 수선해 달라고 했으며, 우리도 호텔의 옥외 카페에 들러서 차를 마시는 일도 있었다. 그럴 때면 입술을 산호같이 빨갛게 칠해서 돋보이게 한 대공 부인이 우아하게 발을 디디며 걸어 나오는 것을 자주 보았다. 영국 여자에게 보육을 맡기고 있는 사랑하는 아기의 모습을 보러 나오는 것인데, 우리 가족 일행이 바로 옆에 있다는 것을 알아차리지 못했다. 우리 집 사내아이에게는 그 사람의 모습이 보이거들랑 절대로 기침을 해서는 안 된다고 단단히 일러두었으니까 말이다.

  더위는 보통이 아니었다. 이것은 새삼스럽게 말할 것도 없으리라. 완전히 아프리카나 진배없었다. 옥외의 시원한 그늘에서 조금이라도 양지 쪽으로 나오기만 해도 당장 무섭게 혹독한 태양의 위협 속에 놓였다. 해변에서 점심 식사 때문에 돌아가는 얼마 안 되는 길조차 파자마 바람으로 가는데도 생각만 하면 한숨이 나온다. '어떨까요? 몇 주일간 이런 더위가 계속돼도 아무렇지 않게 견디어 나가겠습니까? 확실히

여기가 남국이고 고전 세계의 기후이며 산란한 인류 문화의 풍토, 호머의 태양 등등입니다.'
 그러나 나로서는 잠시 이런 토지에 살고 있으면 이 풍토가 어쩐지 답답하다고 생각되어지는 것을 어쩔 수 없다. 날이면 날마다 이글이글 타오르는 태양을 머리 위에 이고 있으면 나에게는 그렇게 지내는 것이 견딜 수 없게 된다. 지나치게 선명한 색채, 터무니없이 솔직한 굴절이 없이 내리쬐는 광선이라는 것은 과연 들뜬 감정을 불러일으킨다. 날씨의 심술궂은 돌변 같은 것은 걱정할 필요가 전혀 없으니까 기분이 매우 느슨해진다는 것은 확실하다. 그러나 처음에는 어쩐지 납득할 수 없는 채, 북국에 태어난 인간의 영혼이 깊이도 복잡한 욕구를 충족시키지 못하고 공연히 마음을 거칠게 하며 세월이 오래 가면 남방에 대한 일종의 경멸감을 느끼지 않을 수 없게 된다. 만약에 그 바보 같은 백일해 사건만 없었다 해도 필경 내가 오로지 이렇게만 느끼지는 않았을 것이다. 확실히 그렇다. 실제로 나는 마음이 쓰라렸고, 실은 자진해서 그렇게 생각해 보고 싶었는지도 모른다. 그 때문에 반은 무의식적으로 이미 마음속에 준비해 두었던 어느 정신적인 모티브를 잡아 내어 이것으로써 그러한 감정을 자아낸다고까지는 할 수 없다 해도, 여하튼 정당화하고 강화하려고 했나 보다. 그러나 우리의 악의를 이러쿵저러쿵 말하는 것도 이 정도로 해두고 —— 혹시 바다가 문제가 된다면, 그러니까 말하자면 영원한 장관을 눈앞에 두고 아름다운 모래 사장 위에서 지내는 오전의 시간에 관해서 말한다면 악의 같은 것은 소멸되어 버리는 것이나, 아주 이상하게도 해변에 있어도 역시 어쩐지 기분이 나쁘게 경험한 모든 것과는 딴판으로 유쾌해지지 못했던 것이다.

확실히 너무 일렀다. 해변은 이미 말한 바와 같이 아직도 이 나라의 중류 계급 사람들 수중에 놓여 있었다 —— 또 모두가 보기에도 즐거운 듯한 사람들뿐이다. 이것도 사실이며 결코 거짓말은 아니다. 젊은 사람들 사이에서는 여러 가지 아름다운 점과 건강하며 우아한 풍치가 엿보였으나 동시에 그것들은 또한 인간적인 평범성과 소시민적인 깍쟁이 기질도 불가피하게 뒤섞여 있었다. 그리고 이러한 소시민이라는 것이 불쾌하기 짝이 없는 속물이라는 점에서는 남쪽 나라건 우리들의 고향에서건 마찬가지였다. 예컨대 그러한 여자들의 목소리 —— 그런 목소리를 들으면 지금 자기가 유럽 성악 예술의 본고장에 와 있다고는 도저히 믿어지지 않는다. '푸지에로!' 지금도 이 소리는 내 귀에 쟁쟁하게 남아 있다. 아무튼 20일 동안이나 매일 오전 중에는 백 번이고 바로 내 옆에서 크게 부르는 소리였으니까. 무례하기 짝이 없는 쉰 목소리에다 소름이 끼치는 악센트를 붙여 '푸지에르'의 '에'가 기묘하게 강하고 기계적으로 된 절망적인 말투로 내지르는 소리이다. "푸지에르…… 왜 대답이 없나." 이렇게 소리칠 때면 '리스폰디'의 '스'가 하류 계급 사람들의 말투같이 독일식 '쉬'로 발음되는 것이다 —— 그렇지 않아도 기분이 울적한 판이라 그런 소리만 들어도 어지간히 화가 치민다. 그것은 어느 보기도 싫은 소년을 부르는 소리였다. 양 어깨 사이에는 구역질이 날 정도로 햇볕에 탄 자국이 있고 이렇게 무례하고 고집이 세고 심술궂은 아이는 본 적이 없다. 게다가 대단히 비겁한 놈이어서 보기만 해도 화가 날 정도로 겁쟁이이다. 그래서 언제인가 한 번은 해변가에 있는 모든 사람들에게 일대 소란을 일으킨 적이 있었다. 어느 날, 물 속에서 방게한테 발가락을 물렸던 것이다. 그러자 그 아이는 벼룩에 물렸을 정도의 상처로 인해서 고대 영웅들과 같은 비통한 소리로 울부짖는 바람에 거기에 있었던 사람들이 소름이 오싹 끼칠 정도로 깜짝 놀라서 무슨 큰 참사라도 일어난 줄로 생각한 것이다. 분명히 그 소년 자신은 이 상처로 대단한 독(毒)에 찔렸다고 생각했던 것이다. 육지로 기어 올라와서도 마치 견딜 수 없다는 듯이 뒹굴면서 '아'니 '어'니 하고 고함을 지르며 팔다리를 휘젓고 어머니의 비통한 애소와 주위 사람들의 위로의 말도 전혀 받아들이려 하지 않았다. 사방에서 사람들이 달려 왔다. 의사가 불려 왔다. 우리 아이들의 백일해를 지극히 냉정하게 진단해 주었던 바로 그 의사였다. 이번에도 그는 자기의 학문적인 양심에 따라 행동했다. 사람이 좋아 보이는 태도로 달래면서 그는 이런 것쯤은 상처라고 할 수 없다고 말하고 소년을 보고 다시 한 번 바다에 들어가서 발을 식히면 된다고 권유했을 뿐이었다. 그런데 소년은 하라는 대로 하지는 않고, 마치 높은 곳에서 떨어지거나 물에 빠져 죽은 사람처럼 급히 만든 들것에 실려서 여러 사람들이 뒤따르는 가운데 해변에서 실려 갔다——그러던 녀석이 다음 낮에는 아무렇지도 않은 듯이 해변에 나와 다른 아이들이 만든 모래 집을 모르고 그랬다는 듯이 부수고 돌아다녔다. 요컨대 생각만 해도 몸서리가 날 듯한 존재였다.

그런데 이 열두 살 난 소년은 또한 이 근처에 무엇이라고 말할 수 없이 떠돌고 있던 일반적인 분위기를 대표하는 존재의 하나이기도 했다. 우리의 체류를 무미하게 만든 것은 바로 이 분위기였다. 이 고장의 분위기에는 어쩐지 순박한 맛, 홀가분한 맛이 없었다. 누구나 기묘하게 '뽐내고' 있는 것이다 —— 처음 한동안은 그러한 태도에 어떤 의미가 있는지, 무슨 생각에서 그러한 태도를 취하고 있는지 잘 몰랐지만, 여하튼 모두가 잘난 척하고 있어서, 저희들 상호간에도 또는 외국인에 대해서도 뻔뻔한 태도였고 일부러 명예심을 내세우는 것이었다 —— 이것은 도대체 어찌된 셈일까? 그러나 얼마 안 가서 그것이 정치적인 것, 국수적 사상에서 빚어 나온 것이라는 사실을 알게 되었다. 실제로 해변에는 애국적인 어린아이들이 우글거리고 있었다 ——부자연스럽고 정이 떨어지는 현상이었다. 원래 어린아이들이란 특별한 인간 집단이고 그것만으로 하나의 세계를 만든다. 말하자면 독자적인 한 국가를 형성하고 있는 것이다. 그들의 빈약한 어휘가 설사 동일한 국어에 속하고 있지 않다고 해도 생활 방식의 공통성으로 인해서 손쉽게, 또한 필연적으로 서로 뭉치게 되는 법이다. 그래서 우리 집 두 아이도 곧 이탈리아 아이들이나, 또는 다른 외국의 아이들과 놀게 되었으나 분명히 우리 두 아이가 수수께끼 같은 실망을 몇 번이고 맛본 것은 사실이다. 자존심이라고 이름 붙이기에는 너무나 까다롭고 틀에 박힌 감정의 표명, 과민한 명예심, 국기(國旗)를 둘러싼 싸움, 채면이나 혹은 누가 잘났는가 하는 싸움 등 여러 가지 말썽거리가 이런 해변의 어린아이들 세계에도 있었다. 중간에 끼어 참견하는 어른들도 양쪽을 타이른다기보다는 원칙을 고

수해서 판결을 내리는 식이었다. 이탈리아의 위대함과 존엄성 따위의 말투까지 튀어나오게 되는 판국이니 몹시 명랑하지 못하고 유희 같은 것은 완전히 망쳐 버리게 되는 일이 많았다. 우리 집 두 아이는 얼떨떨해서 어쩔 줄 몰라 슬금슬금 뒤로 물러나곤 했다. 우리는 아이들에게 조금이라도 이해가 되도록 요즘 사정을 설명해 주려고 했으나 쉬운 일이 아니었다 —— 이 나라 사람들은 지금 마침 어려운 시기를 뚫고 나가려 하고 있는 판이다. 말하자면 무슨 병에 걸려 있는 상태와 같으니 물론 별로 유쾌한 일은 아니지만, 그러나 그것이 지금 이 나라 사람들에게는 역시 할 수 없는 노릇이다 —— 이런 정도로 우리는 당시의 이탈리아 사정을 어린아이들에게 일러주었던 것이다.

  우리는 이러한 상태를 잘 알고 이해하고 있었는데도 불구하고 그런 상태와 정면 충돌한 것은 분명히 우리들의 잘못이었고 우리가 소홀했기 때문이다 —— 그래서 불쾌한 일이 또 한 가지 생긴 셈이다. 그러나 일단 이렇게 되고 보니 지금까지 있었던 불쾌한 일도 그저 우연의 소산이라고만 넘겨 버릴 수 없는 듯한 생각이 들었다 —— 우리는 미풍 양속을 해친 것이다. 우리 여덟 살짜리 딸은 신체 발육이 일년 정도는 뒤져 있어서 참새처럼 바싹 말랐는데, 이 아이가 너무 오래 물속에 들어가 있다가 몸이 식어 가지고 모래 사장에 올라와서 젖은 수영복을 입은 채 모래 위에서 다시 놀기 시작했다. 그래서 우리가 다시 한 번 바다 속에 들어가서 모래를 씻어 털고 와도 좋다고 허락을 해주었던 것이다. 그리고 나서 옷을 갈아입거든 다시 더럽히지 말라고 일렀던 것이다. 그래서 그 아이는 벌거벗은 채로 2, 3미터 떨어진 물가로 뛰어가 수영복을 헹구어 가지고 돌아왔다. 그런데 그 아이의 행동, 그러니까 우리들의 행동이 설마 그렇게까지 조소, 비난, 공격의 파문을 일으키게 되리라고는 꿈에도 생각하지 못했다. 나는 여기서 무슨 강연을 할 생각은 없지만 육체나 나체에 대한 인간의 태도는 최근 2, 30년간에 세계적으로 크게 달라졌고, 그에 대한 우리의 감정도 아주 변해 버렸다. 그것을 보아도 '이제 아무렇지도 않게 생각하는' 그런 것이 있고, 우리 집 딸과 전혀 선정적인 요소가 없는 어린아이의 육체에다 허용한 바와 같은 자유는 바로 그러한 것의 하나인 것이다. 그런데 이 자유가 이 고장에서는 선정적이라고 느껴졌던 것이다. 애국적인 아이들은 일제히 아우성을 쳤다. 바로 그 악동은 손가락을 입에 대고 휘파람을 불었다. 또한 우리들 주위의 어른들 사이에서도 흥분한 말소리가 높아졌고 형세가 험악해졌다. 바로 그때 멋진 연미복을 입고 해수욕장에는 어울리지도 않는 실크해트를 쓴 한 신사가 나타나서 분개하고 있는 동반한 부인에게 자기가 징계적 처치를 할 결심이라고 말하고 성큼성큼 우리가 있는 곳으로 다가왔다. 그리고는 관능적인 것을 즐기는 남국적인 온갖 정열을 다해서 엄숙한 징계와 미풍 양속에 봉사하게 하려는 듯한 규탄 연설을 했다. 우리가 범한 외설 행위에 대한 그의 연설 내용은 이러했다.

"우리 이탈리아 국가의 외래객을 환대하는 정신을 배은망덕하게 모욕적으로 남용한 것이니만큼 더구나 용서할 수 없고, 해수욕장 규칙의 조문과 정신에 위배될 뿐 아니라 동시에 우리 나라의 명예를 무참하게도 손상시킨 것으로서 이 본인은(연미복을 입은 신사), 국가의 존엄성에 대한 우리들의 위반이 마땅히 처벌되도록 적절한 조치를 하겠다"는 것이 었다.

　우리들은 이 청산유수 같은 연설을 신중하게 고개를 끄덕이며 가까스로 끝까지 다 들었다. 열을 올리고 있는 상대자에게 반대해 봤자 사태는 더욱 복잡해질 것이 뻔했기 때문이다. 하고 싶은 말은 목구멍까지 치밀어 올라왔다. 예컨대 이 경우 외래객 환대라는 말을 순수한 의미에서 사용하기에는 아직 여러 가지 조건이 구비되어 있지 않으며, 또한 우리는 불과 2, 3년 전의 명배우 두제의 친구이기도 했다. 손님 접대업으로 바꾼 앙지올리에리 부인 집의 손님일망정 이탈리아의 국민은 아닌 것이며 언제부터 그런지는 전혀 알 수 없다고는 해도 이 아름다운 나라의 도의가 퇴패(頹敗)해서 이러한 허식과 신경 과민으로의 반동을 당연한 것으로 생각하고 필연적인 것으로 되어 버렸으리라고는 꿈에도 생각하지 않았다고 말해 주고 싶었다. 그러나 우리는 그런 말을 입 밖에 내지는 않고 선정적이라느니 근신(謹愼)스럽지 않다느니 하는 따위를 우리로서는 생각조차 할 수 없는 일이라고 역설했다. 또한 작은 죄인의 연령이 아직 어리다는 것과 문제삼을 것도 없는 육체 등을 지적하는 정도로 그쳤으나 이런 것은 아무 효과도 없었다. 우리가 확언한 것은 신용할 수 없고 변명은 근거가 박약하다 해서 기각되었으며, 차제에 본보기로 기필코 문제삼을 필요가 있다고 주장했다. 전화로 알린 모양인데 이 사건은 관청에 신고되어 담당한 사람이 바닷가에 출두해서 이 사건은 지극히 중대하다고 말했다. 우리는 그 담당관을 따라 광장에 있는 청사로 연행되었다. 거기서도 상급 관리가 조금 전에 내린 '지극히 중대'하다는 판결을 확인하고 실크해트를 쓴 신사와 똑같이 이 고장의 풍습인 듯한 설교적인 문구를 늘어놓고 우리의 소행을 논고(論告)하고 속죄 벌금 50리라를 우리에게 부과했다.

우리는 이번 모험에 대해서 우선 이만한 헌납금을 이탈리아 국고에 납부할 만한 가치는 있으리라고 생각해서 돈을 지불하고 밖으로 나왔다. 실은 그때 우리가 훌쩍 떠나 버렸더라면 좋았을 것이었다.

정말 그렇게 했더라면 좋았을 것이다! 그랬으면 우리는 그 불쾌하기 짝이 없는 치폴라를 피할 수가 있었겠지만 여러 가지 사정이 겹쳐서 출발할 결심을 미루게 된 것이다. 우리를 불쾌한 상태에 붙잡아 매두는 것은 태만이라고 말한 시인이 있다──이 말은 우리가 주저한 이유를 설명해 줄는지도 모른다. 그리고 이러한 사건이 있은 직후에 달아난다는 것도 어쩐지 기분이 내키지 않는 일이었다. 설사 자기를 괴로운 입장으로 몰고 간다는 것을 알고 있다고 하더라도 특히 주위에서 동정하는 소리가 일어나고 반항심을 북돋아 주는 경우에는 그렇게 된다. 엘레오노라 별장의 사람들은 우리가 당한 운명이 부당하다는 데에 의견의 일치를 보았다. 식사 후에 이야기를 나누던 이탈리아 사람들도 자기 나라의 평판을 위해서 결코 이익이 될 것이 없다면서 동포로서 그 연미복을 입은 신사와 담판을 내겠다는 뜻을 표명했다. 그러나 다음날 그 연미복은 그 일당과 함께 해안에서 자취를 감추어 버렸다──물론 우리 때문은 아니었다. 그러나 출발이 눈앞에 닥쳐

왔다는 의식에서 오히려 그런 짓을 해보고 싶은 기분이 났는지도 모른다. 그것은 그렇다고 해도 연미복이 없어졌으므로 우리는 마음이 후련해졌다. 확실히 여기에 체류하는 것이 어쩐지 기묘한 것이 되어 버렸다. 모든 것을 털어 놓고 말하자면 우리가 그래도 머물러 있었던 것은, 여기에 체류한다는 것이 유쾌하다고 하는 것과는 별개로 무엇인가 기묘하다는 것은 그 자체만으로도 이미 하나의 가치를 의미하기 때문이다. 웬일인지 명랑한 기분이나 친밀감 같은 것이 반드시 생긴다고만 생각할 수 없는 기미가 보인다고 해서 갑자기 돛을 감아 올리고 체험할 수 있는 것을 피해도 괜찮은 것일까? 생활이 다소 무시무시해지고 어쩐지 음산하다든지, 또는 괴롭고 모욕적인 것으로 되었다고 해서 '출발' 해도 좋을까? 아니 그래서는 안 된다. 머물러 있으면서 사태를 똑바로 보고 그것에 대결해야 한다. 그렇게 해야 혹시 무엇인가를 배울 수 있게 되는 것이다. 이렇게 생각하고 우리는 떠나지 않고 머물렀다. 그리하여 우리들이 고집을 부린 무서운 대가로서 우리는 치폴라의 강렬하고도 불길한 사건을 경험하게 된 것이다.

  말하는 것에 빠뜨렸지만 마침 우리가 이탈리아로부터 견책 처벌을 받았을 무렵 여름철이 종말을 고하고 우리를 고발한 자, 실크해트를 쓴 엄격한 신사뿐만 아니라 해수욕객은 앞을 다투어 이 고장을 떠나갔다. 짐을 실은 손수레가 여러 대 정거장으로 가는 것을 볼 수 있었다. 해변은 국제적 색채를 도로 찾아 카페에서나 소나무 숲길에서나 톨레의 생활은 한결 더 친근하고 서구적으로 되었다. 지금쯤이라면 아마 우리도 그랜드 호텔의 유리를 둘러 낀 베란다에서 식사도 할 수 있겠으나 우리는 그렇게 하는 것을 단념하고 말았다. 그것은 앙지올리에리 부인의 집에서 무엇 하나 부족한 것이 없었기 때문이다 —— 그러나 이것도 이 고장의 터주 대감이 지어 주는 그림자를 알아야 이야기가 된다. 이런 식으로 상쾌하게 주변의 정세가 변화함에 따라 동시에 날씨까지도 동요하기 시작했다. 대중들의 휴가 기간이 끝나자 마치 약속이나 한 듯이 일기도 변해서 서늘해지지는 않았으나, 구름 낀 날이 많고 우리가 도착한 이래로 18일간이나 계속되었던 뜨거운 햇볕은(아마 그 전부터 계속되고 있었겠지만) 계절풍이 불어오고 숨막힐 듯한 무더운 날씨로 변했던 것이다. 때로는 오전 중에 빌로도 같은 바다의 무대에 보슬비가 내렸다. 그리고 우리가 톨레에서 보내려고 예정했던 날짜도 3분의 2는 지나가고 있었다. 게으른 해파리들이 떠도는 맥이 풀려 퇴색한 바다를 바라보면 역시 진기했고, 한숨을 쉬면서 지냈던 저 염제(炎帝)의 위세가 사라진 지금에 와서 태양을 그리워한다는 것도 물론 염치없는 노릇이었을 것이다. 치폴라가 등장한 것은 바로 이런 때였다. 어느 날 시내 도처에, 이 엘레오노라 별장의 식당에까지도 카발리에레 치폴라라는 광고가 나붙었다. 각국 순회 공연 중의 대가, 화술의 대가, 마술사, 최면술의 대가, 요술사(그렇게 자칭하고 있다) 카발리에레 치폴라가 이번에 톨레 디 베네레의 존경하는 시민 여러분을 모시고 귀신도 곡할 불가사의한 묘기를 보여드리겠다고 광고 쪽지에 써 있었다. 마술사! 이 예고를 보기만 해도 우리 아이들은 아직 한 번도 그런 구경거리를 본 적이 없었기 때문에 이번 휴가 여행 중 모처럼 만의 기회에 꼭 보게 해 달라는 것이었다. 자, 그때부터 아이들은 요술의 밤 입장권을 사 달라고 성가시게 졸라댔다. 연기 시작 시간은 아홉 시라는 늦은 시간이어서 그것이 처음부터 마음에 걸리기는 했으나 치폴라라는 마술의 별로 대수롭지도 않을 요술을 조금만 보고 돌아오면 될 것이며, 아이들을 이튿날 아침 실컷 자게 하면 별로 지장이 없으리라고 생각했다. 그래서 아이들이 해 달라는 대로 앙지올리에리 부인에게서 입장권 넉 장을 나누어 받았다. 부인은 자기 집 손님을 위해서 특등석 표를 몇 장 위탁받고 있었기 때문이다. 부인은 그 구경거리가 어떤 것인지 보증은 할 수 없다고 말했고 우리들 자신도 그런 것에 별로 기대를 걸지는 않았지만, 나나 아내 역시 좀 심심풀이를 하고 싶다고 생각했던 참이어서 어쩐지 어린아이들의 참을 수 없는 호기심이 우리에게로 전염된 것 같기도 했다.

  요술사가 공연을 할 회당(會堂)은 여름 동안에 매 주일마다 다른 영화를 상영하는 영화관으로 사용되고 있었다. 그 회당에 우리는 한 번도 가본 적이 없었다. 그곳으로 가려면 봉건 시대의 유물이며 팔려고 내놓은 성곽과 같은 담으로 둘러싸인 파라초라고 보통 불리어지고 있는 건물 옆을 지나서 약방, 이발관, 그리고 흔히 내다볼 수 있는 잡화상이 늘어서 있는 이 고장의 중심가를 내려가면 된다. 말하자면 이 거리는 봉건 시대로부터 서민 시대로 통하고 있는 셈이다. 그것은 노파들이 문간에 앉아서 그물을 꿰매고 있는 가난한 어부의 집들이 늘어서 있는 근처에 있기 때문이라고 한다면 이미 서민적인 곳에 이 회당이 있는 것이다. 그것도 넓다면 넓겠으나 회당이라고는 이름뿐인 목조 판자집에 불과했다. 성문 모양으로 된 입구 양쪽에는 가지각색의 광고가 더덕더덕 붙어 있었다. 예정했던 날 저녁 식사가 끝난 잠시 후 예외적인 행사로 신이 나서 나들이옷을 입은 아이들을 데리고 회장을 향해 어두운 밤길을 어슬렁어슬렁 걸어갔다. 며칠째 날씨는 무더웠고, 때때로 번개가 번쩍이며 비까지 뿌렸기 때문에 우리는 우산을 들고 갔다. 5분 가량 걸리는 거리였다.

 입구에서 표를 보이고 안으로 들어갔는데 자리는 우리가 찾아야만 했다. 왼편 앞에서 셋째 줄의 벤치였다. 막상 자리를 잡고 보니 그러치 않아도 염려되던 시작 시간이 똑바로 지켜지지 않을 것 같은 낌새였다. 기분 내키는 대로 오는 듯한 구경꾼은 정각이 훨씬 지나서야 하나 둘 모여들어 아래층 객석을 차지했다. 하긴 이 판자집은 아래층밖에 없고, 2층 난간석은 없었다. 그런데 이렇게 늦게 구경꾼이 모여드는 것이 좀 걱정스러워졌다. 어린아이들의 얼굴에는 벌써 긴장한 나머지 피로한 기색이 엿보였다. 무대를 향해서 좌우 양쪽과 뒤쪽에 있는 입석만은 우리가 도착했을 때 이미 만원이었다. 줄무늬진 샤쓰 바람으로 반쯤 드러난 팔로 팔짱을 낀 이 고장 토박이 사나이들 혹은 어부들, 그리고 덤벼들 듯이 쳐다보는 청년들이 모여 서 있었다. 이런 일에는 토박이 친구들이 참여해 주어야 비로소 빛이 나고 재미도 있는 법이라서 우리는 그들의 존재를 진심으로 환영했지만, 이 점에 있어서는 우리들보다 아이들이 더 좋아했다. 아이들은 오후가 되면 곧잘 해변을 따라 산보를 했는데 그런 때에 사귀었던 토박이 친구들이 그 사람들 속에 끼여 있었기 때문이다. 낮의 격렬한 일에 피곤한 태양이 바다에 가라앉고 해변에 부딪치는 파도의 흰거품이 붉게 황금색으로 물들 무렵, 바닷가에서 집으로 돌아가는 도중에 우리는 다리를 드러낸 어부를 곧잘 만났었다. 그들은 줄을 지어 발을 버티고 소리를 길게 질러 대면서 바다에 쳐 놓았던 그물을 끌어올렸다. 보잘것 없는 바다의 노획물을 물기가 흐르는 바구니에 주워 담는다. 우리 집 아이들은 그런 것을 구경하면서 서투른 이탈리아 말로 더듬더듬 말을 건네 보기도 하고, 줄다리기를 돕기도 해서 그들과 친해져 있었기 때문에 입석에서 낯익은 사람들을 보고 인사를 주고받았다. 저기 기스카르토가 와 있고 안토니오도 와 있다. 두 아이는 그들의 이름도 알고 있어서 손짓을 하며 낮은 소리로 그들의 이름을 불렀다. 그러면 상대방도 대답 대신에 고개를 끄덕여 보이며 아주 건강해 보이는 이를 드러내며 웃어 보이고는 했다. "저것 봐라, 저기 언제나 코코아를 날라 주던 '에스키지토' 카페의 마리오도 와 있구나." 그는 요술을 보고 싶어 일찍부터 와 있었던 것이다. 입석 맨 앞자리의 가까운 곳에 서 있는 것을 보니, 우리가 와 있는 것을 잘 모르고 있는 것 같았다. 카페의 급사 같지도 않게 저렇게 멍청하게 있는 것이 마리오의 버릇이었다. 그 대신에 해변에서 보트를 빌려 주고 있는 아저씨에게 손짓이나 해주자, 입석 맨 뒷자리에 있으니까.

9시 15분이나 지났다. 얼마 안 가서 반이 된다. 우리들의 초조함은 상상에 맡기기로 하자. 몇 시나 돼야 아이들은 잠자리에 들게 될 것인가? 데리고 온 것이 첫째 잘못이었다. 막이 열리자마자 가자고 하는 것도 아이들에게는 무정한 노롯이다. 그러고 있는 동안에 차츰 좌석도 만원이 되어갔다. 톨레 마을 사람 대부분이 몰려 나왔다고나 할까. 그랜드 호텔의 손님들도 있었고, 빌라 엘레오노라와 그 밖의 다른 여관 손님들도 있었으며, 해변에서 낯이 익은 얼굴도 섞여 있었다. 영어와 독일어가 들려 왔다. 또는 루마니아 사람과 이탈리아 사람이 주고받는 듯한 프랑스 말도 들렸다. 마담 앙지올리에리는 남편과 함께 우리보다 두 줄 뒤에 자리잡고 있었다. 조용하고 머리가 벗어진 그 남편은 오른손의 중지와 약지로 수염을 쓰다듬고 있었다. 모두가 지각했다고 하면 지각한 것이겠으나 아무튼 치폴리가 나타나지 않으니 정말로 지각한 사람은 한 사람도 없는 셈이었다.

그자는 마냥 기다리게 했다. 이것이 아마 가장 적합한 표현인 것 같다. 등장하는 것을 질질 끌어서 흥미를 돋우어 보자는 심보다. 그런 수작을 모르는 것은 아니지만 기다리게 하는 것도 한도가 있는 법이다. 9시 반쯤 되니 관중들이 손뼉을 치기 시작했다. 박수라고 하는 것은 찬양하고 싶은 마음의 표현이기도 하지만, 동시에 정당하게 초조감을 표시하는 호의적인 형식이기도 하다. 어린애들은 어른들과 함께 박수를 칠 수 있다는 것만도 재미가 있고, 또 어린애들이란 원래가 박수갈채를 좋아하는 것이다. 서민들이 몰려 있는 근처에서는 "빨리 해라!", "빨리 나와라!" 하는 큰소리로 외치는 소리가 튀어나왔다. 그러니까 과연 그간에 무슨 지장이 있어서 이렇게 기다리게 했는지는 모르지만 여하튼 정석(定石)대로 공연이 시작되었다. 징이 한 번 울리자 입석에서 동시에 "와" 하는 환호성이 일어나고 막이 좌우로 갈라져 무대가 나타났다. 장치해 놓은 도구로 보아서 요술을 연기해 보이는 무대라기보다는 오히려 학교의 교실같았다. 왼쪽 전면에 나무 사다리가 있고 칠판이 걸려 있어서 더욱 그런 느낌이 들었다. 그 외에는 흔해빠진 누런 색깔의 옷걸이와 이 근처에서 흔히 볼 수 있는 짚으로 만든 의자가 두세 개 놓여 있었다. 무대 안쪽으로 둥근 탁자가 하나 놓여 있고 유리컵과 물병이 그 위에 놓여 있었다. 그리고 이상한 모양의 쟁반 위에는 황색 투명한 액체를 가득 채운 병이 술잔과 함께 놓여 있었다.

한 2초 가량 이런 기구들을 눈여겨보고 있으려니까 전기불이 어두워지지도 않은 채 갑자기 카발리에레 치폴라가 등장했다.

급한 걸음걸이로 등장한 그의 꼴을 보면 이제부터 큰 일이라도 치를 것 같은 기세였다. 빨리 구경꾼 앞에 나오려고 조급한 나머지 먼 곳에서부터 그와 같은 템포로 달려온 듯 착각을 일으키게 했지만 사실은 바로 무대 뒤에서 여태껏 나갈 때를 기다리고 있었음에 틀림없다. 그 옷차림도 지금 막 밖으로부터 여기에 도착한 듯한 착각을 일으키게 하는 것을 거들었다. 나이를 짐작하기는 어려운 사나이였으나, 여하튼 결코 보기보다 젊다고는 할 수 없었다. 얼굴 모습은 날카롭고 미치광이 같은 데다 눈이 매섭고 꽉 다문 입 언저리에 주름이 잡혀 있었다. 코밑에는 검고 기름까지 바른 수염이 달려 있었고, 아랫입술과 턱 사이의 우묵한 데는 소위 파리라는 별명의 붙은 수염을 기르고 있었다. 옷차림은 상당히 공을 들인 듯 마치 밤거리를 배회하는 건달패와 같은 꼴이었다.

빌로도 깃에 공단으로 안을 받치고 깃털이 달린 널따란 소매 없는 검정색 망토를 걸쳤다. 두 팔이 자유롭지 못한 망토인데도 흰 장갑을 낀 두 손으로 망토 앞자락을 누르고서 목에는 흰 목도리를 감고 차양이 휘어 젖혀진 실크해트를 비스듬히 깊숙이 눌러 쓰고 있었다. 아마 유럽 어느 곳에서보다도 이곳 이탈리아야말로 18세기가 아직 생존하고 있는 나라일 것이다. 따라서 18세기에 특출했던 요술사, 협잡꾼의 타이프가 남아 있어서 오늘날에도 아직 이러한 종류의 인간을 옛날과 별로 변하지 않은 모습으로 볼 수 있는 나라는 이탈리아를 제쳐놓고서는 다른 곳에서는 찾아볼 수 없는 것이다.

치폴라의 풍채와 용모에서는 이러한 역사적인 성격이 다분히 엿보였다. 그 공을 들인 옷부터가 그러했다. 늘어져 있어야 할 곳이 빳빳했고, 주름이 잘못 잡힌 데도 있어서 어쩐지 옷맵시가 뒤죽박죽으로 옷이 몸에 매달려 있는 듯한 꼴이었다. 더구나 그런 꼴에 허풍까지 떠니 환상적이며 바보 같은 인상을 한층 강하게 나타내고 있었다. 그러나 그의 모습은 앞에서 보나 뒤에서 보나 어딘지 기묘한 데가 있었다 —— 이런 것은 나중에 가서 더욱 뚜렷하게 알게 되었다. 그러나 꼭 말해 두고 싶은 것은 그 태도, 표정, 거동에는 보기만 해도 우스워지는 우스꽝스러운 느낌, 어릿광대와 같은 점은 조금도 없고 오히려 그 반대로 엄숙한 진지성, 모든 유머러스한 것을 거부하고 때로는 불쾌한 태도를 보이는 것도 서슴지 않는 오만과 병신 특유의 일종의 위엄성과 자부심이 엿보였다 —— 그러나 이런 것은 별로 문제가 되지 않았고, 그가 처음으로 등장했을 때에 그의 풍채를 보고 회장 여기저기에서 너털웃음이 터져 나오는 것은 어쩔 수 없는 일이었다.
 치폴라의 태도에는 관객의 눈치를 살피는 기색은 전혀 없었고, 빠른 걸음으로 등장한 것도 순전히 정력의 발로라고 보아야 할 것이다. 무대 끝에 서서 그는 아무렇게나 장갑을 잡아 빼어 길고 누런 두 손을 드러냈다. 한쪽 손에는 두툼한 유리석(琉璃石)을 박은 반지가 끼어져 있었다. 그렇게 하면서도 그는 탄력이 없이 자루 모양으로 살이 늘어진 작고도 날카로운 눈으로 슬금슬금 관람석을 훑어보았다. 그것도 총총히 살펴보는 것이 아니라 천천히 거만하게 검열이라도 하는 듯한 모습으로 관람석 여기저기에 시선을 멈추고 노려보았다── 입은 꼭 다물고 아직 한마디도 하지 않고 있었다. 놀랄 만큼 교묘하게, 아무렇게나 하는 것처럼 똘똘 뭉친 장갑을 상당히 떨어져 있는 탁자 위의 유리컵에다 슬쩍 던져 넣고 여전히 무뚝뚝하게 사방을 내려다보면서 안주머니를 뒤적거리더니 담뱃갑을 끄집어내어 뾰족한 손가락으로 담배를 한 개비 빼내면서 제대로 보지도 않고 단번에 라이터를 켜서 불을 붙였다. 전매청의 제일 값싼 담배였다. 연기를 깊이 들이마셨다가는 잘난 척하며 얼굴을 찌푸리고 한쪽 다리로 가볍게 마룻바닥을 치면서 입술을 좌우로 벌리고 연기를 뿜어내는 것이었다. 연기는 회색 동그라미가 되어 썩어 닳아 빠진 뾰족뾰족한 톱니 같은 이 사이로 새어 나왔다.
 그러나 관중도 질세라 그를 관찰했다. 입석에 있는 청년들은 눈썹을 모아 꿰뚫을 듯한 시선으로 이 태연자약한 척하는 요술쟁이가 혹시 약점이나 드러내지 않을까 하고 지켜 보고 있었다. 그러나 약점이라고는 털끝만큼도 없었다. 옷 모양이 그 꼴이라서 담뱃갑과 라이터를 끄집어냈다가 다시 집어넣기가 번거로워 그는 망토를 뒤로 젖혀 버렸다. 그러니까 그의 왼팔에 이런 장소에는 어울리지도 않는 짐승 발톱 모양을 한 은손잡이가 달린 말채찍이 가죽끈에 꿰어져서 매달려 있는 것이 보였다. 또한 외투 속에 입고 있는 것은 연미복이 아니라 프록코트였는데 그 단추도 잠겨 있지 않아서 몸에 감은 오색 찬란한 장식끈이 반쯤 조끼에 가려져 보였다. 그 장식끈을 보자 우리 뒤에서 과연 저것이 기사(騎士)의 표식이로구나 하며 속삭이는 소리가 들렸다. 기사라는 칭호에 이런 장식끈이 부속물로 되어 있다는 말은 아직 한 번도 들어 본 적이 없으니까 이 문제는 더 언급하지 않기로 한다. 이 장식끈도 말없이 버티고 있는 요술쟁이나 마찬가지로 필경 속임수일 것이다. 그러고 보면 그자는 아직 아무 짓도 하지 않고 있었다. 아무렇게나 건방지게 관객석을 향해서 싸구려 담배 연기를 뿜어 대고 있을 뿐이었다. 이미 앞에서도 말한 바와 같이 관중들은 그의 모습을 보고 웃었다. 그러자 입석에서 누구인가 메마른 큰소리로 "안녕하시오!"라고 소리쳤을 때, 들뜬 기분이 온 장내에 퍼졌다.

치폴라의 귀가 번쩍 띈 모양이었다. "누구냐?" 이렇게 그는 덤벼들 듯이 물었다. "누구냐, 지금 말한 것은, 응? 말은 해놓고 겁이 나는 모양이군, 무서운가, 그렇지?" 음성이 상당히 높고, 천식기가 약간 있었으나 금속성의 목소리였다. 그는 대답을 기다렸다.

"나다." 죽은 듯이 조용한 관람석에서 젊은 사나이가 대꾸했다. 그는 도전을 받고 모욕을 당한 것이다 —— 우리들 바로 곁에 있었던 미남자인데, 면직물 샤쓰를 입고 윗저고리를 어깨에 걸치고 있었다. 검고 뻣뻣한 머리를 거칠게 깎아 올린, 지금 한창 유행하고 있는 조국의 머리 스타일인데 어쩐지 그 청년에게는 부자연스럽고 아프리카적인 인상을 주었다.

"그래…… 바로 내가 그랬다. 원래는 당신이 해야 할 인사였지만 내가 대신해서 말해 주었을 뿐이다."

관람석은 한층 더 흥겨워졌다. 이 청년은 멋지게 해치웠다. "제법 잘하는데" 하고 옆에서 누군가가 말했다. 그 말대로 이 청년이 제법 잘한다는 것은 나중에 알게 되었다.

"과연 그렇군." 치폴라가 대꾸했다. "마음에 들었다, 젊은 친구. 내가 벌써부터 자네에게 눈독을 들이고 있었지. 이 사람은 자네 같은 사람을 특별히 좋아한단 말야. 그것은 자네 같은 청년이 나에게는 필요하니까. 물론 자네는 어엿한 사나이야. 하고자 하는 일은 무엇이든지 스스로 해치우는 실력 있는 인물이지. 아니면 혹시 자네가 지금까지 원하는 일을 하지 않은 적이라도 있나? 아니, 원하지 않은 것을 해본 적이 있나? 자네 자신은 하려고 하지 않았던 일을 말야……. 자! 젊은 친구, 언제나 그렇게 어엿한 사나이 행세만 하지 말고 때로는 원하는 것과 실행하는 것 두 가지를 한꺼번에 도맡아 하는 수고를 덜어 보는 것은 어떨까? 그것도 재미가 있으리라고 보는데. 때로는 분업이라는 것도 필요하단 말야 ── 그게 바로 미국식이라는 것이지. 예를 들자면 지금 이 자리에서, 오늘 저녁에 왕림해 주신 존경해 마지않는 관객 여러분들에게 자네 혀를 내보여 드린다면 어떨까? 그것도 아주 혀뿌리까지 송두리째 쑥 내밀어 보여드리면 어떻겠는가."
"나는 안 한다." 적의에 찬 대답이었다. "나는 싫다. 무례한 짓이 아닌가!"
"뭐 조금도 무례할 건 없어"하고 치폴라가 응수했다. "물론 자네는 혀를 내보이게 될 거야. 자네의 예의 범절에는 경의를 표하는 바이지만, 그러나 나의 견해에 비추어 본다면, 내가 셋까지 셀 동안에 자네는 우측으로 돌아서서 관람객 여러분에게 혀를 쑥 내밀어 보이게 될 거야. 그것도 설마 이렇게까지 길게 나오리라고는 자네 자신도 전혀 생각해 보지도 못했을 만큼 말야."
치폴라는 그 젊은이를 가만히 지켜보았다. 찌르는 듯한 눈이 안과(眼窠) 밑바닥으로 가라앉는 것같이 보였다. '하나'라고 말하고는 팔에 걸고 있던 말채찍을 손목까지 미끄러뜨려 휘어잡아 한번 슬쩍 공중에서 휘둘렀다. 그 청년은 관람객을 향해 돌아서서 안간힘을 다해서 혀를 길게 내밀어 보였다. 이제는 그 이상 더 내밀려고 해도 내밀 수 없을 것같이 보였다. 다 내밀고 나더니 언제 그랬더냐는 듯이 원래의 자세로 돌아갔다.
"그것이 바로 나의 의사에 따른 것이란 말야"하고 그는 눈을 껌벅거리며 머리를 청년 쪽을 가리키며 조롱했다. "알겠나……. 그것이 바로 이 사람이 시킨 짓이란 말야." 이렇게 말하면서 그는 얼이 빠진 관람객도 아랑곳없다는 듯이 둥근 탁자로 가서 분명히 코냑인 듯한 술병을 기울여 리큐르 술잔에 한 잔 따라서 홀짝홀짝 마셨다.

우리 집 아이들은 배꼽이 빠질 정도로 웃었다. 무대 위와 아래에서 주고받는 이야기의 의미는 거의 알아듣지 못했지만 그래도 괴상한 사나이와 구경꾼 중의 한 사람과의 사이에 이렇게 우스꽝스러운 사건이 벌어진 것을 보고 두 아이들은 대단히 좋아했다. 요술 구경이라 해도 거기서 어떤 것을 보게 될지 전혀 미리 생각할 수 없었기 때문에 두 아이는 처음부터 일이 이렇게 벌어지는 것을 보고 즐거운 모양이었다.

나와 아내는 눈짓을 했다. 그리고 나는 부지중에 치폴라가 말채찍을 공중으로 휘두르며 낸 그 소리를 입으로 살짝 흉내 냈던 것을 지금도 기억하고 있다. 여하튼 이런 식으로 밑도 끝도 없이 마술의 밤이 시작되었기 때문에 구경꾼들은 얼떨떨해졌다. 이제가지 구경꾼의 대변자격으로 요술쟁이와 대결했던 젊은이가 도대체 왜 이렇게 갑자기 상대방 측으로 돌아 버렸는지 도무지 납득이 가지 않는 모양이었다. 그래서 구경꾼들은 이 젊은이의 태도를 지극히 몰상식한 짓이라고 생각하고 더는 상대를 하지 않고 이제는 오로지 요술쟁이에게만 주의를 기울이게 되었다. 그는 코냑을 마시고 기운을 돋운 후에 제자리로 돌아오면서 다시 말을 이었다.

"만당의 신사 숙녀 여러분!" 좀 천식기가 있으나 카랑카랑한 금속성의 목소리였다. "여러분이 지금 보신 바와 같이 그 전도가 유망한 젊은 혓바닥의 주인공(이런 멋진 농담에 모두 웃었다)이 본인에게 한 교훈에 대해 본인은 적잖이 화를 내었던 것입니다. 본인은 좀 제멋대로 사는 놈이오니 그런 줄 알아 주시기 바라는 바입니다. 성실하고 예의 바른 마음으로 인사를 해주신다면 그것은 별문제입니다마는 —— 그 반대되는 의미에서 인사라면 본인으로서는 받아야 할 이유가 없다고 말씀드리지 않을 수 없습니다. 여러분이 본인에게 '즐거운 저녁을 갖도록 하라'고 말씀하시면 그것은 곧 여러분 자신이 오늘 저녁을 즐겁게 지내기를 원하고 있는 것입니다. 왜냐하면 여러분이 하루 저녁을 즐겁게 지낼 경우에만 가능하기 때문입니다. 따라서 저 톨레 디 베네레의 호남자도(그는 젊은이를 비꼬기를 그치지 않았다) 오늘 저녁 본인의 기분이 지극히 즐겁고 유쾌하기 때문에 그 호남자의 인사 따위는 필요치 않다는 사실을 몸소 증명해 주었다는 의미에서 공로가 컸다 하겠습니다. 본인에게는 즐겁지 않은 저녁 같은 것은 좀처럼 없다고 말씀드릴 수 있겠습니다. 물론 기분이 썩 내키지 않는 저녁도 있기는 합니다마는, 그런 일은 아주 드문 일입니다. 본인의 직업은 힘든 일이고 본인의 건강은 결코 최상급이라고는 할 수 없습니다. 본인에게는 약간 육체적 결함이 있어서, 이로 인해 지난날의 대전에도 조국의 영광을 위해서 무기를 손에 들 수 없는 형편이었던 것입니다. 그러나 본인은 영혼의 힘, 정신의 힘으로 생활을 제어(制御)하는 것입니다. 즉 생활을 제어한다는 것은 바로 자기 자신을 제어하는 것입니다. 그리하여 본인은 본인의 직업을 가지고 교육을 받으신 사회 인사 여러분의 존경할 만한 관심을 환기시켰다고 하는 것을 자랑으로 삼고 있는 바입니다. 본인이 하는 일은 일류 신문이 인정하게 되어 《코리에르 델라 세라》 같은 신문은 공평하게도 본인을 하나의 사건이라고 비평했습니다. 또한 로마에서 개최되었던 본인의 공연회에는 하루 저녁 황송하옵게도 총통(무솔리니를 뜻함)의 영제(令弟)께서 왕림하시와 영광을 베풀어 주셨던 것입니다. 그러나 영광스럽고 고귀한 자리에서도 본인의 사소한 버릇쯤은 황송하옵게도 관대히 묵인하여 주셨는데 이 톨레 디 베네레와 같이 보잘것 없는, 이렇게 말씀드리면 귀에 거슬리겠지만 시골이나 진배 없는 고장에서(여기서 관객은 이 초라한 소도시 톨레 디 베네레를 희생으로 해서 웃어 댔다) 본인이 지금껏 지녀온 버릇을 단념하고, 또한 계집애들이 떠받드는 바람에 멍청해진 젊은이로부터 비난을 받을 필요는 없을 것이라고 생각됩니다."

이번에도 그 젊은이는 한 대 얻어 맞았다. 치폴라는 그 젊은이를 시골의 멋쟁이라고 단정하고 마구 비꼬아 댔다 —— 그런데 매사에 이 청년을 비꼬아 대려고 하는 치폴라의 짓궂은 신경질과 적대심을 치폴라 자신이 자랑하는 세상에서 거둔 성공이나 자신 만만한 언동과는 어쩐지 어울리지 않는 점이 있었다. 아마 치폴라는 언제나 구경꾼 중에서 한 사람을 이러한 상대자로 선출해서, 그 사람을 놀려 대면서 연기를 진행시켜 가는지도 모르기 때문에 그 청년도 필경 그저 야유할 대상자로 선출되었을 것임에 틀림없었다. 그러나 그의 독설에는 분명히 본심에서 우러나온 적개심을 품고 있었다. 설사 이 미남 청년이 여성들 사이에서 애지중지되고 있다고 해도 처음부터 단정하고 덤비지 않았고, 또한 그러한 행동을 이렇게까지 끊임없이 비꼬는 일이 없었다 해도 이 불구자와 청년의 몸매를 비교해 본다면 증오한다는 것이 인간적인 의미에서 무엇인가를 자연히 이해하게 되었을 것이라고 본다.

"자, 그러면 드디어 재미를 보실까요"라고 그는 말하더니

"잠깐 실례하겠습니다. 몸을 간편하게 해야겠으니까." 이렇게 말하고서 그는 옷걸이가 있는 곳으로 가더니 외투를 벗었다.

"말을 썩 잘하는데"하고 우리 옆자리에서 누군가가 칭찬을 했다. 마술사는 아직 아무것도 해보인 것이 없지만 그의 연설만으로도 이미 성공했다고 인정을 받았다. 그는 단지 말만으로 충분히 사람들을 감동시킬 수가 있었던 것이다. 남국 사람들 사이에서는 말이 생의 즐거운 요소 중 하나이며 이것을 사회적으로 존중해 마지않는 것은 북국 사람들과는 비교가 안 된다. 남방 여러 민족에 있어서는 국민적 결합 요소로서 모국어에 대한 존경심이 사표가 될 만한 것이다. 그들이 자기 나라 말의 여러 가지 형식이나 발음 법칙을 즐거운 마음으로 소중히 여기며 보호하고 있는 것은 어쩐지 명랑한 기분을 자아내는 동시에 모범으로 삼을 만한 점이 있고 언어를 즐겁게 말하고 즐거운 마음으로 듣고 —— 또한 비판을 해가며 듣는 것이다. 실로 사람이 어떻게 이야기를 하느냐 하는 것은 그 사람이 가치를 정하는 기준이 되고 칠칠맞고 멍청하게 말을 하면 그 인간 전체가 멸시를 당하고, 품위 있고 능란하게 말을 하면 인품이 고상하다고 여겨지는 까닭에 미천한 인간이라도 자기의 존재를 상대편에게 인상 깊게 해주려고 할 경우에는 세련된 표현을 쓰고 문장을 공들여 꾸민다. 하지만 이 치폴라와 같은 인간은 좀 독특하게 도덕적이며 심미적인 견지에서 본 이탈리아 사람들의 소위 '호감이 가는 인간'에 속할 리는 없지만 적어도 위에서 말한 바와 같은 의미에서 분명히 관객들에게 영합되었다는 것은 사실이다.

실크해트와 목도리, 외투를 다 벗어버린 치폴라는 윗저고리를 똑바로 고치고 큼직한 커프스 단추로 잠근 소매를 잡아 빼기도 하고, 엉터리 기사 표지인 장식끈을 매만지면서 다시 무대 앞으로 돌아왔다. 그의 머리카락은 아주 보기 흉했다. 다시 말해서 정수리는 거의 벗겨졌고 까맣게 기름칠을 해서 찰싹 달라붙인 몇 가닥 안 되는 머리카락이 정수리에서부터 이마로 내리 벗겨져 있었다. 그리고 관자놀이에 붙은 머리카락도 마찬가지로 염색해서 눈꼬리 쪽으로 눌러 붙여 놓았다 —— 아주 우스꽝스러운 모양이라 어쩐지 구식 서커스단의 단장이라고나 할까, 어차피 그러한 괴상한 인간의 풍모로서는 썩 잘 어울리는 것이었다. 더군다나 자신 만만한 태도로 침착하게 하고 있어서 관객들은 이 긴 머리 모양을 우스꽝스럽게 여기는 기색조차 없이 조용히들 앉아 있었다. 그가 미리 선수를 쳐서 말한 '약간의 육체적 결함'이란 이제 누구에게나 뚜렷하게 보였으나 실제로는 어디가 어떻게 되었는지를 여전히 알 수가 없었다. 가슴이 지나치게 높다랗게 보이는 것은 곱사등이의 경우 흔히 볼 수 있지만 치폴라는 양 어깨 사이가 불쑥 솟아나온 것이 아니라 좀더 아래쪽 허리나 엉덩이 언저리가 튀어나와 있었다. 그렇다고 해서 걸음을 걷는 데는 아무런 지장이 없어 보였지만, 그래도 걸음걸이가 괴상하고 다리를 쑥 내미는 듯한 꼴이었다. 여하튼 미리 예방 선수를 쳐서 말을 해 놓았었기 때문에 병신이라는 인상도 어느 정도 완화되어 있었던 데다가 막상 눈앞에 불구의 몸을 보게 되자 과연 동정하는 기색이 장내에 떠도는 것을 느낄 수가 있었다

"자, 그럼 시작하겠습니다"하고 치폴라가 말했다. "어느 분도 반대하시지 않으리라고 생각해서 우선 처음에 몇 가지 산수 문제 요술을 보여드리겠습니다."

산수? 산수라니 어쩐지 마술답지가 않다. 암만해도 광고와는 딴판이 될 것 같다는 의심스러운 생각이 재빨리 들었다. 그렇다면 무엇이 도대체 그자가 장기로 하고 있는 것일까? 이것은 여전히 분명치가 않았다. 두 아이들이 딱하게 여겨지기는 했으나 그래도 지금 아이들에게는 이런 곳에 앉아 있다는 것만으로도 마냥 즐겁기만 한 노릇이었다.

치폴라가 시작한 숫자 놀이는 지극히 간단한 것이었으나 그 오점을 살펴볼 때, 기상천외한 것이었다. 그는 우선 종이 한 장을 압정으로 칠판의 왼쪽 위 구석에다 꽂고, 그 종이 조각을 높이 쳐들어 그 밑의 칠판에다 백묵으로 무엇인가를 썼다. 그러는 동안에도 구경꾼의 흥이 식지 않도록 하려고 연신 입을 놀리며 작업 진행을 돕고 있었다. 잠시도 멋진 농담과 경구(警句)가 그치지 않았다. 참으로 언변이 청산유수 같고 수완이 좋은 오락장의 예인(藝人)이라 하겠다. 그는 처음부터 무대와 관람석 사이의 간격을 없애려고 애썼다. 그것은 이미 조금 전에 젊은 어부와의 이상한 전초전에 의해서 성공하고 있었는데, 이번에는 구경꾼 한 사람을 대표자로 선출해서 강제로 무대 위에 올라오게 하고, 또 그 자신도 무대에서 관람석으로 통해 있는 나무 계단을 내려와 관객과 개인적으로 접촉해 보려고 했다. 이런 짓은 어린아이들을 대단히 기쁘게 해주었다. 그렇게 하면서도 그는 아주 점잖을 빼고 못마땅한 듯, 곧 누군가를 붙들고 실랑이를 하는 것이었다. 과연 그것이 어느 정도까지가 그가 예정했던 행동이며, 또한 연기 체계의 일환을 이루고 있는 것인지 좀처럼 갈피를 잡을 수가 없었다 —— 그러나 관객은, 적어도 관객 중에 순진 소박한 부류의 사람들은 어쩐지 그런 짓도 연기의 일부라고 생각하는 듯했다.

그런데 무엇인가를 칠판에다 쓰고 난 다음에 그것을 종이로 가리더니 그는 객석을 향해서 누구든지 두 분만 무대 위로 올라와서 지금부터 시작하는 계산을 도와 주기 바란다면서, 그것은 결코 어려운 일이 아니고 계산을 잘못하는 사람도 손쉽게 할 수 있는 일이라고 말했다. 이런 경우에 항상 그렇듯이 자진해서 나가려는 사람이 없다. 치폴라는 관객 중에서 상류층을 괴롭히는 것을 피하고 일반 대중에게 희망을 걸고 장내 후면의 입석에 있던 억센 젊은이를 붙잡아서 무대 위로 끌어올리려고 했다. "자 기운들을 내요. 그저 멍청하니 입만 벌리고 있으면 다 되는 게 아니란 말야. 손님들에게도 친절한 데를 보여주어야지 않겠나." 이런 식으로 말해서 드디어 두 사람을 움직이게 하는 데 성공했다. 젊은이들은 어색하다는 태도로 중앙 통로를 지나서 계단을 올라가 계면쩍은 듯이 싱글싱글 웃으며 같은 패들의 요란한 성원을 받아가며 칠판 앞으로 가 섰다. 치폴라는 잠시 이 두 사람을 놀려대며 사지가 영웅적으로 억세다느니, 두 손이 손님들에게 보여 주기 위해서 맡은 바 임무를 완수하기에 안성맞춤이라는 등 칭찬을 늘어놓았다. 그런 다음에 그들 중의 한 사람을 향해서 불러 주는 대로 숫자를 이것으로 써 달라고 하면서 백묵을 내주는 것이었다. 그러나 이 청년은 글씨를 못 쓴다고 했다. "쓸 줄 모르는 데요"라고 거친 목소리로 젊은이가 말했다. 그러니까 또 한 친구도 "나도 못 쓰는데요"라고 잇달아 말했다.

정말로 못 쓰는지, 혹은 치폴라를 놀려 주려고 하는 것인지는 잘 모르겠으나 여하튼 이런 억지 문답 대문에 다시 장내는 웃음바다가 되었다. 그러나 치폴라는 웃기는커녕 자기가 모욕과 거절을 당했다고 느낀 모양이었다. 이 순간 그는 무대 중앙에 있는 짚의자에 앉아 다리를 꼬고 값싼 담뱃갑에서 새로 한 개비를 끄집어냈다. 두 미련둥이가 무대 위에서 우물쭈물하고 있는 사이에 그는 두 잔째 코냑을 들이켰다. 그래서 피우던 담배 맛도 한층 더 좋아진 듯했다. 전에도 그랬던 것과 같이 깊이 들이마신 연기를 드러나 보이는 이 사이로 내뿜었다. 꼬고 있는 발을 흔들거리며 그 유쾌한 두 파렴치한은 물론, 관객 전체의 존재도 안중에 없다는 듯이 준엄하게 거부하는 태도로 허공을 노려보는 치폴라의 모습은 구역질 나는 현상에서 빠져 나와 간신히 자기 본연의 자세와 존엄성으로 돌아왔다고 하는 듯이 보였다.

"창피한 노릇이군." 그는 못마땅한 듯 냉정한 태도로 내뱉듯 말했다. "제자리로 돌아가요. 우리 이탈리아에는 읽기와 쓰기를 못하는 자는 하나도 없어요. 위대한 우리 나라는 무학 문맹의 잔존(殘存)을 허용하지 않습니다. 세계 각국 손님을 모신 이 자리에서 감히 본인으로 하여금 이러한 힐난을 하게끔 하다니, 농담도 분수가 있는 법이오. 이것은 다만 두 사람의 창피뿐만이 아니라 동시에 우리 정부와 국가에 대해서 악평을 초래한 것이오. 만약에 이 톨레 디 베네레가 기초적인 국민 교육도 받지 않은 무리가 숨어 있는 우리 이탈리아의 마지막 한구석이라면, 이런 고장을 찾아온 것이 본인으로서는 아무리 후회해도 다할 수가 없는 바입니다. 물론 본인도 이곳이 여러 가지 점에서 로마에 비할 바가 못 된다는 것쯤은 잘 알고 있었던 바이긴 하지만……."

여기까지 말했을 때, 그는 수비아인(북아메리카 나일 강변에 사는 인종) 모양으로 머리를 깎고 윗저고리를 어깨에 걸친 그 청년의 방해를 받았다. 보아하니 그 청년은 다만 잠시 침묵을 지키고 있었던 모양이었으며, 이제 이 청년의 공격 정신은 또다시 울컥 머리를 쳐들고 고향 도시를 지키는 긴 사역을 떠맡고 나섰던 것이다.

"집어치워라!"하고 큰소리로 그는 외쳤다. "톨레 시를 이러쿵저러쿵 비꼬지 마라. 우리는 모두 이 고장 태생이다. 타지 사람들 앞에서 우리 고장을 모욕한다면 가만두지 않겠다. 저 두 사람도 우리들 친구다. 그들이 학자는 아니라 해도 그 대신 어느 누구보다도 훨씬 정직할 거다. 로마 따위가 뭐야. 로마는 네놈이 세웠다더냐?"

썩 잘 해냈다. 여간 용감한 게 아니었다. 이런 일이 생기면 진짜 프로가 점점 늦어지겠지만 그래도 이런 종류의 막간극은 대단한 환영을 받았다. 말로 하는 싸움은 언제 들어도 재미있다. 어떤 사람은 덮어놓고 좋아한다. 남이 당하는 꼴을 보고 좋아하는 그런 심리에서 방관자로서의 자기 위치를 즐기고 있는 것이다. 그러나 또 다른 사람들은 불안한 답답증과 흥분에 사로잡힌다. 나는 그런 기분을 잘 알 수 있었지만, 그 당시는 이 모든 것이 어느 정도 서로 짜고 하는 듯 싶었고, 저 문맹자 두 사람이나 윗저고리를 걸치고 있는 친구나 모두가 저 마술사와 한패가 되어서 연극을 꾸미고 있는 게 아닌가 하는 인상을 받았던 것이다. 아이들의 만족은 더할 나위가 없었다. 말의 의미는 이해할 수 없었겠지만 그 자리의 공기만은 금방 알아차린 것이다. 과연 이것이 마술의 밤이로구나, 아니면 '이탈리아 마술의 밤은 이런 것인가 보다' 하고 생각한 모양이다. 그리고 정말 이것은 재미있다고 생각하고 있었던 것이다.

치폴라는 일어섰다. 그리고 허리를 두어 번 흔들더니 무대 끝으로 나섰다. "이것 봐라." 그는 아주 성이 나서 뇌까렸다. "아까 그 양반이로군! 심장을 혓바닥 위에 올려놓은 청년이시군 그래!(그는 Sulla linguaccia라고 말했다 —— 이 말은 백태가 낀 혓바닥이라는 뜻인데 이렇게 멋진 익살에 모두가 배꼽을 쥐고 웃었다.) 돌아가요! 이 사람들아!"하고 그는 촌뜨기 같은 두 젊은이를 향해서 말했다. "이제 그만 하면 됐다. 본인은 그보다는 더 신사 양반을 상대한다. 저 베네레 탑의 감시인 말인데 본인의 말을 주의 깊게 듣고 있었으니까 필경 무슨 인사를 하라고 말씀하시는 것 같다……."

"이것 봐, 어물쩡거리지 마라! 똑바로 말해 봐!" 청년이 소리쳤다. 두 눈을 번쩍이며 그는 당장에 윗저고리를 내던지며 직접 행동을 취할 기세였다.

치폴라는 대수롭게 여기지 않았다. 우리들은 걱정스러워 서로 쳐다보았으나 그의 상대편도 역시 이탈리아 사람이고 서로가 이탈리아 땅 위에서 하는 것이니 우리를 상대로 하는 것과는 다를 것이라고 생각했다. 그의 태도는 냉철하고 여전히 우월감을 나타내고 있었다. 관객석으로 시선을 돌린 채 조롱하는 듯한 웃음을 지으며 성이 잔뜩 난 젊은이를 향해서 턱으로 삿대질을 했다. 그러자 구경꾼은 치폴라의 편을 들어 젊은이의 투쟁심을 비웃기 시작했다. 이런 투쟁심은 청년의 생활 형식이 단순하다는 것을 폭로했을 뿐이었다. 그런데 그 다음에 또다시 이상한 일이 일어났다. 그 때문에 마술사의 우월했던 위치가 몹시 불쾌하게 보여졌고, 또한 이 장면의 전투적인 흥분은 우스꽝스러운 것으로 전환되었다. 어떻게 그렇게 되었는지는 설명할 수도 없는 것이었고, 수치스럽고 욕된 그런 종류의 것이었다.

치폴라는 기묘한 눈초리로 그 젊은이를 노려보면서 차츰 무대 끝 가까이 다가서서 우리가 있는 자리에서 왼쪽의 객석으로 통하는 계단을 반쯤 내려와 젊은이에게로 접근해 갔기 때문에 그는 바로 눈앞의 적을 약간 높은 데서 내려다보는 위치에 서 있었다. 팔에는 말채찍이 매달려 있었다.

"당신은 농담을 할 기분이 못 되시는 모양이군" 하고 말했다. "그것도 무리가 아니지. 몸이 편치 않은 모양이군, 그렇지 않은가. 어쩐지 당신의 그 더러운 혓바닥으로 미루어 보아 당신은 급성 위장병에 걸려 있소. 당신같이 기분이 썩 좋지 않은 사람은 밤에 이런 구경을 하러 오지 않아야 했는데, 안 그런가. 당신 자신도 차라리 배두리나 하고 잠자리에 기어 들어가 버릴까 하고 망설였겠지. 오늘 오후 경망스럽게도 그 시어 버린 백포도주를 과음한 것이 좋지 않았던 거야. 배가 아프겠지. 아마, 허리를 꾸부리고 싶을 거야, 괜찮아. 상관 있나, 꾸부려 보게. 배가 아플 때에는 허리를 꾸부리면 훨씬 편해지는 법이니까."

그는 한마디 한마디를 조용히 찌르는 듯이, 또한 준엄하게 동정하는 듯이 말했다. 눈망울 위가 축 늘어지고 불타는 듯한 그의 눈은 상대방의 눈을 겨누어 보고 있었다 —— 그것은 참으로 이상한 눈초리였다. 그 청년이 자기의 눈길을 상대편의 눈으로부터 굳이 돌리지 않은 것은 단지 남자의 자부심 때문만은 아니었다. 아니 그러한 자부심의 기색도 차차 그의 청동색 얼굴에서 사라져 가고 입을 벌린 채 미소를 지으며 마술을 쳐다보고 있는 모습에는 착란한 듯한 애처로운 데가 엿보였다.

"꾸부렷!" 치폴라가 명령하듯 되풀이했다. "달리 하는 수도 없지 않은가. 그렇게 아프면 허리를 꾸부려야 돼. 남의 말을 듣고 꾸부리기 싫다는 법은 없는 거야. 자연의 반사 운동을 거역할 수야 없지."

그 청년은 천천히 팔을 들어 배 위에 엇갈리게 누르고 몸을 비스듬히 앞으로 꾸부렸다. 뿐만 아니라 발도 엇비슷하게 디디고 무릎을 안으로 들이꼬며 점점 깊숙이 꾸부려 결국에는 관절이 퉁겨 나와 아픈 것을 참고 있는 모양이 되었으며 나중에는 거의 바닥에 쪼그리고 앉은 꼴이 되었다. 치폴라는 그 청년을 2, 3초 동안 그런 자세로 내버려 두더니 말채찍을 휘둘러 소리를 내고는 다시 어기적거리며 둥근 탁자로 돌아가 코냑을 들이켰다.

"잘 마시는데요" 하고 뒤에서 누군가가 프랑스 말로 말했다. 이 부인의 눈에 띈 것은 그런 것뿐이었을까? 과연 어느 정도나 관객들이 그 자리의 사정을 파악하고 있었는지 도무지 분명치가 않았다. 젊은이는 몸을 일으키고 도대체 무슨 일이 자기 신상에 일어났었는지 잘 짐작할 수 없다는 듯이 엷은 미소를 짓고 있었다. 긴장한 분위기 속에서 그 장면을 지켜 보던 구경꾼은 저마다 "브라보! 치폴라. 브라보 젊은이!"를 연발하며 박수 갈채를 보냈다. 분명히 구경꾼은 이 싸움의 결말을 젊은이의 개인적인 패배로 생각하지는 않고, 오히려 달갑지 않은 역할을 썩 잘해 낸 배우를 칭찬하듯 했다. 사실 복통 때문에 몸을 뒤틀어 보인 젊은이의 꼴은 대단히 표정이 풍부했고 만장의 박수 갈채를 받을 만한 실로 박력 있는 연기였으며, 위대한 예술적인 성공이라 할 수 있는 것이었다. 그러나 관객들의 이러한 태도가 어느 정도로 남국 사람들에게 특유하고 인간적이며 민간한 공감에서 우러나온 것인지, 또는 어느 정도로 사건의 본질을 엄밀하게 통찰하고 그런 갈채를 보낸 것인지 나로서는 도무지 명확하게 말할 수가 없다.

코냑으로 기운을 차린 치폴라 기사는 새로 담배에 불을 붙였다. 드디어 산수 요술을 시작하게 되어 이번에는 힘 안 들이고 관중석 뒤쪽에서 젊은이가 나와서 불러 주는 숫자를 칠판에 쓰게 되었다. 이 사나이도 우리가 아는 사람이었다. 그래서 연기 전체가 친지들 사이에서 진행되어서 어딘지 가족적인 분위를 자아내게 되었다. 젊은이는 중심가에서 식료품 겸 과일점의 점원인데, 우리에게도 몇 번인가 상냥하게 접대해 준 일이 있었다. 치폴라는 무대에서 내려와 그 괴상한 걸음걸이로 관객 사이를 누비고 다니면서 십 단위, 백 단위의 숫자를 손님 마음대로 부르게 하고 그것을 무대 위의 젊은이

에게 말로 전해 주었다. 기록 계원은 상인답게 민첩한 솜씨
로 백묵을 손에 들고 칠판에다 위에서 받아 써내려 갔다. 관
객이나 요술사나 서로 친숙한 기분으로 가급적이면 재미있
도록 농담도 섞어 가며 화제를 딴 곳으로 돌리기도 하면서
만사가 진행되었다. 때로는 이탈리아 말로 숫자를 말하지 못
하는 외국인도 더러 섞여 있었다. 그러면 치폴라는 유난히
시간을 끌며 기사적인 태도를 응대했다. 그런 것을 보고 이
탈리아 사람들은 은근히 통쾌하게 여겼다. 그러면 치폴라가
"그렇다면 너희들이 영어나 프랑스 말로 부른 숫자를 번역
해보라"고 대들어서 곧잘 골탕을 먹이는 것이었다. 이탈리
아 역사상 특기할 만한 연대를 부르는 사람도 있었다. 그러
면 치폴라가 재빨리 그것을 알아차리고서 걸어 다니며 애국
적인 해석을 붙이곤 했다. 누구인가가 제로(0)라고 외쳤다.
놀려 주려고 하는 자가 나타나면 언제나 그렇듯이 그는 몹시
분개해서 어깨 너머로 그것은 십 단위 숫자가 못 된다고 대
꾸했다. 그러면 또 다른 장난꾸러기가 "제로, 제로!"하고 소
리쳤다. 구경꾼이 웃음보를 터뜨렸다. 이탈리아에서 00은 자
연물에 대한 암시이므로 웃음이 터져 나올 만했다. 그러나
이러한 풍자적인 말이 나오도록 만든 것은 바로 치폴라 자신
인데 장본인은 근엄하게 거절하는 태도를 취했다. 그러나 결
국에는 그도 어깨를 으쓱하며 이 숫자를 기록 계원에게 전했
다. 길고 짧은 여러 가지 숫자를 열다섯 개쯤 칠판에 늘어놓
았을 때 치폴라는 공동으로 합산해 달라고 말했다. 계산에
능숙한 분은 암산해도 좋고 연필과 종이를 사용하는 것도 자
유라고 말했다. 사람들이 계산을 하고 있는 동안에 치폴라는

칠판 옆에 있는 의자에 앉아서 불구자 특유의 잘난 체를 하며 오만불손한 태도로 얼굴을 찌푸리고 담배를 피우고 있었다. 곧 백만 단위의 해답이 나왔다. 한 사람이 답을 말하니까, 또 다른 사람이 이것을 확인하고 세 번째 사람은 좀 틀린 대답을 내놓았으나 네 번째 사람의 것은 역시 같은 답이었다. 치폴라는 일어서서 윗저고리에 떨어진 담뱃재를 털고서 칠판 오른쪽 윗 구석에 꽂혀 있던 종이쪽을 젖히고 이미 거기에 써 놓았던 숫자가 잘 보이게 했다. 거기에는 거의 백만에 가까운 수의 정확한 답이 나와 있었다. 그가 최초에 써 놓았던 숫자였다.

놀라운 기색과 박수 갈채가 터져 나왔다. 어린아이들은 어안이 벙벙해졌다. 어떻게 해서 저렇게 되었을까 알고 싶어해서 우리는 그것이 마술이라는 것이며, 그 골자는 알 수가 없기에 저 사람은 마술사인 것이라고 설명해 주었다. 두 아이는 그제서야 마술의 밤이란 이런 것인가 보다 하고 이해하는 듯했다. 첫번째 젊은 어부의 복통이라든지 이번의 숫자 마술이라든지 —— 실로 근사한 일이었다. 아이들은 벌써 눈이 빨개졌고, 게다가 이미 10시 반이 가까웠으나 지금 가자고 하면 울상이 될 것을 생각하니 걱정이 되었다. 첫째 이것은 손재주를 부리는 이른바 요술이 아니어서 결코 어린아이들에게 보일 만한 것이 못 되었다. 이런 것을 생각하니 나로서는 다른 관객들이 도대체 어떤 심산에서 구경을 하는 것인지 이상하게 여겨졌다. 더하기를 할 숫자를 골라서 불러주는 것은 관객의 '자유로' 하게 되어 있지만, 분명히 이것은 의심스러운 것이었다. 치폴라가 지명한 사람들 중에는 물론 자기의

마리오와 마술사 237

자유 의사로 숫자를 말한 사람도 있었겠지만 치폴라가 자기와 내통한 사람을 특별히 골라서 미리 써 놓은 숫자에 알맞도록 모든 진행을 제멋대로 꾸며 놓았다고도 충분히 생각할 수 있었다. 그렇다면 아주 흥이 깨지는 것이기는 했지만, 그렇다손 치더라도 그의 산수 재주는 실로 경탄할 만한 것이었다. 더구나 그 애국주의와 신경질적인 근엄한 태도까지도 보여주니 —— 이 요술사의 동포라면 어쨌든 악의 없이 받아들이고 경쾌한 기분도 나겠지만 우리 외국의 입장에서 본다면 이러한 애국주의와 신경질적인 오만성이 합친 것에서 무엇인가 답답하고 위험한 것이 느껴졌다.

그리고 치폴라 자신도 다소 사정을 아는 사람들에게는 자기의 연기가 어떤 성질의 것인가를 잘 알 수 있도록 꾸며 나갔다. 그러나 물론 그 정체를 밝히거나 술어를 직접 사용하지는 않았다. 연달아 지껄여 대는 바람에 자연히 자기 요술의 성격에 관한 말도 나왔으나 그 문구는 애매하고 오만불손했으며, 또한 선전적인 것이었다. 그렇게 해서 잠시 동안은 이와 같은 종류의 실험을 계속했고, 우선 계산을 복잡하게 해서 총계를 내기 위해 다른 계산법을 첨가해 보고 나서 반대로 전체를 극히 간단하게 해서 관객을 깜짝 놀라게 했다. 그가 미리 칠판에다 써놓은 숫자를 단번에 맞혀 보기도 했는데 십중팔구는 모두 들어맞았다. 그러는 중에 관객 한 사람이 자기는 처음에 다른 숫자를 말하려고 생각했으나 말하려고 하는 순간에 마술사의 말채찍이 공중에서 휙 하는 소리를 냈기 때문에 그만 딴 숫자가 입에서 튀어나오고 말았는데 칠판에 써 있는 것이 바로 그 숫자였다고 말했다. 치폴라는 어

깨를 뒤흔들며 웃어 댔다. 그는 협력자의 재능을 허풍스럽게
칭찬했다. 그러나 이러한 찬사에는 어딘지 조롱하는 듯하고
사람을 깔보는 듯한 것을 품고 있어서, 찬사를 받은 장본인
이 신이 난다는 듯이 웃으며 구경꾼의 박수 갈채의 일부분은
자기를 향해서 하는 것이라고 생각할지 몰라도 실제로 유쾌
하게 느껴지지 않았으리라고 본다. 또한 치폴라가 관객 일동
의 호감을 사고 있다는 인상도 받지 못했다. 구경꾼 사이에
서는 분명히 적대감과 혐오감이 엿보였다. 그러나 이러한 감
정을 억제하고 있는 관객의 예의 바른 태도는 사람들의 마음
을 압도하기에 충분한 힘을 갖고 있었다. 그 말채찍도 또한
관객의 반항심을 지하에 매장시켜 버리는 데 적지 않은 도움
이 되었다고 생각된다.

  숫자만으로 하는 실험 다음에는 카드를 사용하는 요술이
었다. 그는 안주머니에서 두 벌의 카드를 끄집어냈다. 지금
도 기억에 남아 있는 바에 의하면 그때 보여준 실험의 기본
적이고 모범적인 본보기는 다음과 같은 것이다. 즉 시술자
(施術者)는 한 벌의 카드에서 남몰래 카드 석 장을 빼내서
프록코트의 안주머니 속에 감춘다. 다음에 피험자(被驗者)
는 내보여주는 다른 벌의 카드에서 마찬가지로 카드 석 장을
뽑는다. 그러면 그 석 장은 시술자의 안주머니에 있는 석 장
과 똑같은 것이 된다——그야 언제나 딱 들어맞는다고는 할
수 없고, 두 장밖에 맞지 않는 수도 있다. 그러나 대개의 경
우 활짝 펼쳐 보이는 석 장이 관객이 뽑은 것과 똑같은 것이
었다. 그는 박수 갈채에 가볍게 인사를 했으나, 이 갈채는 호
의적인 것이든, 그렇지 못하든 간에 그가 보여준 역량에 대

한 정당한 평가였다. 이때 우리들의 오른쪽 앞자리에 앉아 있던 청년 신사가 일어섰다. 면모가 날카롭고 건장한 이탈리아 사람이었다. 자기는 절대로 명백한 자기 의지로 카드를 골라내 보겠으며, 외부로부터의 어떠한 암시에 대해서도 의식적으로 대항해 보겠다. 이런 경우에는 어떤 결과가 생길 것인지 시술자의 고견을 듣고 싶다고 말하며 나섰다 —— "그렇군요" 하고 치폴라는 대답했다. "일이 좀 난처해지겠지요. 그러나 아무리 당신께서 저항한다 해도 결과는 다만 똑같은 것이고, 이 점은 말씀드릴 필요도 없겠습니다. 자유라는 것도 있고, 또한 의지라는 것도 있습니다. 그러나 자유 의지라는 것은 존재하지 않습니다. 이렇게 말씀드리는 것은, 즉 자유를 추구하는 의지라는 것은 허공을 떠도는 것과 마찬가지여서 당신께서 소유하고 있는 자유라는 것은 카드를 뽑느냐, 뽑지 않느냐 하는 자유입니다. 그런데 일단 카드를 뽑는다면 본인이 감추고 있는 카드와 똑같은 것을 뽑게 될 것입니다. 자유로 행동하려고 하면 할수록 더욱 본인의 요술에 빠지게 될 뿐입니다."

말하자면 물을 탁하게 해서 심리적인 혼란을 일으키게 하는데 이보다 더 교묘하게 한 말은 없으리라. 그 고집이 강한 청년 신사는 신경질적으로 주저하더니 드디어 손을 내밀고 카드를 한 장 뽑아서 이것을 요술사가 감추고 있는 석 장 중에 있는지, 그 석 장을 당장에 보이라고 요구했다. "아니 왜 그러십니까?" 치폴라가 당황하는 듯했다. "어째서 도중에 그만두시나요?" 그러나 그 고집불통의 청년 신사는 먼저 보이라고 떼를 썼다 —— "그러시다면" 하고 마술사는 의외로 고분고분하게 들여다보지도 않은 채 자기가 가지고 있는 카드 석 장을 부채 모양으로 펼쳐 보였다. 왼쪽 끝의 카드가 바로 그 청년 신사가 뽑은 것과 똑같은 것이었다.

관객 일동이 박수 갈채를 보내는 중에 자유의 투사는 분한 듯 자리로 돌아와 앉았다. 치폴라가 자기의 천부적 재능을 얼마나 기술적인 속임수나 기만의 손재주로 더욱 보충했는지는 도저히 이해할 수 없는 문제였다. 관객들의 한없는 호기심은 별로 깊은 생각도 없이, 이러한 타고난 재주와 기술의 혼합을 예상하고 그저 눈에 보기에 재미있는 그의 연기에 도취해서 두말 없이 그의 직업적인 수완을 인정해 준 것이다. "굉장한데!" 우리들 주위에서 이런 소리가 들렸는데 그것은 반감과 암암리의 분개에 대해서 객관적 사실 그 자체가 공정하게 승리를 거두었다는 것을 의미한다.

단편적이기는 했으나, 그런만큼 또한 효과적이었던 성공을 거두자 치폴라는 곧 코냑 한 잔을 마시고 기운을 차렸다. 실제로 그는 '잘 마셨다.' 이런 꼴은 결코 보기에 기분이 좋은 광경은 아니었다. 그러나 그의 정신력을 유지하고 분발시키기 위해서는 분명히 술과 담배가 필요했던 것이다. 그가 그 자신이 말한 바와 같이 여러 가지 점에서 그 정신력은 과중한 부담을 지고 있는 것이었다. 때로는 몹시 기분이 나쁜 것같이 보이기도 하고, 눈이 멍청하게 푹 꺼지기도 했다. 그럴 때마다 한 잔의 술은 원기를 회복시켜 주었고, 들이마신 담배 연기를 폐로부터 뭉게뭉게 토해 내자 오만불손한 언변은 다시 생생해지는 것이었다. 이것은 아직도 뚜렷하게 기억하고 있지만, 그는 카드 요술 다음에 일종의 단체 유희로 넘어 갔다. 즉 그것은 인간의 본성 속에 존재하는 이성 이상의 또는 이성 이하의 여러 가지 능력, 직관과 '자기적(磁氣的)' 전달, 다시 말하자면 계시의 저급한 형식에 의존하는 유희를 보여 주었던 것이다. 나는 이미 그의 연기의 세세한 순서를 기억하고 있지 않으며, 또 그런 실험을 하나하나 상세하게 설명함으로써 독자들을 지루하게 만들 생각은 없다. 그러나 이런 실험은 누구나 잘 알고 있다면 한 번쯤은 해보았을 것이다. 즉 감추어 둔 어떤 물건을 찾아내는 유희인데, 불가사의한 방도에 따라 개체에서 맹목적으로 수행하는 유희이다. 그런 경우 심령술적(心靈術的)인 신비의 세계의 모호하고 음흉하며 해명할 길 없는 성격을 호기심과 경멸감이 뒤섞인 기분으로 슬쩍 들여다보고는 머리를 저어 본 경험은 누구에게나 있을 것이다. 이러한 신비의 세계는 마술사의 인간성 속에서 곧잘 협잡이나 사기와 기묘하게도 서로 얽히고 설키는 것이다. 그렇다고 해서 이러한 성격은 그런 위험스러운 융합물의 다른 여러 가지 성분의 진실성을 부정할 수는 없다. 다만 내가 말해 두고 싶은 것은 치폴라와 같은 인물이 그런 신비스러운 유희의 지휘자나 연주자의 역할을 하면 당연히 모든 것이 강하게 되고 인상도 여러 가지 점에서 격렬한 것이 된다는 점이다. 그는 무대 안쪽으로 가서 구경꾼에게 등을 돌린 채 의자에 앉아 담배를 피우고 있었다. 한편 관람석에서는 구경꾼들끼리 몰래 치폴라가 이 물품을 찾아내고 미리 작정된 일을 다해야 되는 것이다. 전형적인 암중 모색, 쫓기는 듯 돌진하다가 귀를 기울여 엿듣고 앞으로 나아가기를 망설이기도 하고 잘못 방향을 잡았다가 홀연히 영감이라도 받은 듯이 별안간 돌아서서 갈 길을 바로잡기도 했다. 마치 육체적으로는 자기 의사에 따라 움직이지만, 그의 정신을 미리 약속한 방향으로 인도하는, 눈에 보이지 않는 전지전능한 인도자의 손에 이끌려 가는 듯이 머리를 뒤로 젖히고 손을 앞으로 쑥 내민 채 장내를 갈 지자 걸음으로 헤맸다. 치폴라는 자기가 그때까지 해오던 역할을 관객과 교환한 것같이 보였다. 추세는 반대 방향으로 흘렀다. 치폴라는 이 사실을 유창한 언변으로 강조했다. 지금까지 오랫동안 의지의 힘으로 명령을 해오던 그가 이번에는 고통을 겪고 순응하고 자기 의지를 배제해 버리고 공중에 떠도는 관객 일동의 소리 없는 의지에 복종하는 하나의 도구로 화했으나, 그는 결국 이 두 가지는 하나로 귀결된다고 강조했다. 자기를 단념하고 다른 사람의 의지의 도구가 되어 가장 절대적이고, 또한 완전한 의미에서 다른 사람에게 복종할 수 있는 능력을 고집하고, 명령하는 또 다른 쪽 능력의 반면(半面)에 불과했다. 이러한 두 개의 능력은 하나의 것이며 명령과 복종은 서로 합쳐서 오직 하나의 원리, 해체할 수 없는 통일체를 이루고 있는 것이니까, 복종할 수 있는 자는 바로 명령할 수 있는 자이며, 명령할 수 있는 자는 복종할 수 있는 자임에 불과하다. 마치 국민과 그 지도자가 둘이면서 하나인 것과 같이, 한쪽의 사상은 다른 쪽의 사상 속에 포함되어 있다. 그러나 극도로 곤란한 심신 소모적인 실천은 적이 지도자이며 주체자인 사람의 임무이다. 그러나 지도자 속에서야말로 의지는 복정이 되고 복종은 의지가 되는 것이다. 의지와 복종이 생기는 곳은 바로 그러한 인물 속에서이기 때문에 그러한 사람은 지극히 힘든 생활을 하게 된다. 치폴라는 이 점을 되풀이해서 강조했고, 자기가 극히 곤란한 임무를 수행하는 중이라고 말했는데 그것은 아마 그가 이렇게 말하면서 자기가 흥분제를 원해서 빈번히 술병에 손을 내미는 것을 설명하려고 하였는지도 모르는 일이었다.

여러 사람의 보이지 않는 의지에 이끌리고 쫓겨, 그는 투시자와 같이 더듬으면서 돌아다니다가 드디어 목적물인 보석을 박은 브로치를 어느 영국 부인의 구두 속에서 끄집어내어 머뭇거리면서도 무엇인가에 쫓기듯 이것을 다른 부인에게로 가지고 갔다 —— 그 부인은 앙지올리에리 부인이었다 ——그리고 정중하게 그 브로치를 미리 정해 놓은 문구를 늘어놓으면서 부인에게 내주게 되어 있었는데 그 문구가 좀처럼 나오지 않았다. 이것은 프랑스 말로 하게끔 정해져 있었다. "나는 존경의 표시로써 이 선물을 당신에게 드립니다!"라고 하는 것이었다. 이 가혹한 조건을 내건 것은 아무래도 치폴라에 대한 악의가 품어 있는 것같이 생각된다. 이렇게 곤란하고 해명하기 어려운 과제를 무사히 해결해 주고 싶다는 기분과 오만한 그를 한 번 놀려주자는 심사, 이렇게 모순된 두 가지 기분이 이 조건 속에는 표현되어 있었다. 그런데 치폴라가 앙지올리에리 부인 앞에 무릎을 꿇고 이것저것 말을 찾아내어 자기에게 과해진 것을 알아내려고 갖은 애를 쓰는 모습은 과연 볼 만했다. "본인은 무슨 말을 해야 되겠는데……"하고 그는 말했다. "그리고 드릴 말씀은 뚜렷하게 느끼고 있기는 하나 동시에 만일 본인이 그 말을 입 밖에 내면 틀려 버릴 것이라는 것도 느끼고 있습니다. 아니 조금이라도 본인에게 그것을 암시하는 짓을 해서는 안 됩니다." 그가 이렇게 말은 했지만, 실은 이것이야말로 바라던 것이었다. 또한 그러니까 이런 말을 뇌까렸을 것임에 틀림없다……. "잘 생각해라!" 하고 갑자기 그는 서투른 프랑스 말로 소리쳤다. 그러고 나서 문제의 문구를 유창하게 늘어놓았다. 다만 그것은 이탈리아 말이었으나 마지막 중요한 말만은 프랑스 말이었다. 프랑스 말은 대단히 서투른 모양이어서 이탈리아 말로 '베라지옹(Venerazion)'이라고 할 것을 프랑스 말로 '베네라시오(Veneration)'라고 했는데, 끝에 비음(鼻音)은 완전히 서투른 발음이었다 —— 이것은 전문적인 성공이라고는 할 수 없어도 브로치의 발견, 받을 여자를 찾아낸 것, 허리를 굽히고 내미는 동작이 완전하게 성공했기 때문에 요구한 대로 전부를 다 해낸 경우보다도 오히려 효과적이어서 경탄해 마지않는 박수 갈채를 불러일으켰던 것이다.

　치폴라는 일어서서 이마의 땀을 씻었다. 브로치 찾기의 연기는 그가 보여준 여러 가지 중에서 한 예에 불과했다는 것은 말할 것도 없다 —— 나는 특히 이것을 뚜렷하게 기억하고 있을 따름이다. 그러나 그는 이런 기본 형식을 여러 가지로 변화시켜 관객들과의 접촉이 매사에 그를 이롭게 하는, 이것과 유사한 종류에 즉흥적 실험과 이런 종류의 실험을 종합해서 연기했기 때문에 모르는 사이에 시간이 경과했다. 특히 우리 안주인으로부터 무슨 암시를 받았는지, 그 부인의 신상판단을 해서 관객을 놀라게 했다. "부인, 부인의 눈은 속이지 못하십니다." 이렇게 그는 앙지올리에리 부인을 향해 말문을 열었다. "부인께서는 이상하게 영광에 가득 찬 몸이시니다. 볼 줄 아는 사람은 부인의 아름다운 이마 언저리에 이상한 빛이 있음을 볼 수 있을 것입니다. 본인이 잘못 본 것이 아니라면 이 빛은 현재보다도 과거에 있어서 더욱 찬란했습니다. 지금은 이것이 서서히 희박해져 가고 있습니다……. 아니 아무 말씀도 하지 마십시오. 도와 주실 생각은 하지 마십시오. 곁에 계신 분은 주인 양반 —— 그렇지요?" 그는 얌전한 앙지올리에리 씨를 향해 돌아섰다. "당신께서는 이 부인의 배우자이고, 그러니 당신의 행복은 만점이오. 그러나 이 행복은 추억의 실마리를 더듬고 있는 것 같습니다……. 무엇인가 고귀한 추억을…… 부인이시어, 당신의 현재 생활에는 보아하니 과거라는 것이 큰 의미를 가지고 있습니다. 부인께서는 어느 임금 같은 분과 친한 사이가 아니었던가요……. 임금이라고 할 만한 분과 지난날에 관계하신 일이 없었던가요?"

"아니, 그런 일은 없는데요." 이렇게 우리가 점심 식사를 할 때 수프를 손수 떠주는 부인이 들릴까말까 하게 대답했다. 그리고 갈색 어린 황금빛 눈이 푸른기가 나는 품위 있는 얼굴 바탕에서 빛나고 있었다.

"틀렸다고요? 아니, 임금은 아니로군. 언뜻 생각해서, 말하자면 임금이라고 말씀드렸는데 임금은 아니다. 귀족도 아니다. 그렇다면 더 높은 세계의 왕자 귀족일 텐데……. 옳지, 예술가로군. 이 사람에게 부인은 시종하고 있었던 것입니다……. 틀리다고 말씀하시겠나요? 그러나 여간해서 그렇게 결정적으로 부인하지는 못하실 것입니다. 절반 정도는 옳다고 하지 않을 수 없겠지요. 자, 그런데 그분은 위대한,

세상에 고명한 여류 예술가였던 것입니다. 젊은 시절에 부인은 이 여류 예술가와 다정하게 지냈던 것이지요. 그분에 대한 신성한 추억이 부인의 모든 생활에 투영되어 있고, 또한 생활을 성화하고 있습니다……. 이름까지도 대란 말인가요. 굳이 말할 필요는 없으리라고 봅니다. 이분의 명예는 이미 우리 조국의 명예와 부합되어 있고 조국과 더불어 영구 불멸한 —— 우리의 엘레오노라 두제, 바로 그 사람이겠지요?" 그는 나직하고 엄숙하게 말을 끝맺었다.

그 아담한 부인은 그만 압도되어 부지중에 머리를 끄덕거렸다. 장내에 일어난 환호성은 마치 국가적인 선언이 발표되었을 때와 흡사했다. 장내에 모여 있었던 그의 모든 사람이 앙지올리에리 부인의 이색적인 반평생을 알고 있었기 때문에 치폴라의 탁월한 직관력을 높이 평가해 줄 수 있었던 것이며 특히 팡지오네 엘레오노라에 투숙하고 있는 손님들은 그랬었다. 다만 혹시 그가 톨레에 도착한 직후 직업적인 의식에서 부인의 전신(前身)에 관해서도 어느 정도 듣고 돌아다녔을지도 모를 일이다……. 그러나 그는 이러한 투시적 능력을 가지고 있었던 까닭에 드디어 우리가 보는 눈앞에서 파멸하게 되었으니까, 그것을 합리주의적인 견지에서 의심해 볼 아무런 근거도 당장에는 있을 수 없다 하겠다…….

여기서 다행히도 중간 휴식으로 들어가 우리의 독재자는 분장실로 퇴장했다. 솔직히 고백한다면, 나는 이 글을 쓰기 시작함과 거의 동시에 글을 이 시점에까지 써내려 갔을 때를 예상하고 염려해 왔다. 사람이 부심(腐心)하는 것을 통찰하기는 언제나 그리 어려운 것은 아니며, 특히 지금은, 그러니까 독자는 아마 어째서 우리가 이때에 자리에서 일어나 나가 버리지 않았느냐고 나에게 질문할 것이다 —— 그러나 그것은 대답할 수가 없다. 나 자신도 이해할 수가 없었고 실제로 대답할 수가 없다. 그때에는 열한 시를 훨씬 지났을 것이었다. 어쩌면 좀더 늦었을지도 모른다. 아이들은 이미 자고 있었다. 중간 휴식 전에 한 실험은 모두가 어린아이들에게는 지루했기 때문에 졸음이 호기심을 극복해 버린 듯 딸아이는 내 무릎을 사내아이는 엄마 무릎을 베고 잠들어 있었다. 이렇게 잠이 든 것은 한편으로 생각하면 걱정을 덜어 주기도 했으나 그래도 역시 가엾은 생각이 들었고, 빨리 잠자리로 데리고 가라는 경고이기도 했던 것이다. 우리도 꼭 이 절실한 경고에 따르려고 생각하고 진심으로 그렇게 하고자 했다는 것을 여기에 단언하는 바이다. 우리는 두 아이를 흔들어 깨워서 이제 집으로 돌아가야 할 시간이라고 타일렀으나, 두 아이는 정신이 들자 아무리 말해도 도중에 집으로 가기는 싫다고 했다. 강제로라면 끌고 갈 수도 있겠지만 타일러서 데리고 갈 가망은 도저히 없었다.

"요술은 참 재미있어요. 지금부터 무엇이 나올지 모르잖아요. 이번에 그 요술쟁이가 나올 때까지 기다려요. 그동안 잠깐 자면 되니까요. 그렇지만 집에 가는 것만은 싫어요. 요술은 아직 계속하고 있으니까."

우리가 지고 말았다. 그러나 끝까지 구경하자는 것은 아니고 다만 조금만 더 볼 셈이었다. 그런데 변명할 여지도 없지만 우리는 끝까지 주저앉아 있었다. 왜 그랬느냐고 묻는다면 설명할 길이 없다. 우리는 A라는 구실 하에 아이들을 이곳으로 데리고 온 잘못을 저질렀는데 이번에는 아이들을 데리고 가야 할 판에 B라는 구실 하에 여기에 머물러 있어서 되겠는 가? 터무니없는 변명이라 하겠다. 그렇다면 우리들 자신이 재미있다고 생각하기 때문이었을까? 그렇다고 할 수도 있고, 아니라고 할 수도 있다. 카발리에레 치폴라에 대한 우리의 단정은 실로 엇갈리는 것이었으나, 그보다도 내 짐작이 틀리지 않았다면 관객 전체도 그렇게 느끼고 있었으리라. 그런데 돌아가 버린 사람은 한 사람도 없었다. 이렇게 괴상한 장사 수단으로 생계를 유지하고 있는 사나이가 마술을 하고, 그 사이사이에 방사하는 요기에 모두가 농락을 당해서 '나 가버리자' 라는 우리의 결심이 둔화되었던 것일까? 하기는 단순한 호기심도 크게 작용했으리라고 생각된다. 그렇게 이상하게 시작한 하룻밤이 어떤 식으로 결말에 이끌려 갈까 하는 것은 누구를 막론하고 알고 싶어하는 것이었다. 흥미를 돋울만한 예고를 말해 두고 퇴장했기 때문에 그런 말을 들은 관객은, 요술 종목은 아직 바닥이 드러난 것이 아니고 이제부터 더욱더 흥미진진한 것을 구경할 수 있다고 기대하는 마음이 생겼다 해도 그것은 결코 무리가 아니다.

    그러나 지금까지 말한 모든 것이 그 참된 이유는 아니다. 왜 우리가 이 자리를 나가 버리지 않았던가 하는 질문은, 어째서 우리가 그 전에 일찍 톨레 시를 출발하지 않았던가 하는 질문과 바꿔서 두 번째 질문에 대한 답으로 첫번째 질문에 답한다면, 거의 진상을 파악했을는지도 모른다. 내 생각으로는 이 두 가지 질문은 결국 똑같은 질문이며, 답변에 궁한 궁지를 면하려고 하면 나는 이미 거기에 대한 답변을 했다고 깨끗이 말해 버리면 끝날지도 모른다. 실제로 이 회장 안에는 톨레 시내에 떠돌고 있었던 것과 똑같은 것, 기괴하고 긴장한, 불쾌하고 독기에 찬 압박적인 공기가 떠돌고 있었다. 아니 그보다도 농도가 더욱 짙은 것이었다. 다시 말하면 이 회장이야말로 우리가 머물고 있는 분위기라고 생각되는 모든 이상한 것, 불쾌한 것, 그리고 긴장이 집약되어 있었다. 그리고 우리가 다시 등장하기를 기다리고 있는 치폴라라는 사나이야말로 이런 모든 분위기의 확신이라고 생각되었다. 이미 우리는 큰 의미에서 '출발' 하지 않았으니까. 마찬가지로 작은 의미에서 출발하지 않는다 해도 논리적인 모순은 없을 것이다. 이것이 우리가 일어나려고 하지 않았던 이유가 될는지 그 여부는 아무래도 좋다. 나로서는 그 이상 더 좋은 이유는 말할 길이 없다──10분간의 휴식이 거의 20분이나 되었다. 잠을 깬 두 아이는 우리가 말을 들어 주어서 신바람이 나서 휴식 시간을 재미있게 보냈다. 입석에 서 있던 안토니오 기스카르토 보트대여 상점의 사나이들을 보고 불러 대기도 했다. 어부들을 향해서는 두 손을 동그랗게 오므려서 입에다 대고 우리가 가르쳐 준 말로 "내일은 고기 많이 잡으시오!"라느니 "그물 하나 가득히 잡으시오!"하고 소리쳤다. '에스키지토'의 급사 마리오에게는 "마리오, 초콜렛 하나하고 비스켓!"하고 외쳤다. 그러니까 이번에는 마리오도 우리가 있는 것을 알아차리고 "네, 곧 가져갑니다!"하고 눈웃음을 치며 대꾸했다. 그런데 이 상냥하고 어딘지 방심한 듯 우울한 미소가 기묘하게도 잊혀지지 않았는데, 나중에 생각해 보니까 그것도 이유가 없는 것은 아니었다.

이렇게 해서 중간 휴식도 지나고 징소리가 울리더니 그때까지 시끌시끌하던 관객은 일제히 긴장했고 아이들도 의자 위에 똑바로 앉아 두 손을 무릎 위에 얹으며 정신을 바짝 차리고 있었다. 무대는 막이 열린 채로 있었는데 치폴라는 여전히 어기적거리는 걸음으로 등장해서 연기의 후반을 시작하려고 즉시 말문을 열었다.

여기서 잠깐 요약해 보기로 한다. 그 자신만만한 불구자는 내가 평생에 만난 사람 중에서 가장 유능한 최면술사였던 것이다. 그는 자기 연기의 본질을 대중 앞에서 교묘하게 위장해서 숙달한 요술사라고 자칭하고는 있으나 그것은 물론 그렇게 해서 법망을 피하려는 수작이었음에 틀림없다. 최면술을 직업적으로 사용하는 것은 원칙적으로 금지되어 있기 때문이다. 그래서 굳이 그것을 사용할 경우에는 겉으로만이라도 위장하는 것이 나라의 관습이었고, 그렇게 하면 경찰의 처벌도 받지 않고, 혹은 눈감아 주게 되어 있는 것 같았다. 그렇게는 해도 치폴라는 처음부터 자기 마술의 정체를 실제로는 조금도 감추려 하지 않았다. 흥행 순서의 후반에 가서는 물론 여전히 명석한 언변으로 얼버무려 넘겼지만 아주 공공연하게 특수한 실험 즉 의지 상실과 의지 강요의 실험만을 해보였다. 이미 한밤중이 되었는데 익살맞고 흥분시키는 경이적인 실험이 연달아 계속되어 간단한 것에서부터 터무니없는 것에 이르기까지 빠짐없이 구경할 수 있었다. 말하자면 자연의 무시무시한 세계에서 볼 수 있는 현상을 크건 작건 간에 남김없이 관객 앞에 내보여 준 셈이었다. 그 기괴한 한 토막이 끝날 때마다 관객은 어쨌든 자신 만만하고 근엄한 마술사의 성격에 압도되어 폭소를 터뜨리며 머리를 흔들고 무릎을 치며 박수 갈채를 보냈다. 그러나 적어도 내가 본 바에 의하면 마치 치폴라가 거둔 여러 가지 승리 속에는 마술에 걸렸던 각자 또는 관객 전체를 기묘하게 모욕한 듯한 것이 포함되어 있었다. 이에 대한 반발 의식이 관객들 사이에 분명히 있어 보였다.

  치폴라로 하여금 여러 가지 승리를 거두게 하는 데 다대한 기여를 한 것이 두 가지 있었다. 그것은 코냑 술잔과 발톱 모양의 자루가 달린 말채찍이 그것이다. 코냑으로 말할 것 같으면 자칫 피로하기 쉬운 그의 정신력을 끊임없이 분발시켜 주는 큰 역할을 했다. 만약에 그 독재 정치의 모욕적인 상징이라고 할 그 말채찍, 횡 하고 소리가 나는 군도(軍刀)가 없었던들 끊임없이 술잔의 구원을 받고 있는 그의 모습은 분명히 관객의 동정을 자아내게 했을 것이다. 그런데 그는 오만 불손하게도 우리를 모조리 그 채찍의 지배 하에 몰아넣었기 때문에 우리로서도 의아하게 생각하면서 반항하다가는 그에게 복종하는 수밖에 없었고, 상냥한 인간적인 동정심을 가질 여지가 없었던 것이다. 도대체 그는 그러한 동정심을 원하지 않았던 것일까? 혹은 그는 욕심을 내서 우리의 동정마저 요구했던 것일까? 그렇지 않으면 두 가지를 다 얻으려고 했던 것일까? 나의 기억에 아직도 남아 있는 말이 있다. 그리고 그 말이야말로 그의 초조한 소망을 나타낸 것이었다고 할 수 있었다. 마침 실험이 최고조에 다다라서 치폴라가 어느 젊은이를 어루만지며 입김을 쐬게 해서 암시를 주어 마치 말뚝같이 빳빳하게 만들어 버렸다. 그 젊은이는 자진해서 무대로 나가 벌써 오래 전부터, 특히 최면술에 잘 걸릴 사람임을 나타내고 있었다. 치폴라는 깊은 잠에 넋을 잃은 그 사나이를 두 의자의 등받이에다 허리와 발을 걸쳐 눕혀 놓았을 뿐 아니라, 널빤지같이 마비되어 버린 동체 위에 걸터앉았으나, 그 젊은이의 몸뚱이는 휘어지지도 않았다. 예복을 입은 악마가 목재같이 되어 버린 인간 위에 올라 타고 있는 광경은 믿기 어렵고 불쾌하기 짝이 없는 광경이었다. 과학적 오락의 희생이라고는 해도 필경 고통스러울 것이라고 생각되어 동정심을 금치 못했던 관객은 부지중에 동정하는 말을 입 밖에 냈다.

"저런, 불쌍해라!"라느니, "딱하다!"하고 동정어린 소리가 들렸다. "불쌍하다고?" 치폴라는 화가 치미는지 조소하듯 뇌까렸다. "이것 봐라. 정말 당치도 않은 비평이로군. 여러분! 불쌍한 것은 바로 이 사람이오. 이 모든 고통을 당하는 것은 바로 이 사람입니다." 관객들은 점잖게 치폴라가 정정하는 것을 듣고 있었다. 과연 이 오락을 도맡아서 희생이 되고 저 젊은이로 하여금 얼굴을 찡그리게 한 복통을 참은 것도 생각하기에 따라서는 치폴라 자신이었을지도 모른다. 그러나 겉보기에는 그와 정반대였고, 다른 사람을 괴롭히기 위해서 자기도 고생하는 자에게 '불쌍하다'고는 말을 해주고 싶은 생각이 나지 않는 법이다.

좀 서둘러서 이야기의 순서가 뒤죽박죽이 되어 버렸다. 지금도 나의 머리 속은 그 요술사가 자기의 고충을 설명해 준 사실 하나하나에 대한 기억으로 가득 차 있으나 다만 그 순서가 어떻게 되어 있었는지는 이제 기억하지 못한다. 그런 것은 중요하지도 않다. 다만 내가 기억하고 있는 한에서는 그 당시 관중의 대환영을 받은 대규모의 복잡한 실험보다는, 어느 간단하고 곧 끝나 버린 종류의 것이 더 인상 깊게 남아 있다. 의자 대신 노릇을 한 젊은이의 모습도 오직 치폴라가 그때 해설한 말이 있었기 때문에 지금 언뜻 머리에 떠올랐던 것이다……. 또한 어느 중년 부인이 의자에 앉은 채 치폴라에 의해서 잠이 들어 자기는 인도를 여행하고 있다는 환상 속에서 수륙 양 지대에 걸친 모험을 황홀한 상태에서 지극히 감동적으로 이야기했는데, 이것도 나의 관심을 끌지는 못했다. 그런데 중간 휴식 직후 체구가 당당한 군인같이 보이는 신사가 팔을 쳐들지 못하게 되어 버렸다. 오히려 그런 것이 나에게는 더욱 흥미거리였다. 그 곱사등이는 이 신사를 향해서 이제는 팔을 쳐들지 못할 것이라고 선언했을 뿐이고 한번 말채찍을 소리내며 휘두른 정도에 불과했다. 그런데 잃어버린 몸의 자유를 도로 찾으려고 이를 악문 채 미소를 짓고 있었던, 그 체구 당당한 대령의 수염을 기른 얼굴을 지금도 역력히 회상할 수 있다. 실로 혼란한 현상이었다. 그는 의지를 가지고 있었으나 그 의지를 실현할 수 없는 듯이 보였다. 그러나 실제로는 의지를 갖는다는 것이 불가능했다. 그것은 의지 자체의 내부에 자유를 마비시키는 속박이 지배하고 있었다. 이것은 조금 전에 이미 그 로마의 신사에게 치폴라가 조롱하면서 예고했던 바로 그런 것이다.

그러나 나는 앙지올리에리 부인이 주역 노릇을 했던 한 장면은 더욱 잊어버릴 수가 없는데 그것은 감동적이며 유령같이 우스운 맛이 있었기 때문이다. 그는 최초로 장내에 모인 사람들을 뻔뻔스럽게 살펴보았을 때부터 이미 부인이 자기의 마력에 에테르와 같이 부드럽게 순종하리라는 것에 눈독을 들였다. 이제 그는 요술을 써서 문자 그대로 부인을 의자에서 끌어올려 좌석 밖으로 꾀어냄과 동시에 자기 재주의 효과를 더욱 나타내기 위해서 앙지올리에리 씨에게 부인의 이름을 불러 보라고 요청했다. 그것은 말하자면 남편의 존재와 권리의 무게를 저울질해 보고, 부인의 부덕을 악마의 마력에서 지켜낼 수 있는 모든 힘을 남편이 누르는 목소리로 아내의 혼령 속에다 환기시키려고 하는 것 같았다. 그 부부로부터 좀 떨어진 곳에 서 있던 치폴라가 채찍을 소리내며 휘둘렀다. 그러자 우리의 여주인공은 자지러지듯 몸을 떨며 얼굴을 그에게로 돌렸다. "소푸로니아!" 앙지올리에리 씨는 이때 벌써 부인의 이름을 불렀다.(앙지올리에리 부인의 이름이 소푸로니아라는 것을 우리는 전혀 모르고 있었다.) 분명히 적기에 부른 것이다. 즉 자기 아내의 얼굴은 그 흉측한 치폴라를 향한 채 꼼짝도 하지 않고 있었다. 치폴라는 채찍을 든 채 길고 누런 열 손가락을 전부 움직여 자기에게 바쳐진 희생물을 향해서 호려 꾀어낼 듯한 동작을 하면서 서서히 뒷걸음질치기 시작했다. 그 순간 부인은 창백한 얼굴을 빛내면서 자리에서 일어나 무술사(巫術師) 쪽으로 완전히 몸을 돌리고 마치 떠 있는 것같이 흐느적거리면서 그쪽으로 걸어가기 시작했다. 유령이 되살아 나온 듯한 섬뜩한 광경이었다. 마치 몽유병자와 같은 얼굴로 팔을 뻣뻣하게 굳어 아름다운 손을 팔꿈치보다 좀더 높게 추켜들고 발은 묶여 있는 듯이 의자에서 미끄러져 나와 살살 꾀어 당기는 유혹자 쪽으로 빨려 들어가는 것 같았다. "자, 부르시오, 이름을!" 그 무시무시한 사나이는 그렇게 경고했다. 그러자 앙지올리에리 씨는 물론 힘없는 목소리로 "소푸로니아!"하고 불렀다. 아니 그는 드디어 의자에서 일어나 한 손을 둥그렇게 해서 입에 대고 다른 손으로는 손짓을 해 가며 부인의 이름을 몇 번이고 불렀다. 그러나 부인은 차츰 남편에게서 멀리 떨어져 갔다. 애정과 의무의 애처로운 목소리는 떨어져 가려고 하는 부인의 배후에서 힘없이 사라졌다. 마치 신이 들려서 아무것도 들리지 않는 듯이 부인은 끌어당기는 곱사등이 사나이의 손짓에 따라 몽유병자와 같은 걸음걸이로 중앙 통로를 지나 출입문 쪽으로 돌아갔다. 숨막힐 듯 완벽한 효과였다. 만일 마술사가 그렇게 해 볼 의사만 있었다면 부인은 그대로 세계의 끝까지도 그를 따라 갔을 것이다.

부인이 출입문에 다다르자 앙지올리에리 씨는 의자에서 벌떡 일어나더니 기절초풍해서 소리쳤다. "큰일났다!" 그러나 바로 그 순간 치폴라는, 말하자면 승리의 월계관을 스스로 벗어 던지고 연기를 중지했다. "이만하면 됐습니다, 부인. 대단히 감사했습니다." 이렇게 말하면서 그는 희극 배우처럼 정중하게, 지금 구름 속을 헤매다가 제정신으로 돌아온 부인에게 팔을 내밀고 앙지올리에리 씨에게로 데려다 주었다. "자"하고 그는 앙지올리에리 씨에게 허리를 굽실 굽혔다. "자, 부인을 모셔 왔습니다. 무사히 돌아오셔서 우선 축하합니다. 부디 남성의 전력을 다해서 몸과 마음이 다같이 당신의 것인 거룩한 부인을 한눈 팔지 말고 보호하시기 바랍니다. 이렇게 말씀드리는 것은 세상에는 이성이나 덕성의 힘보다 더 강한 힘이 존재하여, 그러한 마력은 오직 예외적으로만 관대한 체념과 상호 결합하고 있기 때문입니다."

앞이 벗겨져 대머리인 얌전한 앙지올리에리 씨는 보기에도 딱했다. 비록 그것이 별로 대단치 않은 마력이었다 해도 그런 힘에 대항해서 그가 자기의 행복을 감히 지켜낼 수 있었을는지는 대단히 의심스럽다고 하지 않을 수 없었다. 치폴라는 자기의 마력으로 앙지올리에리 씨를 잔인하게 위협했을 뿐 아니라 조롱하는 것도 서슴지 않았다. 그는 유창한 언변 때문에 배가하는 박수 갈채를 한몸에 받고 거드럭거리는 걸음으로 으스대며 무대로 돌아갔다. 나의 기억이 틀림없다면 이러한 승리는 두드러지게 그의 권위를 높였던 것이다. 그리하여 결국에는 그가 관객으로 하여금 춤을 추게 하기에 이르렀던 것이다 —— 문자 그대로 춤을 추게 한 것이다. 지금까지 오랫동안 이 불쾌한 사나이의 활동은 비판적인 저항에 의해서 방해되어 왔으나 이제는 그것도 어처구니없어져 버리고 일종의 난동이라고나 할까 그런 광적인 무도회가 밤중에 벌어졌다. 치폴라가 완전한 승리를 쟁취할 때까지는 물론 어려운 싸움을 겪어야만 했던 것이다. 그것은 주로 그 로마 신사의 적개심에 의한 것이다. 이 청년 신사의 완고한 도의심은 치폴라의 지배에 반항을 꾀하려는 공공연하고도 위험한 본보기가 될 뻔했다. 그러나 바로 이러한 본보기라는 것의 중요성을 너무나 잘 인식하고 있었던 치폴라는 가장 저항이 적은 곳을 공격점으로 택했고, 그가 앞서 널빤지처럼 빳빳하게 마비시켜 버렸던 젊은이, 정신이 박약하고 암시에 걸리기 쉬운 청년으로 하여금 광란의 무도회를 시작하도록

했던 것이다. 그 젊은이는 치폴라가 한 번 쏘아보기만 해도 마치 벼락에 맞은 듯 당장에 상체를 뒤로 젖히고 두 손을 아랫바지의 솔기에 갖다 댔다. 말하자면 군대식 몽유병자의 상태로 빠져 버렸던 것이다. 아무리 어리석은 일을 시켜도 해치울 각오가 되어 있다는 것은 처음부터 명백했다. 또한 복종한다는 것이 무척이나 유쾌한 듯해서 기꺼이 자기의 보잘것 없는 자존심을 내던져 버리는 것도 불사하겠다는 듯했다. 그는 여러 번 마술 실험의 대상자가 되기를 자원했고, 급속한 자기 상실과 무의지성(無意志性)의 본보기가 되는 것을 자기의 명예라고 생각하고 있었던 것이다. 이번에도 그는 다시 무대에 올라가서 채찍이 단 한 번 휘둘러지자 당장에 치폴라가 시작하는 대로 무대 위에서 '스텝'을 밟으며 춤을 추기 시작했다. 다시 말해서 눈을 지그시 감고 머리를 흔들며 초라한 팔다리를 사방팔방으로 흔들고 일종의 황홀한 상태에서 춤을 추기 시작했던 것이다.

분명히 그것이 즐겁게 보였는지 그를 따라 나서는 자가 생기기까지 별로 오랜 시간이 걸리지는 않았다. 초라한 옷차림을 한 젊은이와 훌륭한 옷차림을 한 청년이 각각 그의 양쪽에서 스텝을 밟기 시작했다. 바로 그 순간에, 전에 말한 로마의 신사가 일어서서 노기를 띠고 치폴라에게 대들었던 것이다——"당신은 내가 춤을 추지 않기로 결심했을 때에도 나에게 춤을 추게 하겠는가?"

"원하지 않아도 되고 말고!" 치폴라는 이렇게 대꾸했는데, 그 말투는 지금도 잊어버릴 수가 없다. 그 무서운 '원하지 않아도 되고 말고'라고 한 말은 아직도 내 귀에 쟁쟁하다.

그래서 이제 싸움이 벌어졌던 것이다. 치폴라는 코냑을 한 잔 마시고 새로 담배에 불을 붙인 다음, 그 로마 사람을 입구 쪽을 향해 중앙 통로 한가운데에 세워 놓고 자기는 그 뒤 좀 떨어진 곳에 자리잡고, "춤을 추어라!"하고 명령하면서 말채찍을 흔들었다. 상대방은 꼼짝도 하지 않았다. "Balla!(추어라!)" 치폴라는 단호하게 명령을 되풀이하며 손가락으로 딱딱 소리를 냈다. 젊은 신사의 목은 칼라 속에서 움찔했다. 그와 동시에 한쪽 손이 번쩍 올라가고 한쪽 팔꿈치가 밖으로 향하며 이렇게 춤을 출 듯하면서도 좀처럼 추지 않고 경련이 때로는 심해졌다가 다시 가라앉고 하면서 상당한 시간이 경과했다. 누구나 알 수 있는 일이었지만 치폴라의 강적은 미리 준비했던 결정적인 반항의 결심, 영웅적인 완고한 고집불통이었다. 이 용감무쌍한 청년 신사는 실로 인류의 명예를 구제하려는 것이었다. 그는 경련을 일으키면서도 춤을 추지 않았다. 그래서 실험이 너무 오래 끌게 되어 치폴라는 하는 수 없이 자기의 주의력을 두 군데로 나누어 때때로 무대를 향해서 팔다리를 흔들며 춤을 추고 있는 사람들을 바라보고서는 채찍을 휘둘러 규칙을 지키도록 하고, 또 한편에서는 관객을 향해서 지껄이는 것을 그치지 않았다. 그런데 저렇게 제멋대로 춤을 추고 있는 그 사람들은 아무리 오랫동안 춤을 추어도 나중에 피로를 느끼는 일이 절대로 없었다. 그 이유는 춤을 추고 있는 것은 실은 자기 자신이고 저 사람들이 아니기 때문이라고 그는 설명했다. 그 말이 끝나자 다시 로마 사람의 목을 뚫어지게 노려보고 이 완강한 반역적 의지를 꺾어 보려고 덤벼들었다.

그런데 이 확고부동한 의지도 거듭 내리치는 채찍소리와 매서운 명령 때문에 눈에 보이게 동요하기 시작했다 —— 관객은 무정한, 그러나 굉장한 관심을 가지고 사태의 진전을 지켜보고 있었다. 그러나 그러한 관심에는 절박감, 연민의 정과 잔인한 만족감이 혼합되어 있었다. 내가 혹시 이 과정을 정확하게 이해했다고 가정한다면 이 청년 신사는 투쟁 태세의 소극성으로 인해서 패배한 것이다. 모름지기 인간이란 의지를 갖지 않고서는 심리적으로 살아나갈 수가 없는 것이다. 다시 말해서 어떤 행동에로의 의지를 갖지 않는다는 것은 시간이 흘러 가면 아무런 삶의 내용도 가져오지 못한다는 것을 의미한다. '어떤 일에 대해서 의지를 갖지 않는다'는 것과, '도대체가 의지라는 것을 갖지 않는' 즉 결국에는 타인의 요구대로 행동하고 마는 것과의 사이에는 종이 한 장의 차이밖에 없는 것이다. 어느 경우를 막론하고 자유의 이념은 불가불 질식해 버리는 것이다. 말채찍 소리와 명령하는 소리 사이사이에 치폴라가 엮어 넣은 설득 공작도 역시 이러한 간격을 노리고 있었던 것이다. 그의 비밀인 암시 작용에는 마음을 혼미하게 하는 심리학적인 암시가 가미되어 있었다. "춤을 추어라!"하고 그는 말했다. "무엇 때문에 그렇게 자기 자신을 괴롭히는가? 그것이 너의 자유라는 것인가? 그 자기 고문이? 자 한 번 취해 봐요! 저것 봐라, 팔다리가 근질근질해졌군. 자, 이만 팔다리를 자유롭게 내버려 두면 어떻겠나! 됐다. 벌써 춤을 추고 있지 않은가! 싸움은 끝났단 말야, 이제는 재미를 보는 것뿐이야!" —— 과연 그대로였다. 반항자의 신체는 점점 경련이 심해지고 벌렁거려 팔이 올라가고 무륜이 올라가고 갑자기 모든 관절이 느른해져서 팔다리를 흔들거리며 춤이 시작되었다. 그리하여 치폴라는 박수 갈채를 받으면서 이 청년 신사를 무대 위에 있는 똑같은 친구들에게로 이끌어 갔다. 패배자의 얼굴을 모든 사람이 볼 수 있었다. 그는 무대 위에서 처음으로 관객에게 얼굴을 공개하였다. '재미를' 보고 있는 그는 눈을 반쯤 지그시 감고 희색이 만면했다. 뽐내면서 반항할 때보다도 지금이 오히려 유쾌한 듯한 것을 볼 수 있다는 것이 위안이라면 위안이었을지도 모른다……

그 청년의 '함락(陷落)'은 획기적인 것이라 하겠다. 그와 더불어 견고한 얼음의 장벽은 무너지고 치폴라의 승리는 절정에 달해서 마녀의 지팡이, 그 말채찍의 지배력은 무제한의 것이었다. 내가 지금 이야기하는 것은 열두 시를 상당히 지났을 무렵의 일인데 그때쯤 해서는 무대 위에 8~10명이나 되는 사람들이 춤을 추고 있었을 뿐 아니라, 관람석에서도 일대 소동이 일어났다. 안경을 쓴, 이가 기다란 한 영국 부인은 마술사가 전혀 마술을 걸지 않았는데도 불구하고 스스로 자리를 떠나 중앙 통로에서 타란텔라를 추기 시작했다. 그런데 치폴라는 그러는 동안에 무대 왼쪽에 있는 짚의자에 몸을 기대고 담배 연기를 깊숙이 들이마셨다가는 보기 흉한 이 사이로 버릇없이 내뿜고 있었다. 발은 공중에 떠서 흔들거리고, 때로는 어깨를 으쓱거리며 웃어대면서 관중석의 난장판을 내려다보기도 하고 때때로 어깨 너머로 뒤돌아보고는 신바람이 식어 가는 듯한 자가 있으면 채찍질을 휘둘러 소리냈다. 어린아이들은 그때쯤 잠이 깨어 있었다. 어린아이들 이야기를 한다는 것은 부끄러울 지경이다. 첫째로 이런 곳에 그대로 남아 있었다는 것이 좋지 않았는데, 더구나 아이들에게는 그러했다. 어찌해서 우리가 여전히 그 자리에 머물러 있었던가? 이것은 그때의 일반적인 나태한 기분에 어느 정도 감염되어 있었기 때문에 그랬었다고밖에 달리 설명할 길이 없다. 한밤중에 이런 분위기는 우리들까지도 사로잡았던 것이다. 그렇게 되고 보니 이제 될 대로 되라는 기분이었다. 다만 아이들이 그날 밤의 오락이 지녔던 추악한 점을 이해하지 못한 것만은 천만다행이었다. 천진난만한 두 아이는 이런 구경거리, 즉 요술사의 공연회로 데려다 준 것만도 특별한 은혜라고 거듭 좋아했다. 두 아이는 15분 가량씩 여러 번 우리 무릎을 베고 잠을 잤고 깨어 있을 땐 얼굴이 벌겋게 달아올라 멍청한 시선으로 바라보면서 오늘밤의 주인공이 사람들에게 시키고 있는 팔딱팔딱 뛰는 듯한 춤을 진심으로 재미있어 하면서 웃어댔다. 이렇게 재미있어 하리라고는 전혀 예기치 못했던 것이다. 두 아이는 고사리 같은 손을 서투르게 나마 치면서 즐거운 듯이 어른들이 박수 갈채하는 것과 보조를 맞추었다. 그러나 마술사가 자기들의 친구인 마리오, '에스키지토'의 급사에게 손짓했을 때는 좋아 어쩔 줄 모르고 아이들의 버릇대로 의자에서 뛰어올랐다 —— 치폴라는 꼭 틀에 박힌 형식대로 코앞에 손을 대고 인지를 세워서 여러 번 앞을 향해 'ㄱ' 자 모양으로 구부렸다 폈다 하면서 마리오를 불렀다. 마리오는 순순히 말을 듣고 나왔다. 그가 무대로 통하는 계단을 올라가고 있는 동안에 치폴라는 여전히 형식대로 괴상하게 인지를 구부렸다 폈다 하고 있었다. 나는 지금도 이 광경을 뚜렷이 기억하고 있다. 마리오가 잠시 주저하는 기색을 보였던 것도 잘 기억하고 있다. 그는 그날 밤 우리가 있는 곳에서 왼쪽 가장자리 통로, 그 전투적인 머리 모양을 한 젊은이가 서 있었던 곳을 가서 때로는 팔짱을 끼기도 하고, 혹은 윗저고리 주머니에 손을 넣기도 하며 나무 기둥에 기대어 서 있었다. 우리가 보기에는 무대의 연기를 주의 깊게 지켜 보고 있는 듯했으나 별로 명랑한 것 같지도 않았고, 또한 얼마나 그것을 이해하고 있는지도 알 수 없는 일이었다. 이 시점에 와서 무대로 끌려나간다는 것이 분명 기분 좋지 않은 모양이었다. 그래도 그가 마술사의 손짓에 응했다는 것은 잘 이해가 간다. 그것은 이미 그의 직업적인 습성에서 나온 것이었다. 뿐만 아니라 마리오와 같이 소박한 청년이 치폴라와 같은 혁혁한 승리를 거둔 지배자에게 복종을 거부한다는 것은 심리적으로도 불가능했으리라. 좋건 싫건 간에 그는 기대어 서 있던 기둥을 떠나 무대로 가는 길을 비켜주는 주변의 사람들에게 인사를 하면서 무대 쪽 계단을 올라 갔다. 그의 두터운 입술 언저리에는 의심스러운 듯한 미소가 감돌고 있었다.

  20세의 두루뭉실한 청년, 짧게 추켜 깎은 머리, 좁은 이마, 짙은 눈썹, 초록색과 황색이 섞인 희미한 회색빛 눈동자── 마리오의 모습을 독자 여러분은 이렇게 상상해 주기를 바라는 바이다. 내가 그의 외모를 정확하게 알고 있는 것은 여러 번 그와 이야기 나눈 적이 있기 때문이다. 찌그러진 콧등에는 주근깨가 솟아 있고 얼굴 아래쪽이 앞으로 쑥 나와 있었다. 말을 할 때에는 두툼한 입술 사이로 가득 괸 침이 드러나 보였다. 이렇게 두터운 입술은 둔탁한 눈과 더불어 그의 인상에 원시적인 우울한 느낌을 주었으나, 이러한 인상이야말로 우리가 전부터 어쩐지 호감을 갖게 된 이유였다. 그 표정에는 잔인한 모습 같은 것은 전혀 볼 수 없었다. 그것은 이상할이만큼 보통 이상으로 길쭉하게 곱살한 손을 보기만 해도 알 수 있었다. 남국 사람들 사이에까지도 그 품위 있는 손이 사람들의 이목을 끌었고 또한 그런 손으로 접대받는 것은 기분이 좋은 일이었다.

 개인적이란 말과 인간적이라는 말을 구별해도 상관이 없다면, 우리는 마리오를 개인적으로는 몰랐지만 인간적으로는 알고 있었다. 거의 매일같이 마리오와 얼굴을 대했으며, 또한 꿈꾸는 듯이 곧잘 멍청하니 정신나간 듯한 모습에 대해서 이미 우리는 어쩐지 동정을 느끼고도 있었다. 하기야 그는 언제나 이런 표정을 재빨리 후회하고 새삼 더욱 싹싹하게 접대하는 태도로 되돌아가는 것이었다. 이 표정은 지극히 진지한 것이어서 어린애들을 상대할 때 이외에는 미소조차 보이지 않았으나, 그렇다고 해서 기분이 나쁜 것도 아니고, 또 원래가 남에게 아첨하거나 억지로 애교를 떠는 법도 없고 오히려 애교 같은 것은 단념해서 다른 사람이 호감을 사는 것 따위는 전혀 처음부터 원하지 않고 있는 성싶었다. 그런 사건이 없었다 해도 어차피 마리오의 모습은 우리 기억에 남아 있었으리라고 여겨진다. 여행의 추억이란 것은 어마어마한 것보다는 오히려 사소한 보잘것 없는 일들이 오래까지 선명하게 남는 것인데, 마리오의 존재도 그런 유에 속한다. 그의 부친이 시청의 하급 서기라는 것과 모친이 세탁부였다는 사실 이외에 우리가 그의 환경에 대해서 아는 것은 아무것도 없었다.

무대로 올라가는 그는 얄팍하고 줄무늬가 진 퇴색한 양복을 입고 있었는데 그에게는 손님을 접대할 때에 입는 흰 겉옷이 더 잘 어울리는 것같이 보였다. 목에는 칼라 대신 구름무늬의 비단 머플러를 둘렀고 그 위에 윗저고리를 입고 있었다. 그는 치폴라가 있는 곳으로 다가갔으나, 상대편이 여전히 인지를 구부렸다 폈다 하는 짓을 멈추지 않았기 때문에 마리오는 좀더 앞으로 나가 치폴라가 앉아 있는 의자에 바짝 다가서서 발과 발이 서로 맞닿을 정도의 위치에 섰다. 그러니까 치폴라는 팔을 펼쳐 마리오가 벌리고 있는 팔꿈치를 붙잡고 구경꾼이 그의 얼굴을 잘 볼 수 있는 자세로 돌려 세웠다. 치폴라는 아무렇게나 되는대로 하는 듯이 오만하게 마리오를 머리끝에서 발끝까지 유쾌하다는 듯 훑어보았다.

"도대체 이게 어찌된 셈인가, 여보게?" 그는 말문을 열었다. "이제서야 비로소 인사를 올리게 되다니. 실은 본인으로서는 이미 오래 전부터 자네와는 친숙해 있었는데, 거짓말이 아니란 말이야……. 그렇고말고. 벌써부터 자네를 눈여겨 보고 있었기에 자네의 훌륭한 성질을 똑바로 잘 들여다보고 있었던 것일세. 이 나라는 사람이 자네를 잊을 수야 있겠나. 워낙 바쁘니까 그럴 수도 있겠지만……. 그런데 자네 성함은 뭐라고 하지? 아니 그저 이름만 알면 돼요."

"마리오라고 합니다." 젊은이는 대답했다.

"그래, 마리오라고 한다, 훌륭한 이름이군. 그러나 자주 보는 이름이지, 흔하단 말이야. 고대의 이름이군그래. 우리 조국의 영웅적인 역사에 뚜렷이 남아 있는 이름의 하나로군. 브라보, 좋군그래!" 이렇게 말하면서 아래로 기울어진 어깨보다 팔을 조금 높이 쳐들고 손바닥을 펴서 로마식 경례를 했다. 약간 취했다고 해도 의심의 여지가 없었다. 그러나 그의 언변은 조금도 전과 다름없이 유창하고 카랑카랑했다. 그러나 이 시각에 이르러서는 몸가짐 전체에나 말솜씨나 무엇인가 싫증이 났다는 듯이 아라비아의 왕과 같은, 어쩐지 거칠고 교만한 티가 나타나기도 했다.

"자, 그러면 마리오 군⋯⋯." 그는 말을 이었다. "오늘 저녁에 잘 왔네. 그리고 자네의 그 목도리가 아주 좋군. 자네 얼굴에 썩 잘 어울리는데그래. 이래서야 아가씨들이 좌지우지해도 하는 수 없지. 톨레 디 베네레의 어여쁜 아가씨들이 말이다⋯⋯."

바로 그때 마리오가 서 있었던 자리 근처에서 큰 웃음 소리가 터져 나왔다──웃음 소리의 장본인은 전투적인 머리 모양을 한 바로 그 젊은이였다. 그는 윗저고리를 어깨에 걸친 채 하하⋯⋯"하고 아주 사납고 조소하는 듯이 웃어댔다.

마디오는 어깨를 움츠린 것 같았다. 여하튼 그는 꿈틀 움직였다. 아마 처음에는 전율했던 모양이다. 그랬다가 나중에 일부러 어깨를 으쓱하고 이따위 목도리나 여자는 자기에게 문제가 아니라는 것을 표시함으로써 처음에 일어났던 전율을 얼버무려 넘겨 버리려고 했는지도 모른다.

치폴라는 슬쩍 관람석을 훑어보았다.

"저따위 놈은 상관하지 말자. 질투하지 말자. 질투하는 모양이군. 자네 목도리가 아가씨들 사이에서 인기가 좋다니까 질투하는 거다. 그리고 자네가 나하고 여기서 이렇게 다정하게 이야기하고 있는 것이 눈에 거슬리는 모양이다……. 원하신다면 또다시 전처럼 복통을 일으켜 주마. 간단한 일이지. 그런데 마리오 군, 자네는 어쩐지 오늘 저녁에 정신나간 것같이 보이는데……. 그건 그렇고, 자네는 낮에 구멍가게에서 일하고 있나?"

"카페에서 일합니다." 젊은이는 정색하고 말했다.

"아, 그렇던가, 카페에서 일하고 있단 말이지! 이것 참 치폴라가 틀리다니, 그러면 자네는 급사, 술 따르르는 사람, 말하자면 가니메데스(그리스 신화에 나오는 아폴로의 총애를 받는 미소년)란 말이군. 그거 잘 됐다. 또 한 번 옛날을 회상할 수 있게 된 셈이군 —— 브라보!" 이렇게 말하고 나서 치폴라가 다시 팔을 쳐들어 로마식 경례를 해보였다. 관객은 좋다고 웃어댔다.

마리오도 미소를 지으며 고지식하게 말참견을 했다. "그렇지만 그 전에는 잠시 포르토크레멘테 상점에 있은 적이 있습니다." 이런 주석에는 예언하는 상대편을 도와서 판단의 정확성을 기하도록 해주려는 호의에 찬 기분 같은 것이 내포되어 있었다.

"그것 봐! 역시 구멍가게로군."

"빗이나, 솔 같은 것도 팔았지요." 마리오는 상대편의 기세를 피하려는 듯이 말했다.

"이거 봐, 자네는 처음부터 가니메데스가 아니다. 냅킨을 가지고 손님 접대만 한 것이 아니라고 이미 말해 두지 않았나. 이 치폴라라는 사람은 잘못 보았을 때에도 상대편의 신뢰감이 생기게 하거든. 자, 어떤가. 자넨 이 사람을 신뢰하겠지?"

분명치 않은 몸짓.

"전폭적인 신뢰는 안 되겠군." 치폴라는 제멋대로 단정을 내렸다. "사실 자네의 신용을 얻는 것은 누구나 어려울 것이다. 이 사람에게조차도 손쉽지 않다. 잘 알고 있지. 보아한 즉 자네 얼굴에는 사람을 피해서 혼자 슬퍼하는 상이 나타나 있다. 한 가닥 비애가 나타나 있단 말이야……. 실토를 해보게." 그는 마리오의 손을 잡고 말을 시키려고 타일렀다. "자넨 마음속에 고민이 있지?"

"없습니다!" 마리오는 재빨리 딱 잘라 말했다.

"아니, 있어" 하고 마술사는 그 말을 권위를 세워 물리치고 주장했다. "내가 그런 것을 모를 줄 아는가? 이 치폴라에게 좀 실토를 해보게. 물론 여자 문제야. 고민거리는 여자이지? 자넨 사랑의 고민을 하고 있는 거야."

마리오는 단호히 머리를 가로저었다. 그와 동시에 우리 옆에서는 또다시 먼젓번 젊은이의 잔인한 너털웃음이 터져 나왔다. 치폴라는 귀를 곤두세웠다. 눈은 어딘지 허공을 헤매면서 그는 웃음 소리에 귀를 기울였으나, 마리오와 이야기를 하는 동안에도 이미 한두 번 그랬듯이 몸을 반쯤 뒤로 돌려 태만하게 춤을 추지 못하도록 춤추는 사람들을 향해서 채찍을 휘둘렀다. 그러자 그 틈을 타서 마리오가 자칫하면 달아날 기색을 보였다. 마리오는 갑자기 몸을 부르르 떨더니 휙 돌아서서 계단 쪽으로 가려고 했던 것이다. 그의 눈언저리가 벌겋게 충혈되어 있었다. 치폴라는 위기일발에 마리오를 붙잡아 놓았다.

"가만히 있어!" 치폴라는 소리쳤다. "무슨 일이야, 도망치려는가? 가니메데스 군, 기껏 재미있는 이야기를 해주려고 하는 판인데, 조금만 더. 자네의 고민이 터무니없는 것이라는 사실을 분명히 해줄 테니까. 정말일세. 그 처녀 말인데, 다른 친구들도 알고 있는 그 처녀는 음 —— 뭐라고 했더라? 가만 있자, 그 이름은 자네 눈을 보고 알아내 보여주지. 벌써 혓바닥 끝까지 나오고 있다. 그런데 자네도 보아하니 그 처녀의 이름을 말하려고 하는 것 같군……."

"실베스트라!" 그 젊은이가 아래에서 외쳤다.

치폴라는 눈 하나 깜짝하지 않았다.

"주책없는 녀석이 있구나!" 그는 관람석을 돌아보지도 않고 오히려 마리오와의 대화가 조금도 방해되지 않았다는 듯이 말했다. "때도 가리지 않고 울어대는 수탉이 있구나. 저놈은 자네와 나의 입술에서 그 이름을 빼앗아 가서 자기야말로 그 이름을 부를 수 있는 권리가 있다고 어리석게도 생각하고 있다. 네버려 두자, 저런 놈은! 그러나 실베스트라는 말이다. 자네가 사모하는 실베스트라는 대단한 처녀지. 어때 아주 근사하지? 그 처녀가 걸어가고 숨을 쉬며 웃는 모습은 어떤가. 그 귀여운 모습을 보면 심장도 멈출 지경이지. 그리고 빨래할 때의 그 토실토실한 팔은 어떤가. 이마에 내리 덮이는 머리카락을 젖히려고 목을 뒤로 젖히는 그 모습은 어떤가 말이다! 그야말로 하늘에서 내려온 천사거든, 그 처녀는."

마리오는 목을 쑥 내밀고 치폴라를 노려보았다. 자기가 현재 있는 장소도, 구경꾼들도 완전히 잊은 듯이, 눈언저리에

마리오와 마술사 269

붉은 자국이 커지고, 마치 색칠을 한 것같이 보였다. 그런 것은 별로 본 적이 없다. 두터운 입술은 벌어진 채로 있었다.
"그런데 이 천사가 자네의 고민거리란 말이지." 치폴라는 계속했다. "또는 자네가 그 처녀 때문에 혼자 고민하고 있다고나 할까……. 알겠나, 이것은 대단한 차이란 말야, 여보게 중대한 차이야! 연정에 사로잡히면 언제나 잘못 생각하는 일이 생기는 법이라 —— 아니, 바로 그 사랑이라는 것만큼 엉뚱한 생각을 자아내는 것은 없다고도 할 수 있지. 자네는 이렇게 생각할는지도 모르겠군. 이 치폴라 따위가 사랑의 도리를 알 수 있겠나, 육체적 결함이 있는 자가 —— 라고 말이야. 그러나 그건 틀린 생각이다. 사랑의 도리에 관해서는 이 치폴라가 상당히 밝다네. 사랑의 문제라면 무엇이든지 도통하고 있단 말야! 그러니까 그 방면의 문제라면 치폴라의 말을 들어 두어서 손해보지는 않을 걸세. 하지만 이 치폴라는 아무래도 괜찮다고 해두자. 전혀 문제삼지 말기로 하세. 그리고 자네의 어여쁜 실베스트라의 일만을 생각하기로 하자. 어떤가? 그 처녀가 과연 자네를 제쳐 놓고 어디 다른 수탉에게로 꼬리를 칠까. 수탉이 웃고 자네가 울게 된대서야 말이 되겠나? 이렇게도 심정이 깊고 호감이 가는 청년을 뿌리치고 말이야. 그런 일은 아무리 생각해도 있을 것 같지가 않군. 불가능한 일이다. 나도 그 처녀는 잘 알고 있네마는, 가령 내가 그 처녀의 입장이 된다면, 알겠나, 한편은 먹칠한 듯한 불한당, 건포, 바다의 과일이고 —— 또 한편은 이 마리오 씨, 손님들 사이를 분주하게 돌아다니며 음식 같은 것을 재치있게 권하는 냅킨의 기사, 그러면서도 성실하고 열렬한 마음으로 나를 사랑해 주시는 분——내가 그리워한 그이. 그 둘 중에서 누구를 택할 것인가? 그런 것은 빤히 알고 있답니다. 누구에게 나의 마음을 바칠 것인가. 그런 것은 말하는 것조차도 어리석은 일, 벌써 오래 전부터 부끄러운 마음으로 그분에게만 제 마음을 바쳐 왔는데요. 이제 서서히 제 마음을 알아차리고 내 가슴 속에 품은 생각을 알아 줄 만한데요. 마리오 씨, 내가 사랑하는 그대…… 여보세요, 내가 누구인지 아시겠어요?"

그 사기꾼이 애교를 떨면서 처진 어깨를 뒤틀고, 눈시울이 축 늘어진 눈을 애달프다는 듯이 실눈으로 뜨고 달콤한 미소를 지으며 삐죽삐죽한 이를 드러내 보이는 꼴을 무어라 형용할 길이 없었다. 그런데 이러한 거짓말을 내뱉고 있는 동안에 우리의 불쌍한 마리오는 어떤 꼴을 하고 있었을까? 그러한 광경을 차마 눈 뜨고 볼 수가 없었다. 그것은 지금에 와서도 차마 말할 수가 없다. 왜냐하면 그것이야말로 가슴 속 가장 깊이 있는 것을 포기하고 미칠듯이 행복감에 도취해서 축적되었던 정열을 공공연하게 폭로하는 것이었으니까. 마리오는 두 손을 입 앞에 합장하고 거친 숨결 때문에 어깨를 들먹거렸다. 분명히 그는 행복한 나머지 자기의 눈과 귀도 믿지 않았고, 또한 바로 그런 까닭에 오히려 자기의 이목을 실제로 믿어서는 안 된다는 것을 망각하고 있었던 것이다. 마리오는 애달프게 한숨을 내쉬면서 가슴 속에서 속삭였다.
"실베스트라!"

"키스해 주세요, 네?" 하고 그 곱사등이가 말했다. "괜찮아요, 해도 좋아요! 나는 당신을 사랑해요. 여기에 키스해 주세요, 네?" 이렇게 말하더니 그는 손과 팔과 새끼손가락을 펼쳐 들어 인지 끝으로 자기 볼의 입언저리를 가리켰다. 그러자 마리오는 허리를 구부리고 마술사의 볼에 키스했다.

장내는 물을 끼얹은 듯이 조용해졌다. 마리오가 행복에 눈이 어두워진 그 순간이란 실로 기괴하고도 무시무시해서 숨막힐 듯했다 —— 행복과 환영(幻影) 사이에 있는 모든 관계가 사람들 마음 속으로 파고 들어오던 불쾌한 몇 분 동안의 침묵은 우리의 왼쪽에 있었던 그 젊은이의 폭소로 깨졌다. 그것도 이 장면의 첫 순간이 아니라, 마리오의 애정을 실컷 속인 그 징그러운 살에다 마리오의 입술이 어처구니없고 익살맞게도 키스를 한 직후의 일이었다.

이 큰소리는 장내의 긴장된 분위기와는 유리되어, 잔인하고 악의에 찬, 그러나 또한(내가 잘못 짐작했는지도 모르지만) 이렇게까지 홀딱 속아 버린 마리오의 불행에 대한 연민의 정도 약간이나마 풍기고 있었다. 그 웃음 속에는 또한 조금 전에 마술사가 당치도 않다고 호통을 치며, 자기야말로 불쌍하다고 말했을 때의 그 '불쌍하여라' 하는 동정적인 기분도 적잖이 섞여 있었다.

그러나 이 폭소의 여운도 미처 사라지기 전에 무대 위에서 애무를 받고 있던 곱사등이가 의자다리에다 말채찍 소리를 냈다. 마리오는 꿈에서 깨어나 깜짝 놀라서 일어나더니, 선뜻 뒤로 물러나 몸을 기울인 자세로 멍청하게 한 곳을 바라보며 더럽혀진 입술에 두 손을 포개 대더니, 손등의 뼈마디로 관자놀이를 때렸다. 그러더니 훌쩍 돌아섰다. 두 손을 무릎 위에 얹고서 어깨를 들먹이며 웃어 대고 장내의 관객들이 박수 갈채를 보내는 가운데 마리오는 계단을 뛰어 내려왔다. 그는 내려오더니 맹렬한 기세로 뚜벅뚜벅 큰 걸음으로 근처를 맴돌다가 한쪽 팔을 번쩍 들었다. 그러자 갈채와 폭소가 소용돌이치는 가운데 철커덕 꽝 하고 작열하는 소리가 두 번 울렸다.

장내는 순식간에 조용해졌다. 무대 위의 꼭두각시들도 춤을 멈추고 아연한 표정으로 눈이 휘둥그래졌다. 치폴라는 팔딱 뛰어 의자에서 일어섰다. 그러더니 '집어치워라! 조용히 해! 꺼져 버려! 도대체 이게 어떻게 된 거야!'라고 소리라도 치고 싶은 듯이 무엇인가를 가로막듯 두 팔을 내뻗었다. 그런데 그 순간 꼭두각시들은 머리를 가슴에 푹 수그리고 흐느적흐느적 한 자루 모양으로 의자 위에 쓰러지더니 이어서 마룻바닥으로 비스듬히 떨어졌다. 다시는 움직이지 않았다. 마치 의복과 불쑥 솟은 뼈다귀를 한데 뭉쳐 놓은 덩어리 같았다. 수습할 수 없는 혼란이 일어났다. 부인들은 몸을 부들부들 떨며 동반자의 가슴에 얼굴을 파묻었다. 의사를 불러온다, 경찰서로 뛰어간다, 물밀듯이 사람들이 무대 위로 뛰어든다, 야단이었다. 한편 마리오도 사람들에게 둘러싸여 무기를 빼앗겼다. 그가 손에 쥐고 있었던 것은 둔한 빛이 나는 조그마한 거의 권총이라고도 할 수 없는 것이었다. 이 무기의 가소로울 만큼 작은 총신이 운명을 그렇게도 의외로 이상한 방향으로 돌이켜 버렸던 것이다.

우리는 아이들을 데리고 때마침 회장 안으로 들어온 두 헌병과 엇갈려서 출입구로 나갔다.

"저것이 끝인가요?" 이들은 알고 싶어했다. 안심이 되지 않았던 것이다……
 "그렇단다." 우리가 보증해 주었다. "저게 끝이란다." 무서운 종말, 지극히 숙명적인 파국이었다. 그렇기는 해도 안도의 한숨을 쉬게 하는 결말이었다——나는 그때에도 그렇게 생각하지 않을 수 없었거니와 지금도 역시 그렇게 느끼고 있다.

□ 연 보

1875년   6월 6일, 독일의 북부 뤼베크의 부유한 상가에서 세습적인 곡물상인의 차남으로, 그리고 하인리히 만의 동생으로 출생.
1893년   18세. 실업고등학교를 중퇴하고 뮌헨으로 옮겨 화재 보험회사의 견습사원으로 입사.
1894년   19세. 견습사원을 그만두고 뮌헨에 있는 두 대학의 청강생으로 들어감. 처녀작 《전락(轉落)》을 발표하여 시인 R. 데메르의 인정을 받음.
1896년   21세. 하인리히와 함께 이탈리아로 가서 머묾.
1897년   22세. 장편 《부덴브로크 가의 사람들》을 쓰기 시작.
1898년   23세. 뮌헨으로 귀환. 《키 작은 프리데만 씨》 출판.
1901년   26세. 《부덴브로크 가의 사람들》 출판. 이 작품의 출판으로 점차 부유해짐.
1903년   28세. 단편집 《토니오 크뢰거》, 《트리스탄》을 씀.
1904년   29세. 《피오렌짜》를 완성함.
1905년   30세. 뮌헨 대학의 수학 교수 프링크스하임의 딸 카타리나와 결혼.
1909년   34세. 장편 《대공전하》를 씀. 고독한 예술가적 존재를 사랑과 결혼에 의하여 삶의 세계와 손을 잡게 하는 작품.
1912년   37세. 죽음에 매혹되어 몰락하는 예술가의 비극을

275

묘사한 《베니스에서 죽다》를 씀.

1913년 38세. 이해 여름부터 《마의 산》을 쓰기 시작함.

1914년 39세. 1차 세계대전이 터짐. 정치에 대한 마음의 준비가 없던 그는 창작을 거의 하지 못하고 독일 낭만주의적인 보수주의 입장으로 돌아감. 전쟁중 서유럽의 데모크라시를 독일에 도입하려고 한 진보적인 형 하인리히에 반대하여 정신 예술의 정치화에 항의함.

1918년 43세. 반데모크라시 논집 《비정치적 인간의 고찰》을 2년 반쯤 써 나감. 그러나 결국엔 데모크라시에 대한 반항이 잘못임을 깨달음.

1919년 44세. 단편 《주인과 개》를 씀.

1920년 45세. 서사시 《어린이의 노래》를 씀.

1922년 47세. 10월 《독일 공화국에 대해서》라는 주제로 강연. 아직 약체인 독일 공화국을 옹호하여 독일 청년층에 데모크라시의 지지를 권함. 이후 바이마르 공화국의 문화 사절 자격으로 국외로 강연 여행을 다님.

1923년 48세. 《괴테와 톨스토이》를 씀.

1924년 49세. 《마의 산》 탈고. 독일의 낭만주의적인 '죽음과의 공감'을 민주주의적인 '삶에 대한 봉사'로 전환함으로써 중년의 만이 갖는 세계관의 전환을 나타낸 교양 소설.

1926년 51세. 《무질서와 어린 고뇌》를 씀. 문화 사절로서 외국을 여행한 성세한 보고서인 《파리 방문기》집

	필. 4부작《요셉과 그의 형제들》착수.
1929년	54세. 노벨 문학상 수상.
1930년	55세.《이성에 호소한다》를 강연하여 시민 계급에게 사회민주당과 손을 잡고 나치스에 대항할 것을 호소함. 단편《마리오와 마술사》를 써서 파시즘의 정체를 폭로하고 그 최후까지를 예언함.
1933년	58세. 1월, 히틀러가 수상으로 임명되자 그는 2월 국외로 강연 여행을 떠난 채 망명.
1936년	61세. 독일 시민권을 박탈당함.
1937년	62세. 격월간지《척도와 가치》를 간행(39년까지)하여 자유로워야 할 독일 문화를 옹호함.
1938년	63세. 정치 평론집《유럽에 고함》을 내어 파시즘의 타도를 위해 휴머니즘은 전투적인 자세를 취해야 한다고 설파. 이해에 미국으로 이주하여 2년간 프린스턴 대학의 객원 교수를 지냄. 한편《도래해야 할 데모크라시의 승리》를 15개 도시를 순방하며 강연함.
1939년	64세. 장편《바이마르의 로테》를 집필하여 괴테를 주인공으로 하여 천재의 내면을 그리면서 히틀러 독재와는 다른 괴테적인 독일을 그림.
1940년	65세. 단편《바뀌어 붙여진 머리》를 집필. 인도의 전설을 빌어 생과 전신과의 조화적 종합의 어려움을 그림. 이해부터 45년까지《독일의 청취자 여러분》으로 히틀러 타도를 호소함.
1943년	68세. 단편《계율》을 집필, 모세의 십계명을 이야

	기했음.
1944년	69세. 미국 시민권을 획득함.
1947년	72세.《파우스트 박사》(한 친구가 이야기하는 독일의 작곡가 아드리안 레버퀸의 생애)를 집필. 천재적인 작곡가가 악마와 결탁하여 몰락하는 비극을 그려 추상적이고 신비적인 독일혼을 파헤쳤으며, 이성과 철학주의 정신에 대한 절망적인 반항이었던 나치즘이라는 악마적인 비합리주의가 독일에 대두하게 된 원인과 과정을 추구하였음.
1949년	74세. 17년 만에 독일을 방문함.
1951년	76세. 장편《선택된 인간》을 집필, 근친상간의 죄를 속죄하여 은총을 받게 되는 인간성을 묘사함.
1952년	77세. 이해 말 스위스로 이주함.
1954년	79세. 그의 마지막 장편《사기사 펠릭스 크룰의 고백》,《회고록의 제 1부》집필 '이 세상에 조금이나마 수준 높은 웃음을 가져다 주는 것'을 염원한 작가의 마지막 작품임.
1955년	80세. 실러의 150주년 기념 강연《실러 시론(詩論)》에서 세계평화와 독일의 통일을 염원함. 이해 8월 12일, 심장병으로 사망. 취리히의 근교에 묻힘.

▨ 옮긴이 소개

서울대 독문과 졸업, 프랑크푸르트 대학 수학. 문학박사.
한국독문학회장 · 한국괴테협회장 역임. 한국 번역문학상 수상.
독일 대공십자훈장 수상.
현재 서울대 인문대 독문과 명예교수.
역서로는 《괴테와의 대화》 외 다수.

토마스 만 단편선   값 6,000원

1985년 4월 20일   초판 1쇄 발행
1992년 1월 20일   초판 3쇄 발행
2002년 1월 15일   2판 1쇄 발행

지은이   토 마 스 만
옮긴이   지   명   렬
펴낸이   윤   형   두
펴낸데   범   우   사

등 록   1966. 8. 3. 제 10 - 39호
121-130   서울시 마포구 구수동 21-1호
전 화 717-2121 · 2122/FAX 717-0429

＊파본은 교환해 드립니다.   교정 · 편집/오유미 · 김지선
ISBN 89-08-03206-1 04810   (홈페이지) http://www.bumwoosa.co.kr
     89-08-03202-9 (세트)   (E-mail) bumwoosa@chollian.net

작가별 작품론을 함께 실어 만든
범우비평판 세계문학선

① 토마스 불핀치
- 1-1 그리스·로마 신화 최혁순 값 10,000원
- 1-2 원탁의 기사 한영환 값 10,000원
- 1-3 샤를마뉴 황제의 전설 이성규 값 8,000원

② 도스토예프스키
- 2-1.2 죄와 벌(상)(하) 이철(외대 교수) 각권 8,000원
- 2-3.4.5 카라마조프의 형제(상)(중)(하)
  김학수(전 고려대 교수) 각권 9,000원
- 2-6.7.8 백치(상)(중)(하) 박형규 각권 7,000원
- 2-9.10,11 악령(상)(중)(하) 이철 각권 9,000원

③ W. 셰익스피어
- 3-1 셰익스피어 4대 비극 이태주(단국대 교수) 값 10,000원
- 3-2 셰익스피어 4대 희극 이태주 값 10,000원
- 3-3 셰익스피어 4대 사극 이태주 값 12,000원
- 3-4 셰익스피어 명언집 이태주 값 10,000원

④ 토마스 하디
- 4-1 테스 김회진(서울시립대 교수) 값 10,000원

⑤ 호메로스
- 5-1 일리아스 유영(연세대 명예교수) 값 9,000원
- 5-2 오디세이아 유영 값 8,000원

⑥ 밀턴
- 6-1 실낙원 이창배(동국대 교수) 값 9,000원

⑦ L. 톨스토이
- 7-1.2 부활(상)(하) 이철(외대 교수) 값 7,000원
- 7-3.4 안나 카레니나(상)(하) 이철 각권 12,000원
- 7-5.6.7.8 전쟁과 평화 1.2.3.4 박형규 각권 10,000원

⑧ 토마스 만
- 8-1 마의 산(상) 홍경호(한양대 교수) 값 9,000원
- 8-2 마의 산(하) 홍경호 값 10,000원

⑨ 제임스 조이스
- 9-1 더블린 사람들 김종건(고려대 교수) 값 10,000원
- 9-2.3.4.5 율리시즈 1.2.3.4 김종건 각권 10,000원
- 9-6 젊은 예술가의 초상 김종건 값 10,000원
- 9-7 피네간의 경야(抄)·詩·에피파니 김종건 값 10,000원

⑩ 생 텍쥐페리
- 10-1 전시 조종사(외) 조규철 값 8,000원
- 10-2 젊은이의 편지(외) 조규철·이정림 값 7,000원
- 10-3 인생의 의미(외) 조규철(외대 교수) 값 7,000원
- 10-4.5 성채(상)(하) 염기용 값 8,000원
- 10-6 야간비행(외) 전채린·신경자 값 8,000원

⑪ 단테
- 11-1.2 신곡(상)(하) 최현 값 9,000원

⑫ J. W. 괴테
- 12-1.2 파우스트(상)(하) 박환덕 값 7,000원

⑬ J. 오스틴
- 13-1 오만과 편견 오화섭(전 연세대 교수) 값 9,000원

⑭ V. 위고
- 14-1.2.3.4.5 레 미제라블 1.2.3.4.5 방곤 각권 8,000원

⑮ 임어당
- 15-1 생활의 발견 김병철 값 12,000원

⑯ 루이제 린저
- 16-1 생의 한가운데 강두식(전 서울대 교수) 값 7,000원

⑰ 게르만 서사시
- 17 니벨룽겐의 노래 허창운(서울대 교수) 값 13,000원

출판 36년이 일궈낸 세계문학의 보고

대학입시생에게 논리적 사고를 길러주고 대학생에게는 사회진출의 길을 열어주며,
일반 독자에게는 생활의 지혜를 듬뿍 심어주는 문학시리즈로서
범우비평판은 이제 독자여러분의 서가에서 오랜 친구로 늘 함께 할 것입니다.

(全冊 새로운 편집·장정 / 크라운변형판)

⑱ E. 헤밍웨이
- 18-1 누구를 위하여 종은 울리나 김병철(중앙대 교수) 값 10,000원
- 18-2 무기여 잘 있거라(외) 김병철 값 12,000원

⑲ F. 카프카
- 19-1 성(城) 박환덕(서울대 교수) 값 10,000원
- 19-2 변신 박환덕 값 10,000원
- 19-3 심판 박환덕 값 8,000원
- 19-4 실종자 박환덕 값 9,000원

⑳ 에밀리 브론테
- 20-1 폭풍의 언덕 안동민 값 8,000원

㉑ 마가렛 미첼
- 21-1.2.3 바람과 함께 사라지다(상)(중)(하) 송관식·이병규 각권 10,000원

㉒ 스탕달
- 22-1 적과 흑 김붕구 값 10,000원

㉓ B. 파스테르나크
- 23-1 닥터 지바고 오재국(전 육사교수) 값 10,000원

㉔ 마크 트웨인
- 24-1 톰 소여의 모험 김병철 값 7,000원
- 24-2 허클베리 핀의 모험 김병철 값 9,000원
- 24-3.4 마크 트웨인 여행기(상)(하) 박미선 각권 10,000원

㉕ 조지 오웰
- 25-1 동물농장·1984년 김회진 값 10,000원

㉖ 존 스타인벡
- 26-1.2 분노의 포도(상)(하) 전형기 각권 7,000원
- 26-3.4 에덴의 동쪽(상)(하) 이성호(한양대 교수) 각권 9,000~10,000원

㉗ 우나무노
- 27-1 안개 김현창(서울대 교수) 값 6,000원

㉘ C. 브론테
- 28-1.2 제인 에어(상)(하) 배영화 값 8,000원

㉙ 헤르만 헤세
- 29-1 知와 사랑·싯다르타 홍경호 값 9,000원
- 29-2 데미안·크눌프·로스할데 홍경호 값 9,000원
- 29-3 페터 카멘친트·게르트루트 박환덕(서울대 교수) 값 9,000원
- 29-4 유리알 유희 박환덕 값 12,000원

㉚ 알베르 카뮈
- 30-1 페스트·이방인 방 곤(경희대 교수) 값 9,000원

㉛ 올더스 헉슬리
- 31-1 멋진 신세계(외) 이성규·허정애 값 10,000원

㉜ 기 드 모파상
- 32-1 여자의 일생·단편선 이정림 값 9,000원

㉝ 투르게네프
- 33-1 아버지와 아들 이정림 값 9,000원
- 33-2 처녀지·루딘 김학수 값 10,000원

㉞ 이미륵
- 34-1 압록강은 흐른다(외) 정규화(성신여대 교수) 값 10,000원

㉟ T. 드라이저
- 35-1 시스터 캐리 전형기(한양대 교수) 값 12,000원
- 35-2.3 미국의 비극(상)(하) 김병철 각권 9,000원

㊱ 세르반떼스
- 36-1 돈 끼호떼 김현창(서울대 교수) 값 12,000원
- 36-2 (속)돈 끼호떼 김현창(서울대 교수) 값 13,000원

㊲ 나쓰메 소세키
- 37-1 마음·그 후 서석연 값 12,000원

㊳ 플루타르코스
- 38-1~8 플루타르크 영웅전 1~8 김병철 각권 8,000원

㊴ 안네 프랑크
- 39-1 안네의 일기(외) 김남석·서석연(전 동국대 교수) 값 9,000원

㊵ 강용흘
- 40-1 초당 장문평(문학평론가) 값 9,000원
- 40-2 동양선비 서양에 가시다 유영(연세대 교수) 값 10,000원

㊶ 나관중
- 41-1~5 원본 三國志 1~5 황병국(중국문학가) 값 10,000원

㊷ 귄터 그라스
- 42-1 양철북 박환덕(서울대 교수) 값 10,000원

㊸ 아쿠타가와 류노스케
- 43-1 아쿠타가와 작품선 진웅기·김진욱(번역문학가) 값 8,000원

㊹ F. 모리악
- 44-1 떼레즈 데께루·밤의 종말(외) 전채린(충북대 교수) 값 8,000원

㊺ 에리히 M. 레마르크
- 45-1 개선문 홍경호(한양대 교수·문학박사) 값 12,000원
- 45-2 그늘진 낙원 홍경호·박상배(한양대 교수) 값 8,000원
- 45-3 서부전선 이상없다(외) 박환덕(서울대 교수) 값 12,000원

㊻ 앙드레 말로
- 46-1 희망 이가형(국민대 대우교수) 값 9,000원

㊼ A. J. 크로닌
- 47-1 성채 공문혜(번역문학가) 값 9,000원

㊽ 하인리히 뵐
- 48-1 아담 너는 어디 있었느냐(외) 홍경호(한양대 교수) 값 8,000원

㊾ 시몬느 드 보봐르
- 49-1 타인의 피 전채린(충북대 교수) 값 8,000원

㊿ 보카치오
- 50-1,2 데카메론(상)(하) 한형곤(외국어대 교수) 값 11,000원

51 R. 타고르
- 51-1, 고라 유영(연세대 명예교수) 값 13,000원

범우사

서울시 마포구 구수동 21-1호
TEL 717-2121, FAX 717-0429
http://www.bumwoosa.co.kr
(E-mail) bumwoosa@chollian.net

주머니 속에 친구를!

범 우 문 고

1 수필 피천득
2 무소유 법정
3 바다의 침묵(외) 베르코르/조규철·이정림
4 살며 생각하며 미우라 아야코/진웅기
5 오, 고독이여 F. 니체/최혁순
6 어린 왕자 A. 생 텍쥐페리/이정림
7 톨스토이 인생론 L. 톨스토이/박형규
8 이 조용한 시간에 김우종
9 시지프의 신화 A. 카뮈/이정림
10 목마른 계절 전혜린
11 젊은이여 인생을… A. 모르아/방곤
12 채근담 홍자성/최현
13 무진기행 김승옥
14 공자의 생애 최현 엮음
15 고독한 당신을 위하여 L. 린저/곽복록
16 김소월 시집 김소월
17 장자 장자/허세욱
18 예언자 K. 지브란/유제하
19 윤동주 시집 윤동주
20 명정 40년 변영로
21 산사에 심은 뜻은 이청담
22 날개 이상
23 메밀꽃 필 무렵 이효석
24 애정은 기도처럼 이영도
25 이브의 천형 김남조
26 탈무드 M. 토케이어/정진태
27 노자도덕경 노자/황병국
28 갈매기의 꿈 R. 바크/김진욱
29 우정론 A. 보나르/이정림
30 명상록 M. 아우렐리우스/황문수
31 젊은 여성을 위한 인생론 P. 벅/김진욱
32 B사감과 러브레터 현진건
33 조병화 시집 조병화
34 느티의 일월 모윤숙
35 지금은 어디서 무엇을 김형석
36 박인환 시집 박인환
37 모래톱 이야기 김정한
38 창문 김태길
39 방랑 H. 헤세/홍경호
40 손자병법 손무/황병국
41 소설·알렉산드리아 이병주
42 전락 A. 카뮈/이정림
43 사노라면 잊을 날이 윤형두
44 김삿갓 시집 김병연/황병국
45 소크라테스의 변명(외) 플라톤/최현
46 서정주 시집 서정주
47 사람은 무엇으로 사는가 L. 톨스토이/김진욱
48 불가능은 없다 R. 슐러/박호순
49 바다의 선물 A. 린드버그/신상웅
50 잠 못 이루는 밤을 위하여 C. 힐티/홍경호
51 딸깍발이 이희승
52 몽테뉴 수상록 M. 몽테뉴/손석린
53 박재삼 시집 박재삼
54 노인과 바다 E. 헤밍웨이/김회진
55 향연·뤼시스 플라톤/최현
56 젊은 시인에게 보내는 편지 R. 릴케/홍경호
57 피천득 시집 피천득
58 아버지의 뒷모습(외) 주자청(외)/허세욱(외)
59 현대의 신 N. 쿠치키(편)/진철승
60 별·마지막 수업 A. 도데/정봉구
61 인생의 선용 J. 러보크/한영환
62 브람스를 좋아하세요… F. 사강/이정림
63 이동주 시집 이동주
64 고독한 산보자의 꿈 J. 루소/엄기용
65 파이돈 플라톤/최현
66 백장미의 수기 I. 숄/홍경호
67 소년 시절 H. 헤세/홍경호
68 어떤 사람이기에 김동길
69 가난한 밤의 산책 C. 힐티/송영택
70 근원수필 김용준
71 이방인 A. 카뮈/이정림
72 롱펠로 시집 H. 롱펠로/윤삼하
73 명사십리 한용운
74 왼손잡이 여인 P. 한트케/홍경호
75 시민의 반항 H. 소로/황문수
76 민중조선사 전석담
77 동문서답 조지훈
78 프로타고라스 플라톤/최현
79 표본실의 청개구리 염상섭
80 문주반생기 양주동
81 신조선혁명론 박열/서석연
82 조선과 예술 야나기 무네요시/박재삼
83 중국혁명론 모택동(외)/박광종 엮음
84 탈출기 최서해

문고판 / 각권 값 2,000원 ▶ 계속 펴냅니다

온고지신(溫故知新)으로 21세기를!

- 85 바보네 가게 박연구
- 86 도왜실기 김구/엄항섭 엮음
- 87 슬픔이여 안녕 F. 사강/이정림·방곤
- 88 공산당 선언 K. 마르크스·F. 엥겔스/서석연
- 89 조선문학사 이명선
- 90 권태 이상
- 91 갈망의 노래 한승헌
- 92 노동자강령 F. 라살레/서석연
- 93 장씨 일가 유주현
- 94 백설부 김진섭
- 95 에코스파즘 A. 토플러/김진욱
- 96 가난한 농민에게 바란다 N. 레닌/이정일
- 97 고리키 단편선 M. 고리키/김영국
- 98 러시아의 조선침략사 송정환
- 99 기재기이 신광한/박헌순
- 100 홍경래전 이명선
- 101 인간만사 새옹지마 리영희
- 102 청춘을 불사르고 김일엽
- 103 모범경작생(외) 박영준
- 104 방망이 깎던 노인 윤오영
- 105 찰스 램 수필선 C. 램/양병석
- 106 구도자 고은
- 107 표해록 장한철/정병욱
- 108 월광곡 홍난파
- 109 무서록 이태준
- 110 나생문(외) 아쿠타가와 류노스케/진웅기
- 111 해변의 시 김동석
- 112 발자크와 스탕달의 예술논쟁 김진욱
- 113 파한집 이인로/이상보
- 114 역사소품 곽말약/김승일
- 115 체스·아내의 불안 S. 츠바이크/오영옥
- 116 복덕방 이태준
- 117 실천론(외) 모택동/김승일
- 118 순오지 홍만종/전규태
- 119 직업으로서의 학문·정치 M. 베버/김진욱(외)
- 120 요재지이 포송령/진기환
- 121 한설야 단편선 한설야
- 122 쇼펜하우어 수상록 쇼펜하우어/최혁순
- 123 유태인의 성공법 M. 토케이어/진웅기
- 124 레디메이드 인생 채만식
- 125 인물 삼국지 모리야 히로시/김승일
- 126 한글 명심보감 장기근 옮김
- 127 조선문학사서설 모리스 쿠랑/김수경
- 128 역옹패설 이제현/이상보
- 129 문장강화 이태준
- 130 중용·대학 차주환
- 131 조선미술사연구 윤희순
- 132 옥중기 오스카 와일드/임헌영
- 133 유태인식 돈벌이 후지다 덴/지방훈
- 134 가난한 날의 행복 김소운
- 135 세계의 기적 박광순
- 136 이퇴계의 활인심방 정숙
- 137 카네기 처세술 데일 카네기/전민식
- 138 요로원야화기 김승일
- 139 푸슈킨 산문 소설집 푸슈킨/김영국
- 140 삼국지의 지혜 황의백
- 141 슬견설 이규보/장덕순
- 142 보리 한흑구
- 143 에머슨 수상록 에머슨/윤삼하
- 144 이사도라 덩컨의 무용에세이 I. 덩컨/최혁순
- 145 북학의 박제가/김승일
- 146 두뇌혁명 T.R. 블랙슬리/최현
- 147 베이컨 수상록 베이컨/최혁순
- 148 동백꽃 김유정
- 149 하루 24시간 어떻게 살 것인가 A. 베넷/이은순
- 150 평민한문학사 허경진
- 151 정선아리랑 김병하/김연갑 공편
- 152 독서요법 황의백 엮음
- 153 나는 왜 기독교인이 아닌가 B. 러셀/이재황
- 154 조선사 연구(草) 신채호
- 155 중국의 신화 장기근
- 156 무병장생 건강법 배기성 엮음
- 157 조선위인전 신채호
- 158 정감록비결 편집부 엮음
- 159 유태인 상술 후지다 덴
- 160 동물농장 조지 오웰
- 161 신록 예찬 이양하
- 162 진도 아리랑 박병훈·김연갑
- 163 책이 좋아 책하고 사네 윤형두
- 164 속담에세이 박연구
- 165 중국의 신화(후편) 장기근
- 166 중국인의 에로스 장기근

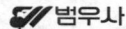 범우사

서울시 마포구 구수동 21-1호 TEL 717-2121, FAX 717-0429
http://www.bumwoosa.co.kr (천리안·하이텔 ID) BUMWOOSA

온고지신(溫故知新)으로 희망찬 21세기를!

현대사회를 보다 새로운 시각으로 종합진단하여
그 처방을 제시해주는

범우사상신서

1 자유에서의 도피 E. 프롬/이상두
2 젊은이여 오늘을 이야기하자 렉스프레스誌/방곤·최혁순
3 소유냐 존재냐 E. 프롬/최혁순
4 불확실성의 시대 J. 갈브레이드/박현채·전철환
5 마르쿠제의 행복론 L. 마르쿠제/황문수
6 너희도 神처럼 되리라 E. 프롬/최혁순
7 의혹과 행동 E. 프롬/최혁순
8 토인비와의 대화 A. 토인비/최혁순
9 역사란 무엇인가 E. 카/김승일
10 시지프의 신화 A. 카뮈/이정림
11 프로이트 심리학 입문 C.S. 홀/안귀여루
12 근대국가에 있어서의 자유 H. 라스키/이상두
13 비극론·인간론(외) K. 야스퍼스/황문수
14 엔트로피 J. 리프킨/최현
15 러셀의 철학노트 B. 페인버그·카스릴스(편)/최혁순
16 나는 믿는다 B. 러셀(외)/최혁순·박상규
17 자유민주주의에 희망은 있는가 C. 맥퍼슨/이상두
18 지식인의 양심 A. 토인비(외)/임헌영
19 아웃사이더 C. 윌슨/이성규
20 미학과 문화 H. 마르쿠제/최현·이근영
21 한일합병사 야마베 겐타로/안병무
22 이데올로기의 종언 D. 벨/이상두
23 자기로부터의 혁명 ① J. 크리슈나무르티/권동수
24 자기로부터의 혁명 ② J. 크리슈나무르티/권동수
25 자기로부터의 혁명 ③ J. 크리슈나무르티/권동수
26 잠에서 깨어나라 B. 라즈니시/길연
27 역사학 입문 E. 베른하임/박광순
28 법화경 이야기 박혜경
29 융 심리학 입문 C.S. 홀(외)/최현
30 우연과 필연 J. 모노/김진욱
31 역사의 교훈 W. 듀란트(외)/천희상
32 방관자의 시대 P. 드러커/이상두·최혁순
33 건전한 사회 E. 프롬/김병익
34 미래의 충격 A. 토플러/장을병
35 작은 것이 아름답다 E. 슈마허/김진욱
36 관심의 불꽃 J. 크리슈나무르티/강옥구
37 종교는 필요한가 B. 러셀/이재황
38 불복종에 관하여 E. 프롬/문국주
39 인물로 본 한국민족주의 장을병
40 수탈된 대지 E. 갈레아노/박광순
41 대장정—작은 거인 등소평 H. 솔즈베리/정성호
42 초월의 길 완성의 길 마하리시/이병기
43 정신분석학 입문 S. 프로이트/서석연
44 철학적 인간 종교적 인간 황필호
45 권리를 위한 투쟁(외) R. 예링/심윤종·이주향
46 창조와 용기 R. 메이/안병무
47 꿈의 해석(상·하) S. 프로이트/서석연
48 제3의 물결 A. 토플러/김진욱
49 역사의 연구① D. 서머벨 엮음/박광순
50 역사의 연구② D. 서머벨 엮음/박광순
51 건건록 무쓰 무네미쓰/김승일
52 가난이야기 가와카미 하지메/서석연
53 새로운 세계사 마르크 페로/박광순
54 근대 한국과 일본 나카스카 아키라/김승일
55 일본 자본주의 정신 야마모토 시치헤이/김승일·이근원
▶ 계속 펴냅니다

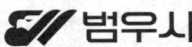 범우사   서울시 마포구 구수동 21-1호. 전화 717-2121 FAX 717-0429
http://www.bumwoosa.co.kr (천리안·하이텔 ID) BUMWOOSA

온고지신(溫故知新)으로 21세기를!

범우고전선

시대를 초월해 인간성 구현의 모범으로 삼을 만한 책을 엄선

1 유토피아 토마스 모어/황문수
2 오이디푸스王 소포클레스/황문수
3 명상록·행복론 M.아우렐리우스·L.세네카/황문수·최현
4 깡디드 볼떼르/염기용
5 군주론·전술론(외) 마키아벨리/이상두
6 사회계약론(외) J. 루소/이태일·최현
7 죽음에 이르는 병 키에르케고르/박환덕
8 천로역정 존 버니언/이현주
9 소크라테스 회상 크세노폰/최혁순
10 길가메시 서사시 N. K. 샌다즈/이현주
11 독일 국민에게 고함 J. G. 피히테/황문수
12 히페리온 F. 횔덜린/홍경호
13 수타니파타 김운학 옮김
14 쇼펜하우어 인생론 A. 쇼펜하우어/최현
15 톨스토이 참회록 L. N. 톨스토이/박형규
16 존 스튜어트 밀 자서전 J. S. 밀/배영원
17 비극의 탄생 F. W. 니체/곽복록
18-1 에 밀(상) J. J. 루소/정봉구
18-2 에 밀(하) J. J. 루소/정봉구
19 팡 세 B. 파스칼/최현·이정립
20-1 헤로도토스 歷史(상) 헤로도토스/박광순
20-2 헤로도토스 歷史(하) 헤로도토스/박광순
21 성 아우구스티누스 고백록 A. 아우구스티누/김평옥
22 예술이란 무엇인가 L. N. 톨스토이/이철
23 나의 투쟁 A. 히틀러/서석연
24 論語 황병국 옮김
25 그리스·로마 희곡선 아리스토파네스(외)/최현
26 갈리아 戰記 G. J. 카이사르/박광순
27 善의 연구 니시다 기타로/서석연

28 육도·삼략 하재철 옮김
29 국부론(상) A. 스미스/최호진·정해동
30 국부론(하) A. 스미스/최호진·정해동
31 펠로폰네소스 전쟁사(상) 투키디데스/박광순
32 펠로폰네소스 전쟁사(하) 투키디데스/박광순
33 孟子 차주환 옮김
34 아방강역고 정약용/이민수
35 서구의 몰락 ① 슈펭글러/박광순
36 서구의 몰락 ② 슈펭글러/박광순
37 서구의 몰락 ③ 슈펭글러/박광순
38 명심보감 장기근
39 월든 H. D. 소로/양병석
40 한서열전 반고/홍대표
41 참다운 사랑의 기술과 허튼 사랑의 질책 안드레아스/김영락
42 종합 탈무드 마빈 토케이어(외)/전풍자
43 백운화상어록 백운화상/석찬선사
44 조선복식고 이여성
45 불조직지심체요절 백운선사/박문열
46 마가렛 미드 자서전 M.미드/최혁순·최인욱
47 조선사회경제사 백남운/박광순
48 고전을 보고 세상을 읽는다 모리야 히로시/김승일
49 한국통사 박은식/김승일
50 콜럼버스 항해록 라스 카사스 신부 엮음/박광순
51 삼민주의 쑨원/김승일(외) 옮김
52-1 나의 생애(상) L. 트로츠키/박광순
52-2 나의 생애(하) L. 트로츠키/박광순
53 북한산 역사지리 김윤우

▶ 계속 펴냅니다

범우사 서울시 마포구 구수동 21-1호 TEL 717-2121, FAX 717-0429
http://www.bumwoosa.co.kr (천리안·하이텔 ID) BUMWOOSA

범우학술·평론·예술

독서의 기술 모티머 J./민병덕 옮김	아동문학교육론 B. 화이트헤드
한자 디자인 한편집센터 엮음	한국의 청동기문화 국립중앙박물관
한국 정치론 장을병	겸재정선 진경산수화 최완수
여론 선전론 이상철	한국 서지의 전개과정 안춘근
전환기의 한국정치 장을병	독일 현대작가와 문학이론 박환덕(외)
사뮤엘슨 경제학 해설 김유송	정도 600년 서울지도 허영환
현대 화학의 세계 일본화학회 엮음	신선사상과 도교 도광순(한국도교학회)
신저작권법 축조개설 허희성	언론학 원론 한국언론학회 편
방송저널리즘 신현응	한국방송사 이범경
독서와 출판문화론 이정춘·이종국 편저	카프카문학연구 박환덕
잡지출판론 안춘근	한국민족운동사 김창수
인쇄커뮤니케이션 입문 오경호 편저	비교텔레콤論 질힐/금동호 옮김
출판물 유통론 윤형두	북한산 역사지리 김윤우
통합적 마케팅 커뮤니케이션 김광수(외) 옮김	한국회화소사 이동주
'83~'97 출판학 연구 한국출판학회	출판학원론 범우사 편집부
자아커뮤니케이션 최창섭	한국과거제도사 연구 조좌호
현대신문방송보도론 팽원순	독문학과 현대성 정규화교수간행위원회편
국제출판개발론 미노와/안춘근 옮김	경제진경산수 최완수
민족문학의 모색 윤병로	한국미술사대요 김응준
변혁운동과 문학 임헌영	한국목활자본 천혜봉
조선사회경제사 백남운	한국금속활자본 천혜봉
한국정치의 이해 장을병	한국기독교 청년운동사 전택부
조선경제사 탐구 전석담(외)	한시로 엮은 한국사 기행 심경호
한국전적인쇄사 천혜봉	출판물 판매기술 윤형두
한국서지학원론 안춘근	우루과이라운드와 한국의 미래 허신행
현대매스커뮤니케이션의 제문제 이강수	기사 취재에서 작성까지 김숙현
한국상고사연구 김정학	세계의 문자 세계문자연구회/김승일 옮김
중국현대문학발전사 황수기	불조직지심체요절 백운선사/박문열 옮김
광복전후사의 재인식 I, II 이현희	임시정부와 이시영 이은우
한국의 고지도 이 찬	매스미디어와 여성 김선남
하나되는 한국사 고준환	눈으로 보는 책의 역사 안춘근·윤형두 편저
조선후기의 활자와 책 윤병태	현대노어학 개론 조남신
신한국사의 탐구 김용덕	교양 언론학 강좌 최창섭(외)
독립운동사의 제문제 윤병석(외)	통합 데이타베이스 마케팅 시스템 김정수
한국현실 한국사회학 한완상	문화간 커뮤니케이션의 이해 최윤희·김숙현

 범우사 서울시 마포구 구수동 21-1
전화 717-2121 FAX 717-0429

범우희곡선

연극으로 느낄 수 없는 시나리오의
진한 카타르시스, 오랜 감동…!

① **세일즈맨의 죽음** 아서 밀러/오화섭 옮김
고도로 발달된 산업사회에서 생겨난 물질 만능주의, 내적 갈등을
예리하게 파헤친 밀러의 대표작.

② **코카시아의 백묵원** 베르톨트 브레히트/이정길 옮김
독일의 극작가로서 현대극의 완성자라 불리는 브레히트의 시적·
서사적 대작.

③ **몰리에르 희곡선** 몰리에르/민희식 옮김
희극작가로 유명한 몰리에르의 작품〈서민귀족〉,〈스카펭의 간계〉,
〈상상병 환자〉를 모았다.

④ **간계와 사랑** 프리드리히 실러/이원양 옮김
괴테와 함께 고전주의의 쌍벽을 이루는 독일의 시인이며 극작가인
실러의 희곡.

⑤ **욕망이라는 이름의 전차** 테네시 윌리엄스/신정옥 옮김
미국 희곡의 금자탑, 극문학의 정점.
옛 추억과 이상 속에서 사는 삶과 비열한 삶의 대립.

⑥ **에쿠우스** 피터 셰퍼/신정옥 옮김
현실의 굴레와 원초적 욕망 사이에서 분열된 삶의 절규와
인간의 자유를 심도있게 표출.

⑦ **뜨거운 양철지붕 위의 고양이** 테네시 윌리엄스/오화섭 옮김
현대문명이 지닌 인간의 온갖 죄악과 부패와 비정상적 관계인
한 가족을 다룬 작품.

⑧ **유리동물원** 테네시 윌리엄스/신정옥 옮김
겨울안개처럼 슬픔의 빛깔과 가락만을 간직한 사람들이 엮어내는
환상의 추억극.

⑨ **빌헬름 텔** 프리드리히 실러/한기상 옮김
완전무결한 존재의 자유와 현실세계의 조화를 위해 투쟁하는 인간의 모습을
그린 작품.

⑩ **아마데우스** 피터 셰퍼/신정옥 옮김
인간의 원초적 감정의 실체를 날카롭게 파헤친 무대언어의 마술사
피터 셰퍼의 역작.

⑪ **탤리 가의 빈집(외)** 랜퍼드 윌슨/이영아 옮김
현대의 체호프라 불리는 윌슨의 대표적인 작품
〈탤리 가의 빈집〉과 〈토분 쌓는 사람들〉 수록.

⑫ **인형의 집** 헨리 입센/김진욱 옮김
개인과 가정과 사회의 관계 속에서 일어나는 갈등과 모순을
사실주의적으로 드러낸 입센의 회심작.

⑬ **산 불** 차범석 지음
민족사의 비극을 바탕으로 인간 본연의 삶과 사랑에 대한 갈증을
그려내고 있는 한국 리얼리즘 희곡의 걸작.

⑭ **황금연못** 어니스트 톰슨/최 현 옮김
노부부의 사랑과 신뢰, 죽음을 앞두고 겪는 인간적 갈등과
초월을 다룬 작품.

⑮ **민중의 적** 헨리 입센/김석만 옮김
지역 온천개발을 둘러싸고 투자자인 지역주민들과
개발계획자들 간의 흥미있는 대립을 그린 입센의 대표 작품.

⑯ **태(외)** 오태석 지음
생의 근원적인 문제를 신화적, 우의적인 형태로 표현한 가장 한국적인 작품.

범우사
서울시 마포구 구수동 21-1호 TEL 717-2121, FAX 717-0429
http://www.bumwoosa.co.kr (천리안·하이텔 ID) BUMWOOSA